UMA BREVE HISTÓRIA DA JUSTIÇA DISTRIBUTIVA

UMA BREVE HISTÓRIA DA JUSTIÇA DISTRIBUTIVA

Samuel Fleischacker

Tradução
ÁLVARO DE VITA

Revisão da tradução
NEWTON ROBERVAL EICHEMBERG

Revisão técnica
ROGÉRIO SEVERO

Martins Fontes
São Paulo 2006

Esta obra foi publicada originalmente em inglês com o título
A SHORT HISTORY OF DISTRIBUTIVE JUSTICE
por Harvard University Press, U.S.A.
Copyright © 2004 by The President and Fellows of Harvard College.
Publicado por acordo com Harvard University Press.
Copyright © 2006, Livraria Martins Fontes Editora Ltda.,
São Paulo, para a presente edição.

1ª edição 2006

Tradução
ÁLVARO DE VITA

Revisão da tradução
Newton Roberval Eichemberg
Revisão técnica:
Rogério Severo
Acompanhamento editorial
Luzia Aparecida dos Santos
Revisões gráficas
Mauro de Barros
Solange Martins
Dinarte Zorzanelli da Silva
Produção gráfica
Geraldo Alves
Paginação/Fotolitos
Studio 3 Desenvolvimento Editorial

Dados Internacionais de Catalogação na Publicação (CIP)
(Câmara Brasileira do Livro, SP, Brasil)

Fleischacker, Samuel
    Uma breve história da justiça distributiva / Samuel Fleischacker ; tradução Álvaro de Vita ; revisão da tradução Newton Roberval Eichemberg ; revisão técnica Rogério Severo. – São Paulo : Martins Fontes, 2006. – (Coleção justiça e direito)

    Título original: A short history of distributive justice
    ISBN 85-336-2319-4

    1. Direito – Filosofia 2. Direito – Metodologia 3. Justiça distributiva – História I. Eichemberg, Newton Roberval. II. Severo, Rogério. III. Título. IV. Série.

06-5709   CDU-340.12

Índices para catálogo sistemático:
1. Justiça distributiva : História : Direito   340.12

Todos os direitos desta edição para o Brasil reservados à
Livraria Martins Fontes Editora Ltda.
Rua Conselheiro Ramalho, 330 01325-000 São Paulo SP Brasil
Tel. (11) 3241.3677 Fax (11) 3105.6993
e-mail: info@martinsfontes.com.br http://www.martinsfontes.com.br

ÍNDICE

Agradecimentos IX
Abreviaturas XIII
Introdução 3

1. De Aristóteles a Adam Smith 27
   1. Dois tipos de justiça 29
   2. O direito da necessidade 43
   3. Direitos de propriedade 52
   4. Experimentos comunais e escritos utópicos 60
   5. *Poor Laws* 72

2. O século XVIII 79
   1. A igualdade dos cidadãos: Rousseau 81
   2. Mudando nossa imagem dos pobres: Smith 91
   3. O valor igual dos seres humanos: Kant 99
   4. Ao *Palais de Justice* Vendôme: Babeuf 110

3. De Babeuf a Rawls 117
   1. Reação 122
   2. Positivistas 137
   3. Marx 140
   4. Utilitaristas 150
   5. Rawls 159
   6. Depois de Rawls 169

Epílogo	181
Notas	193
Bibliografia	241
Índice analítico	253

Em memória de Jerry F. De Witt
SINE QUO NON

AGRADECIMENTOS

Comecei a refletir sobre as mudanças de significado da expressão "justiça distributiva" quando fazia uma resenha do livro de Charles Griswold sobre Adam Smith, e a resposta de Charles aos meus comentários não foi apenas um modelo de generosidade erudita, mas também um estímulo extremamente proveitoso para reflexões ulteriores. Nossa troca de idéias sobre esse tema levou-me a escrever um capítulo intitulado "Justiça distributiva" em meu livro *On Adam Smith's Wealth of Nations: A Philosophical Companion* (Princeton University Press, 2003), do qual me vali para complementar partes dos capítulos 1 e 2 deste livro. Sou grato ao meu editor na Princeton, Ian Malcolm, e à própria Princeton University Press por terem me autorizado a fazer isso.

David Waldman e Leon Kojen, da maneira extremamente bem informada e ponderada que lhes é característica, levantaram várias objeções aos argumentos que apresentei no capítulo sobre justiça distributiva e, ao responder a essas objeções – o que fez o capítulo original inflar até mais de 70 páginas –, comecei a pensar que tinha um livro nas mãos. Passei a trabalhar nele durante o período sabático de um ano que passei no Institute for the Humanities da Universidade de Illinois, em Chicago; agradeço a Mary Beth Rose e a Linda Vavra por tornarem o Instituto um lugar muito agradável e por promoverem uma atmosfera propícia à atividade intelectual. Também quero agradecer, pelos seus comentários, aos meus colegas do Instituto naquele ano, e à audiência que participou do seminário do Instituto no qual apresentei esse material pela primeira vez. Sonia Michel e Deirdre McCloskey proporcionaram-me informações especialmente proveitosas, além de chamarem minha atenção para algumas fontes úteis sobre a história das políticas de bem-estar social. Em seguida, aprendi muito com a experiência de trabalhar com esse material quando dei aulas em um curso de pós-graduação no Departamento de Filosofia da Universidade de Illinois, e sou muito grato a Andy Blom, Tina Gibson, Barbara Martin, Chris Martin e Ben Haines, cujo entusiasmo e cujas idéias me foram extremamente valiosos.

Tenho uma dívida de gratidão semelhante para com todos aqueles que responderam à apresentação desse material no encontro de 2001 da Eighteenth Century Scottish Studies Society, em Richmond, Virgínia, e também no Eighteenth Century Seminar, na Universidade Northwestern, em 2003. Agradeço a Richard Sher e a Jerry Muller, pelo papel que desempenharam na organização do primeiro evento, e a Judith Schwartz Karp e Bernadette Fort, por convidarem-me para participar do segundo. Richard Kraut me fez sugestões especialmente proveitosas no encontro na Northwestern. Um vigoroso *workshop* em Chicago sobre Teoria Política com Ike Balbus, Stephen Engelmann, Paul Gomberg, Michael Green, Charles Mills e Justin Schwartz contribuiu muito para as revisões que fiz do capítulo 3. Outras pessoas cujos comentários me foram úteis incluem Eric Schliesser, Leonidas Montes, Jeff Weintraub, Tony Laden, Ciaran Cronin e sobretudo Dan Brudney. Andy Blom fez um trabalho excepcional como assistente de pesquisa, e Tina Gibson preparou o índice analítico com eficiência e graça. Agradeço a todas essas pessoas, mas sou ainda mais grato a minha maravilhosa família – Amy, Noa e Benji –, que faz com que a vida mereça ser vivida todos os dias.

AGRADECIMENTOS XI

As referências às obras mencionadas a seguir são feitas, no texto, por meio das abreviaturas aí listadas; as informações completas sobre a publicação podem ser encontradas na bibliografia. Se eu cito diversas vezes um texto em um mesmo parágrafo, emprego sua abreviatura na primeira vez em que aparece e forneço apenas o número da página nas citações subseqüentes.

ABREVIATURAS

ASU   Robert Nozick, *Anarchy, State, and Utopia*
DJ   John Rawls, "Distributive Justice", em *John Rawls: Collected Papers*
DPE   Jean-Jacques Rousseau, "A Discourse on Political Economy", em *The Social Contract and Discourses*
E   David Hume, *Enquiries*
ED   Adam Smith, "Early Draft" de *Wealth of Nations*, texto incluído em Smith, *Lectures on Jurisprudence*
FSD   Jean-Jacques Rousseau, *First and Second Discourses*
G   Immanuel Kant, *Foundations of the Metaphysics of Morals*. (O "G" vem do fato de que *Groundwork* é uma tradução melhor para a primeira palavra deste título. As citações farão referência, além dessa tradução, à paginação dessa obra na edição da Akademie.)
LE   Immanuel Kant, *Lectures on Ethics*, tradução de Louis Infield
LJ   Adam Smith, *Lectures on Jurisprudence*
LNN Samuel Pufendorf, *The Law of Nature and Nations*
LWP Hugo Grócio, *The Law of War and Peace*
MER Robert Tucker, org., *The Marx-Engels Reader*
MM   Immanuel Kant, *The Metaphysics of Morals*
NE   Aristóteles, *Nicomachean Ethics*
NJ   Istvan Hont e Michael Ignatieff, "Needs and Justice in the *Wealth of Nations*"
SI   Frances Hutcheson, *A Short Introduction to Moral Philosophy*

SMP Frances Hutcheson, *A System of Moral Philosophy*
SS   Herbert Spencer, *Social Statics*
ST   Thomas Aquinas, *Summa Theologiae*, tradução de Blackfriars
T   David Hume, *Treatise of Human Nature*
TJ   John Rawls, *A Theory of Justice*
TMS Adam Smith, *Theory of Moral Sentiments*
Tr   John Locke, *Two Treatises of Government*. (Pode ser utilizada qualquer edição: as referências especificam I ou II, para o Primeiro ou o Segundo Tratado; número do capítulo; e número da seção.)
WN   Adam Smith, *An Inquiry into the Nature and Causes of the Wealth of Nations*

Uma breve história da justiça distributiva

INTRODUÇÃO

"Justiça distributiva", também denominada "justiça social" ou "justiça econômica", é uma expressão que se encontra na boca de muita gente hoje em dia. Manifestantes contra a globalização a invocam quando denunciam os males que associam às corporações multinacionais; e aqueles que se opõem ao capitalismo como um todo já a empregam há muito mais tempo. Muitos supõem que a expressão e o complexo de idéias que ela representa são muito antigos, e que os seres humanos a empregam desde tempos imemoriais para avaliar suas sociedades. Mas esse é um equívoco, ainda que de ampla circulação, inclusive entre estudiosos do assunto. Considere a seguinte passagem:

> A teoria da justiça distributiva – que trata de como uma sociedade ou o grupo deve distribuir seus escassos recursos ou produtos entre indivíduos que têm necessidades ou demandas conflitantes – remonta a pelo menos dois milênios. Aristóteles e Platão trataram da questão, e o Talmude recomenda soluções para a distribuição de um espólio entre os credores de um falecido.[1]

Esse breve resumo não é exatamente falso. Aristóteles de fato escreveu sobre algo que ele chamou de "justiça distributiva", Platão escreveu sobre como a propriedade deveria ser distribuída em uma sociedade ideal, e o Talmude, assim como outros textos legais antigos, contém discussões sobre demandas conflitantes de propriedade. Mas o quadro que ora estamos formando é enganador, conforme percebemos quando levamos em conta os fatos que se seguem:

1. Aristóteles jamais colocou o problema de como "distribuir recursos escassos" sob o título de justiça distributiva, nem considerou que a necessidade pudesse ser o fundamento de qualquer reivindicação de propriedade;
2. Platão não recomendou os arranjos que propôs para uma propriedade comunal como extensivos a toda uma sociedade, nem entendeu que esses arranjos fossem exigências da justiça; e
3. O problema de como distribuir uma propriedade entre diferentes credores não é, via de regra, uma questão que dependa dos princípios que uma sociedade ou grupo utiliza para distribuir seus produtos ou recursos coletivos.

Dessa forma, se é verdade que desde há muito tempo as pessoas vêem suas demandas conflitantes de propriedade como uma questão de justiça, e se também é verdade que desde há muito tempo os filósofos se preocupam com princípios sociais de distribuição de recursos, disso não se segue que também desde há muito tempo esses dois tipos de questão venham sendo tratados em conjunto. E, de fato, isso não ocorreu. Até muito recentemente, as pessoas não reconheciam que a estrutura básica da distribuição de recursos em suas sociedades era uma questão de justiça, e tampouco consideravam que a justiça deveria exigir uma distribuição de recursos que satisfizesse as necessidades de todos.

É para esse último objeto que está voltada a justiça distributiva em seu sentido atual, e nesse sentido específico a noção tem pouco mais de dois séculos de existência. No seu sentido original, aristotélico, a "justiça distributiva" se referia aos princípios segundo os quais as pessoas merecedoras teriam a garantia de ser recompensadas de acordo com seus méritos, sobretudo no que diz respeito a seu *status* político. A fim de passar da concepção aristotélica para a contemporânea precisamos, no mínimo, explicar por que todos mereceriam uma vida livre de carências. Porém, durante muito tempo se acreditou amplamente que certos tipos de pessoas *deveriam* viver em estado de necessidade, que essas pessoas não trabalhariam se não fosse assim, ou que a pobreza delas fazia parte de uma ordem divina: "Deus poderia ter feito todos os homens ricos, mas Ele quis que existissem pobres neste mundo, de modo que os ricos fossem capazes de redimir seus próprios pecados."[2]

Neste livro, quero começar contando a história de como, partindo do sentido aristotélico, chegamos ao sentido moderno de "justiça distributiva". Uma razão para contar essa história está no simples fato de que ela é interessante e até agora não foi objeto de um tratamento mais extenso, em forma de livro. Mas o fato de não existir um livro assim me sugere uma outra razão. É bastante possível que um tal livro não exista, porque em geral as pessoas não se dão conta de que o significado de "justiça distributiva" mudou e de que, ao longo da maior parte da história humana, praticamente ninguém defendeu, nem mesmo como um ideal, que as necessidades básicas de todas as pessoas deveriam ser satisfeitas. Historiadores socialistas costumavam ensinar que algum ideal desse tipo sempre esteve presente na história humana, pelo menos no Ocidente. Livros com títulos como *From Moses to Lenin* [De Moisés a Lênin] (este é o nome de um livro real) podem ser encontrados em quaisquer bibliotecas que conservem seu acervo dos anos 1940 e 1950. Em essência, a história que se conta nesses livros é mais ou menos a seguinte:

> Há muito, muito tempo, líderes religiosos como Amós, Isaías e Jesus, pessoas decentes, embora entorpecidas pela sua fé, pregavam a igualdade de todas as pessoas e, conseqüentemente, o direito de todas elas a uma vida sem sofrimento. Apesar de os seus ensinamentos terem sido distorci-

dos e suprimidos por forças opressivas em várias lutas de classes, eles se mantiveram pelo menos como um ideal até o século XVIII. Então, veio a economia moderna, e com ela uma saudável purgação das crenças religiosas e de outras noções supersticiosas sobre como as economias funcionam, mas isso também foi acompanhado de uma valorização amoral do egoísmo, que extirpou o velho respeito que havia pelos pobres. A burguesia jogou fora o manto de moralidade que havia ocultado a luta de classes na época feudal, o que representou uma vantagem, pois, graças a isso, os trabalhadores passaram a entender sua verdadeira situação, mas também uma desvantagem, pois o sofrimento dos trabalhadores aumentou enormemente. Por fim, surgiu o socialismo científico, que propiciou uma síntese entre as atitudes profética e moderna, unindo as normas dos ensinamentos religiosos pré-modernos com uma ciência despida das confusões e do fatalismo que antes tornara impossível traduzir a preocupação com os pobres em prática efetiva.

Essa história satisfaz as inclinações dialéticas de muitos socialistas, assim como sua antipatia pela atitude cautelosa e pelo realismo insensível da ciência social do século XVIII. Ela também se ajusta, por um lado, aos fatos relativos aos ensinamentos cristãos, e por outro lado à impiedosa severidade da Revolução Industrial, e se ajusta suficientemente bem para parecer convincente. Mas está radicalmente equivocada de muitas maneiras, sobretudo no que se refere à sua inclinação nostálgica pelas atitudes pré-modernas com relação aos pobres. Essa nostalgia deriva, acredito, de um anseio por reconhecer no capitalismo moderno uma reviravolta equivocada na história humana e de sustentar que uma natureza humana e uma concepção de natureza humana mais benévolas e amáveis haviam existido antes do capitalismo, e que, por isso, podem voltar a ser realidade. Junto com essa esperança vem a relutância em aceitar a possibilidade de que as reformas bastante modestas defendidas por David Hume, Adam Smith, James Madison e outros de fato constituem o máximo que se pode esperar da política. Caso se pudesse mostrar que um conjunto de

INTRODUÇÃO

concepções *morais* corruptas – por exemplo, sobre o papel do egoísmo na vida humana –, e não somente uma compreensão astuciosa da maneira como a economia funciona, está por trás do tão aclamado realismo dos economistas políticos clássicos, então seria possível despir as propostas políticas desses economistas do manto científico que as recobre. Se a visão que os cientistas sociais do século XVIII tinham a respeito da natureza humana fosse conduzida apenas por preconceitos de classe, então é possível que suas reduzidas expectativas com relação à política também não passassem de preconceitos. Talvez fosse possível que, ao contrário do que proclamavam seus ensinamentos, a esfera política pudesse transformar a econômica.

Dessa forma, os socialistas têm razões ideológicas para projetar a história da justiça distributiva ao passado distante. Mas os ideólogos do *laissez-faire*, por razões ideológicas opostas, subscrevem com freqüência uma interpretação quase idêntica dessa história. Os defensores de mercados livres gostam de ver a si próprios como orgulhosos modernistas, que se distanciaram das superstições e do pensamento confuso do passado graças ao advento da ciência. Ajusta-se bem a essa visão de si próprios a adoção do supostamente frio realismo científico do século XVIII, mesmo quando os socialistas o rejeitam. Poder-se-ia dizer que Hume e Smith, ao se libertarem das tolas noções de "preço justo" da Idade Média, tornaram possível a economia moderna. Por isso, os ideólogos do *laissez-faire* aceitam de boa-mente que esses pensadores fizeram algo de novo ao rejeitar uma noção antiga de justiça distributiva. Em vez de condená-la, os ideólogos simplesmente deram boas-vindas a essa rejeição.

Quero ressaltar o fato de que a história que entra nessas duas concepções é confusa. Os cientistas sociais do século XVIII não rejeitaram a "justiça distributiva" no sentido em que hoje empregamos essa expressão, pois tal conceito ainda não existia. Uma vez que reconheçamos esse fato, seremos capazes de perceber que, longe de terem sido amoralistas frios que se compraziam com um realismo que excluía a ajuda estatal aos pobres, eles na verdade contribuíram para estabelecer as bases que possibilitariam essa ajuda. A história da justiça distributiva deveria, por isso, nos ajudar a entender melhor não apenas o século XVIII, mas também a nós mesmos e às nossas discussões a respeito da ajuda aos pobres. Somente quando conseguirmos desemaranhar a noção moderna da pré-moderna de justiça distributiva seremos capazes de ver precisamente o que a noção moderna envolve e que mudanças – muitas vezes, mas nem sempre, admiráveis – no pensamento humano tornaram possível seu advento.

A "justiça distributiva", em seu sentido moderno, invoca o Estado para garantir que a propriedade seja distribuída por toda a sociedade de modo que todas as pessoas possam se suprir com um certo nível de recursos materiais. As discussões sobre justiça distributiva tendem a se concentrar na quantidade de recursos que se deve garantir e no grau em que essa interferência estatal é necessária para que esses recursos sejam distribuídos. Estas questões são relacionadas. Se a quantidade de bens que cada pessoa deve ter é baixo o suficiente, é possível que o mercado possa garantir uma distribuição adequada; se todos devem ter uma ampla proteção ao seu bem-estar, o Estado poderá ter de redistribuir bens para corrigir as imperfeições do mercado; e se o que cada pessoa deve ter é uma parcela igual de todos os bens, é provável que a propriedade privada e o mercado tenham de ser inteiramente substituídos por um sistema estatal de distribuição de bens. Portanto, a justiça distributiva é entendida como necessária a qualquer justificação de direitos de propriedade, e de tal forma que pode até mesmo implicar a rejeição da propriedade privada. Uma minoria pequena, mas influente, de teóricos e de cidadãos, supondo que a proteção de direitos de propriedade constitui a tarefa central da justiça, questiona se as exigências distributivas realmente pertencem ao domínio da justiça.

Anarchy, State, and Utopia, de Robert Nozick, é a fonte filosófica básica para essa visão dissidente.

Mas mesmo Nozick não duvida que sempre se entendeu que a expressão "justiça distributiva" se aplica à distribuição de propriedade pelo Estado aos mais carentes. No entanto, em seu sentido aristotélico, a "justiça distributiva" exigia que pessoas merecedoras fossem recompensadas de acordo com seus méritos, era vista como primariamente implicando a distribuição de *status* político, e não era vista como tendo relevância alguma aos direitos de propriedade. Então, ao menos à primeira vista, os significados contemporâneo e antigo da expressão são muito diferentes. Acima de tudo, o princípio antigo estava relacionado à distribuição de acordo com o mérito, ao passo que o princípio moderno requer uma distribuição *independentemente* de mérito. Na concepção moderna, supõe-se que *todos* mereçam determinados bens independentemente de mérito; não se supõe que considerações de mérito entrem em cena até que determinados recursos básicos (habitação, assistência à saúde, educação) tenham sido distribuídos a todos. Podemos estar certos de que não era isso o que Aristóteles tinha em mente quando escreveu sobre a distribuição do *status* político de acordo com o *status* moral ou social.

Como, então, podemos chegar à noção moderna de justiça distributiva partindo da noção aristotélica, se é que isso é possível? Talvez seja melhor recuar para uma questão mais primitiva: Como a justiça distributiva, em qualquer de seus sentidos, veio a se alinhar sob o título geral de "justiça"? O que é, num sentido geral, a justiça? Num sentido formal, a justiça tem sido entendida como uma virtude particularmente *racional*, coercitiva e *praticável*. De maneira distinta, por exemplo, da sabedoria ou da caridade, a justiça foi entendida, em diferentes culturas e períodos históricos, como uma virtude secular e racional, cujas exigências podem ser explicadas e justificadas sem que se apele a crenças religiosas; como uma virtude que os governos podem e devem fazer cumprir coercitivamente e que, de fato, deve ser a norma fundamental a orientar a atividade política; e como uma virtude que, ao menos porque os políticos precisam organizar seus planos em torno dela, deve ter por objeto a realização de metas praticáveis e prontamente realizáveis. Por isso, jamais a promoção da fé em Cristo ou da iluminação por meio da prática budista foram entendidas como projetos em prol da justiça, pois a validade desses projetos, se é que são válidos, não pode ser explicada de maneira puramente secular e racional. Assim, não se considera como um objeto da justiça a ternura que encontramos na amizade, embora quase todos a reconheçam como algo bom, pois isso depende do sentimento espontâneo das pessoas. Da mesma maneira, garantir que todos estejam livres de doenças nunca foi incluída entre os objetos da justiça porque, pelo menos até agora, isso parece impossível.

Passando de características formais para substantivas, em geral entende-se a justiça como uma virtude que protege os indivíduos contra a violência ou a desonestidade por parte de outras pessoas, ou contra exigências da sociedade para que a vida, a liberdade ou a propriedade do indivíduo sejam sacrificadas arbitrariamente. É claro que "arbitrariamente" é um termo vago. É difícil saber em nome de que causas, e em que circunstâncias, é legítimo sacrificar interesses individuais. Talvez se possa pedir que indivíduos se sacrifiquem por qualquer causa compartilhada; talvez se possa exigir que se sacrifiquem somente quando a sobrevivência de sua sociedade está em risco; talvez nunca se possa exigir que se sacrifiquem. Algumas personalidades religiosas e políticas argumentaram que nunca se deve permitir que interesses individuais se ponham no caminho do bem humano maior. Mas os que sustentam esse ponto de vista também tendem a se importar muito pouco com a justiça ou a redefini-la de modos virtualmente irreconhecíveis; por outro lado, aqueles que respeitam a justiça (ou *ius*, ou *recht*, ou *haqq* ou *tzedek*)[3] tendem a levar muito a sério a importância do indivíduo.

Novamente, o que constitui o respeito aos indivíduos pode ser uma questão difícil e controversa, mas certos tipos de atos são universalmente considerados como violações desse respeito. Considera-se a agressão física ou a fraude praticada contra nossos semelhantes como algo que todos, independentemente de crenças religiosas ou culturais, reconhecem como errado; e em geral se reconhece que a prevenção de danos como esses é algo de que os governos têm a obrigação de se incumbir, quaisquer que sejam as outras atividades que eles também façam. Desse modo, a prevenção de danos pertence claramente ao âmbito da justiça. Alguns dão a isso o nome de justiça "negativa" ou "comutativa" e dizem que isso é tudo que há nessa virtude. Mas há muito tempo também se considera que para a justiça é relevante a distribuição de bens e de *status*. É célebre a maneira como Justiniano abre seu *Digesto*, ao dizer que "a justiça consiste em dar a cada um o que é seu". Supõe-se que essa formulação abranja tanto a justiça comutativa como a distributiva. O que devemos a nossos semelhantes é que não os matemos, os espanquemos ou os injuriemos fisicamente de outras maneiras e que não tomemos deles coisas que lhes pertencem. O que devemos a pessoas que violam esses padrões mínimos de justiça – aos criminosos – é uma punição apropriada a seus crimes. O que devemos a pessoas com as quais temos uma relação contratual é que cumpramos nossas promessas ou que as compensemos caso falhemos em cumpri-las. E o que devemos a pessoas que dão grandes contribuições à sociedade é algum tipo de recompensa – algo "apropriado" às suas realizações. Dessa forma, a justiça distributiva constitui somente um dos casos em que se dá a cada pessoa o que lhe é devido. No entanto, note que isto se aplica apenas à concepção aristotélica de justiça distributiva, segundo a qual os bens são distribuídos de acordo com o mérito. Para chegar à concepção moderna, temos de explicar por que pode ser "apropriado" aos pobres que eles recebam habitação, assistência à saúde, educação e assim por diante. Talvez esses bens sejam devidos a todos os seres humanos, em virtude apenas de serem humanos. Mas nesse caso onde estaria o mérito ao qual essa distribuição seria apropriada? De qualquer maneira, como veremos, levou muito tempo até que alguém sugerisse que alguma distribuição de bens é devida a todos os seres humanos, em virtude apenas de serem humanos.

Em resumo, dado o significado geral de "justiça", pelo menos as seguintes premissas são necessárias para se chegar ao conceito moderno de justiça distributiva:

1. Cada indivíduo, e não somente sociedades ou a espécie humana como um todo, tem um bem que merece respeito, e aos indivíduos são devidos certos direitos e proteções com vistas à busca daquele bem;
2. Alguma parcela de bens materiais faz parte do que é devido a cada indivíduo, parte dos direitos e proteções que todos merecem;
3. O fato de que cada indivíduo mereça isso pode ser justificado racionalmente, em termos puramente seculares;
4. A distribuição dessa parcela de bens é praticável: tentar conscientemente realizar essa tarefa não é um projeto absurdo nem é algo que, como ocorreria caso se tentasse tornar a amizade algo compulsório, solaparia o próprio objetivo que se tenta alcançar; e
5. Compete ao Estado, e não somente a indivíduos ou organizações privadas, garantir que tal distribuição seja realizada.

Estas cinco premissas estão estreitamente conectadas mas é particularmente importante, e difícil, chegar à premissa 2 a partir da justiça distributiva de Aristóteles[4]. Dizer que uma pessoa "merece" uma certa coisa sugere que ela tenha alguma qualidade excelente, ou que tenha desempenhado alguma ação excelente, para a qual essa coisa é apropriada, ao passo que distribuir alguma coisa a todas as pessoas implica precisamente que elas merecem tê-la *independentemente* de qualquer traço especial de caráter ou de qualquer ação especial que tenham realizado. Do ponto de vista da tradição aristotélica, isso não faz sentido. Além disso, para a maioria dos pensadores morais e políticos pré-modernos, os pobres pareciam constituir uma classe particularmente imperfeita de pessoas, uma classe de pessoas que nada *mereceriam*. Mesmo aqueles que acreditavam firmemente que os pobres deveriam ser ajudados consideravam essa ajuda imerecida: era algo que se deveria conceder por uma questão de graça, uma expressão da benevolência do doador.

Uso a palavra "graça" propositalmente. Em sua maior parte, os proponentes pré-modernos da caridade, ou da partilha comunal da riqueza, fundamentaram seus pontos de vista em motivos religiosos que violam a premissa 3. A comunidade de apóstolos do Novo Testamento, na qual "a distribuição era feita a cada homem de acordo com aquilo de que ele necessitava" (*Atos* 4:35), era um tipo de ordem eclesiástica, empenhada em evitar que os fiéis se envolvessem muito com bens materiais, e não tanto em apresentar soluções para problemas sociais ou políticos. Ela teve sucessores na ordem monástica estabelecida por São Francisco de Assis, no Reino Anabatista implantado em Münster em 1534-35 e na comunidade dos Diggers de 1649. Todas essas comunidades tinham como premissa a crença em uma radical auto-anulação diante de Deus, e não uma crença secular e puramente racional na igualdade dos seres humanos.

Também não tinham ampla aceitação as demais premissas que listei acima. A premissa 1 era controversa na própria época de Aristóteles: Aristóteles considerava que Platão havia colocado, de forma injustificável, o bem das sociedades acima do bem de seus membros individuais. Quer Platão seja ou não culpado dessa acusação[5], ele certamente inspirou muitos pensadores posteriores a adotar aquela crença. A premissa 4 ainda é muito debatida, e sua negação era dada como certa em quase todas as sociedades até o final do século XVIII. "Sempre haverá pobres entre nós" é a suposição que resumia o senso comum até bem recentemente. Por fim, a premissa 5 é algo de que ninguém ouvira falar até a conspiração de "Graco" Babeuf no final da Revolução Francesa. A premissa 5 na verdade depende de todas as demais. O Estado é uma entidade da qual se requer que proteja os indivíduos uns dos outros e de grupos maiores; que forneça às pessoas o que lhes é devido e não apenas aquilo que lhes seria agradável possuir; que, ao menos no mundo moderno, abjure as justificativas religiosas para suas ações; e que tenha metas exeqüíveis. Desse modo, somente se as pessoas merecem um certo quinhão de bens materiais, e se o merecem na condição de indivíduos e não apenas enquanto componentes de uma classe ou comunidade maior, se o merecem por motivos que se podem explicar sem recorrer à religião, e propiciar-lhes o que elas merecem for uma meta alcançável, pode-se razoavelmente esperar que o Estado se encarregue de distribuir esses bens.

Ouço alguém objetar que as pessoas há muito tempo acreditam na igualdade humana, e é forçoso que elas também acreditem, implicitamente, na justiça distributiva. É verdade que há muito tempo as pessoas acreditam na igualdade humana. O que elas não defendem há muito tempo é a idéia de que o valor igual da humanidade implica igualdade de bens políticos e sociais – e, muito menos, de bens econômicos, tal como a premissa 2 exige. A noção de que todos os seres humanos são, em algum sentido, igualmente merecedores de uma vida boa pode ser encontrada em muitas sociedades ao longo da história humana. Mesmo Platão justifica sua república hierárquica, em parte, pela suposição de que a hierarquia seria boa para aqueles que se encontram em seu escalão inferior. Semelhantemente, Aristóteles afirma que a escravidão, quando conduzida de uma forma apropriada, é boa para os escravos[6]. E as hierarquias hinduístas de casta foram defendidas com base na alegação de que o sofrimento, que acompanha uma vida na extremidade inferior da hierarquia, ajuda àqueles que suportam sua sorte sem se queixar a conquistar o mérito por meio do qual podem ascender a uma vida melhor na próxima encarnação. No entanto, com tais argumentos é possível justificar a mais desigual das sociedades como estando a serviço de ideais igualitários. É encorajador o fato de que a maior parte das culturas pareça ter considerado os seres humanos como iguais em algum sentido fundamental. É desencorajador o fato de que essa crença não signifique muita coisa no que diz respeito à igualdade de *status* social, econômico ou político. Qualquer uma das seguintes suposições pode bloquear a passagem da igualdade em princípio de todos os seres humanos – igualitarismo metafísico – para uma suposição de que se deveriam realizar esforços para igualar as pessoas política, social ou economicamente:

1. A pobreza é uma punição para o pecado – por isso, o pobre, que em princípio é igual ao mais abastado, deve ter feito alguma coisa para, como castigo, perder essa igualdade;
2. A pobreza, como os terremotos e as doenças, é um mal natural que não pode ser vencido por esforços humanos;
3. As coisas materiais não importam, e por isso o pobre e o rico podem viver vidas igualmente boas sem qualquer mudança nas condições materiais de ambos;
4. A pobreza é uma bênção, que capacita uma pessoa a aprender a humildade ou a se livrar de obsessões materiais – portanto, a vida do pobre de fato é igual, ou mesmo superior, à vida daquele que é abastado;
5. As pessoas pobres estão "adaptadas" a uma vida de pobreza – isso é confortável para elas, e por isso elas não apreciariam uma vida mais luxuosa;
6. A pobreza é necessária para manter as pessoas pobres trabalhando, ou para mantê-las longe da bebida – portanto, para que possam desfrutar de uma vida boa;
7. Os pobres só podem ter uma vida boa se os ricos lhes ensinam as boas maneiras e a moral; ou

8. O direito igual de pobres e ricos a bens materiais, embora bastante real, é suplantado por outras considerações, tais como a importância da liberdade.

Qualquer uma dessas premissas, e muitas outras, bloqueará o passo que leva do igualitarismo metafísico para o igualitarismo político ou social. E algumas dessas premissas, ou todas elas, foram sustentadas por praticamente todo mundo na maioria das sociedades, incluindo todas as sociedades do Ocidente até por volta de 1750[7].

Outra objeção que se poderia levantar afirma que seria anacrônico, e que exprimiria um preconceito ocidental, exigir que a justiça em geral tivesse um fundamento secular, como faço na formulação da premissa 3 – exigir, portanto, que as demandas por distribuição de bens fossem defendidas com base em razões seculares para que possam contar como demandas por *justiça*. Mas, de fato, não somente no Ocidente cristão, mas também nas tradições judaica, muçulmana, budista e em muitas outras, uma virtude muito semelhante à que denominamos "justiça" foi, e ainda é, considerada como a única coisa que se pode exigir de todos os seres humanos, quer compartilhem ou não das concepções religiosas de tal tradição. A jurisprudência de uma ampla variedade de culturas considera que, em grande medida, não é apropriado que concepções religiosas sejam impostas às pessoas por meio do poder governamental, ao mesmo tempo em que considera perfeitamente adequado, e isso independentemente de concepções religiosas, forçar os indivíduos a não cometer assassinatos, agressões físicas, roubo e fraude.

Mesmo assim, há os que divergem dessa visão até mesmo no Ocidente. Platão identificava a justiça como fundamental a todas as virtudes, entendendo-a como a ordem correta da alma – uma ordem que mantém nossas paixões sob o controle de nossa razão – e sustentava que somente uma tal ordem poderia garantir que as pessoas realizassem aquelas ações que normalmente se consideram como exigências da justiça, tais como cumprir promessas e pagar dívidas. Aristóteles, aluno de Platão, concedeu polidamente a seu mestre que essa era *uma* noção de justiça – a "justiça universal" –, mas ele a distinguia daquilo que denominava justiça "particular", a virtude que governa os arranjos políticos e as decisões judiciais[8]. É claro que Aristóteles considerava este último significado de "justiça" como o comum, e de fato essa expressão é utilizada, até os nossos dias, para designar, antes de mais nada, uma virtude judicial e política. Alguns pensadores seguiram Platão ao rejeitarem a distinção entre um significado ético mais amplo e um significado especificamente político para a justiça. Se o tipo universal de justiça realmente constitui o fundamento de toda virtude, e se uma cidadania virtuosa constitui a melhor forma de sustentação de um bom Estado, então os Estados deveriam acima de tudo se preocupar em promover a justiça universal em seus cidadãos. O grande platônico cristão Santo Agostinho se valeu dessa posição para sustentar que ninguém pode ser verdadeiramente justo sem ser um cristão devoto. "A justiça é aquela virtude que dá a cada um o que lhe é devido", ele diz, mas, "então, que espécie de justiça é essa, que afasta um homem do Deus verdadeiro e o submete a demônios impuros? É nisso que consiste dar a cada um o que lhe é devido?" Somente uma alma que se submete a Deus será capaz de exercer um domínio apropriado sobre seu corpo; portanto, somente uma tal alma será capaz de justiça[9]. Não há, nem pode haver, justiça em pessoas que não se submetem a Deus, sustenta Agostinho. Portanto, somente há, e somente pode haver, repúblicas justas onde cristãos justos governam. Isso pode significar que nunca houve, nem nunca haverá, repúblicas verdadeiramente justas. Agostinho é cético quanto à probabilidade de que cristãos verdadeiramente devotos venham algum dia a obter muito poder político. O que ele quer dizer é que cristãos devotos deveriam depositar sua confiança em Deus, e não naqueles que exercem o poder político, e que a Cidade de Deus é radicalmente distinta da cidade dos homens, e mais merecedora de obediência do que a última.

Agostinho é assim um pensador apolítico ou mesmo antipolítico, mas também houve personalidades que se valeram de seu modo de argumentação para promover a teocracia na prática. De modo geral, não vou me ocupar dessas concepções neste livro. O ponto central de minha digressão relativa ao argumento a favor de manter juntas a justiça "universal" e a "particular" consiste precisamente em mostrar por que a maior parte dos pensadores da tradição ocidental rejeitou esse argumento. Caso se acredite que a sociedade tem de ser possível entre pessoas que não são perfeitamente virtuosas, entre pessoas que podem não compreender inteiramente a virtude, e muito menos viver de acordo com ela, então deve ser possível separar a virtude para finalidades políticas da esfera da virtude como um todo. Deve ser possível haver uma virtude distinta, política, por meio da qual os cidadãos e as autoridades possam ser julgados, independentemente de seu compromisso com o bem supremo, quer esse bem seja a fé em Deus ou qualquer outra coisa.

De fato, a corrente hegemônica de pensamento sobre a justiça na tradição ocidental sempre a identificou como uma virtude especialmente secular, como algo que uma pessoa pode realizar mesmo que ela seja destituída das virtudes que poderiam conduzi-la à presença de Deus. A própria noção de direito natural, de um direito que todos os seres humanos compartilham, sugere que, para os propósitos da ordem política, as pessoas podem transcender as diferenças religiosas, culturais e filosóficas. Essa implicação torna-se mais ou menos explícita com Tomás de Aquino e os tomistas ortodoxos que o sucederam. A fé é necessária para se aceitar a lei divina, diziam Aquino e seus seguidores, mas todos os seres humanos, sejam eles cristãos ou não, podem e devem apreender o direito natural. Aquino identifica o direito natural com "a luz da razão natural" e o considera idêntico para todos os povos (ST I-II, Q 91, A2; Q 94,

A4). Ele também diz que a lei humana visa, em particular, aquela *parte* do direito natural relacionada "principalmente [com os vícios] que causam danos a outros e que têm de ser impedidos caso se queira preservar a sociedade humana, tais como o assassinato e o roubo, e assim por diante" (ST I-II, Q 96, A2). E ele define a justiça, pelo menos em seu sentido literal, como a virtude que governa a lei humana e que, em vista disso, só se ocupa de nossas relações com outros seres humanos, e não com nossas relações conosco mesmos ou com Deus (ST II-II, Q 57, A1, Q 58, A1, A2). De maneira semelhante, Francesco de Vitoria distingue nitidamente violações da justiça de violações de outras virtudes, advertindo os conquistadores espanhóis para o fato de que os ameríndios poderiam ser considerados responsáveis por não conseguirem cumprir as exigências da justiça, mas não por não conseguirem ser cristãos[10]. Muito depois de Aquino e de Vitoria, essa concepção da justiça como independente de outras virtudes se faz presente na afirmação de Kant segundo a qual os deveres de justiça, diversamente de outros deveres morais, não dizem respeito às intenções daqueles que são obrigados a cumpri-los, e também na concepção de John Rawls da justiça e da política, que as abstrai das diferenças de religião, de cultura ou de outras concepções abrangentes sobre como se deve viver[11].

A menção a Rawls oferece-me um pretexto para assinalar dois outros pontos preliminares. Em primeiro lugar, embora o entendimento secular de Rawls a respeito da justiça e da política tenha raízes antigas, o mesmo não se aplica àquilo que ele inclui no conteúdo da justiça. Quando Rawls diz que a justiça retributiva precisa se preocupar com o caráter de uma pessoa, mas que a justiça distributiva não deve fazê-lo (TJ 311-315), ele praticamente *inverte* a concepção que Aristóteles havia proposto a respeito desses dois tipos de justiça. No entanto, ele não parece estar consciente disso. Como veremos, Rawls fez mais do que qualquer outro teórico para esclarecer a noção moderna de justiça distributiva, mas sua obra tende mais a obscurecer do que a evidenciar a relativa novidade dessa idéia. Esta é uma falha menor na obra de um filósofo sistemático. Mais inquietante é o fato de que pessoas que se propuseram, em anos recentes, a fazer história intelectual tenham mostrado uma tendência a ler as questões de que Rawls tratou em textos escritos numa época em que "justiça distributiva" tinha um significado muito diferente. Quando Adam Smith, por exemplo, escreve que a justiça distributiva não pode ser aplicada coercitivamente (TMS 390, LJ 9), o entendimento amplamente compartilhado que se tem disso hoje é que ele quis dizer que não se pode aplicar coercitivamente justiça distributiva em seu sentido *moderno*. Se examinarmos com atenção a história dessa noção, ficará claro que ele de fato está falando de algo bastante diferente. A idéia deste livro me ocorreu justamente na época em que eu estava trabalhando sobre Smith, quando comecei a perceber que as discussões entre estudiosos contemporâneos sobre as atitudes de Smith em relação à justiça distributiva dependiam de se atribuir a essa expressão um significado que ele ainda não tinha na época de Smith.

Em segundo lugar, é tentador, mas creio que no final é pouco produtivo, ver a história que descrevo neste volume sob a rubrica de uma distinção que Rawls traça entre "conceitos" e "concepções". Rawls sugere que um *conceito* pode ser amplamente compartilhado – seu próprio exemplo é o conceito de justiça – por pessoas que divergem de forma significativa quanto à *concepção* específica que reúnem sob esse conceito (TJ 5-6, 9). Desse modo, as pessoas podem todas concordar que o conceito de justiça envolve algum tipo de igualdade socioeconômica, ao passo que algumas delas sustentam uma concepção segundo a qual a igualdade relevante é a igualdade de oportunidades, enquanto outras supõem que a justiça requer a igualdade de resultados. Com essa distinção em mente, poder-se-ia dizer que um *conceito* de justiça distributiva há muito se encontra disponível, mesmo que as *concepções* de justiça distributiva tenham mudado. Talvez as diferenças que temos com relação a Aristóteles sejam apenas diferenças de concepção; talvez o fato de acreditarmos que as distribuições podem ser avaliadas como justas ou injustas seja suficiente para mostrar que compartilhamos com Aristóteles o conceito de justiça distributiva.

Penso que isso subestima as diferenças entre Aristóteles e nós. Há muitas diferenças entre aquilo que Aristóteles chama de "justiça distributiva" e aquilo que nós chamamos pelo mesmo nome. Algumas delas realmente podem ser descritas como diferenças de concepção, e não de conceito. Quando Aristóteles aplica a justiça distributiva a bens políticos, e não a bens materiais, é fácil dizer que diferimos somente em concepção: aplicamos o conceito a diferentes gamas de objetos, mas há um mesmo conceito em ação em ambas as aplicações. No entanto, quando Aristóteles vincula a justiça distributiva a uma noção de mérito, isso me parece uma diferença mais profunda. Para Aristóteles, o merecimento está *essencialmente* vinculado ao mérito; não faz sentido, em sua estrutura de pensamento, supor que alguém mereça alguma coisa simplesmente porque precise dela. Mesmo o *conceito* de "justiça distributiva" com o qual Aristóteles trabalha parece mais bem definido não pela mera noção de que "a justiça ou a eqüidade pode se aplicar a distribuições", mas sim pela noção de que "a justiça ou a eqüidade se aplica à distribuição de bens *que uma ou mais pessoas merecem*". É essencial, ou seja, não é acidental, ao conceito de Aristóteles de justiça distributiva que uma noção de mérito esteja em ação – uma noção segundo a qual as pessoas merecem alguma coisa em virtude dos traços excelentes de caráter que possuem ou em virtude de ações excelentes que praticaram. É igualmente essencial à noção moderna de justiça distributiva que as pessoas mereçam certos bens *independentemente* de seus traços de caráter ou de qualquer coisa que tenham feito.

Há várias coisas que se podem tentar fazer para reunir as duas noções. Um elemento da noção moderna é que os trabalhadores são insuficientemente compensados pelo trabalho árduo que realizam, ou pela contribuição de seu trabalho para o bem comum, e isso se apóia na suposição de que o trabalho é um mérito, talvez o único mérito relevante para a recompensa econômica. Mas acontece que Aristóteles não se inclinava a reconhecer no trabalho uma atividade particularmente meritória. Ainda assim, isso poderia marcar uma diferença relativamente pequena entre nós e ele. Mais problemático é o fato de que a noção moderna não pode se apoiar primariamente nessa alegação sobre os méritos do trabalho. Aqueles que marcharam sob a bandeira da justiça distributiva nos tempos modernos entenderam que essa noção requer um "ponto de partida" decente para crianças e jovens adultos antes de eles ingressarem no mercado de trabalho, auxílio aos deficientes e aos desempregados estruturais, e, com freqüência, nos casos em que a noção foi usada como parte de um programa socialista, uma distribuição "a cada um de acordo com suas necessidades", e não "de acordo com sua contribuição"[12]. Nenhuma dessas posições pode ser justificada dizendo-se que as pessoas merecem bens materiais como uma recompensa por seu trabalho.

Alternativamente, poder-se-ia dizer que a necessidade é um tipo de mérito. Isso, no entanto, soaria absurdo para Aristóteles. Ele permite que o significado de "mérito" (*axia*) varie consideravelmente – para ele, o mérito é freqüentemente relativo a um projeto comum, de tal forma que, por exemplo, uma pessoa que contribui com mais capital para um empreendimento mercantil merece receber mais de seus lucros (NE 1131b29-1131b30) –, mas sempre descreve alguma coisa *boa* a respeito de uma pessoa, alguma coisa que essa pessoa, e outras, podem valorizar nela. Ninguém, incluindo a própria pessoa necessitada, valorizaria a condição de estar necessitado[13].

Uma abordagem mais promissora seria a de sugerir que, depois de Kant, o livre-arbítrio conta como uma espécie de mérito e, na medida em que o exercício do livre-arbítrio requer determinados bens, todos os seres humanos merecem esses bens em virtude de sua capacidade de escolha. Kant de fato desenvolve uma argumentação nessa linha, como eu mostrarei[14], e vários teóricos modernos importantes da justiça distributiva inspiraram-se nele. No entanto, mesmo com essa ajuda de Kant, é preciso uma boa dose de malabarismos para reunir a justiça distributiva antiga e a moderna sob o mesmo conceito. Para Aristóteles, a idéia de que a capacidade de escolha é meritória em si mesma seria estranha, mesmo que não tão bizarra quanto a idéia de que seja meritória a condição de estar necessitado. Não há em Aristóteles nada parecido com a nossa idéia de "livre-arbítrio", embora ele nos ofereça uma discussão interessante sobre a escolha em NE III.1-5, passagem em que deixa claro que a excelência só pode se manifestar em atos voluntários. No entanto, a capacidade de escolha, em si mesma, não é boa nem ruim; ela é simplesmente aquilo que torna possível tanto a bondade como a maldade (1113b5-1113b14). Por isso, é difícil imaginar que sentido Aristóteles poderia dar à alegação de Kant de que o valor absoluto dos seres humanos tem por fundamento sua capacidade de escolha. E se olhamos na outra direção, vemos que os distributivistas modernos, não obstante a influência de Kant, normalmente não sustentam que o livre arbítrio é uma excelência à qual determinados bens são apropriados. O que eles costumam dizer é que a necessidade, independentemente da excelência, é o fundamento legítimo de uma reivindicação de determinados bens. Novamente, isso não faria sentido para Aristóteles. Para ele, seria ininteligível que a justiça distributiva, como ele a definia, pudesse dispensar uma noção de mérito.

Isso parece suficiente para mostrar que as noções antiga e moderna fazem uso de dois conceitos distintos, e não meramente de duas concepções distintas, de justiça distributiva. Mas eu não estou inclinado a levar muito longe esse ponto, pois acredito que a distinção entre "conceito" e "concepção", embora útil como uma regra prática, não é muito precisa ou bem delimitada. Se acrescentarmos diferenças de concepção em número suficiente, sempre se pode argüir que estamos diante de uma diferença de conceito; e também é provável que sempre possamos conceber alguma estrutura geral capaz de acomodar diferenças de concepção, caso achemos necessário sustentar que continuamos trabalhando com um único conceito. A maneira como traçamos essas linhas divisórias é, em certa medida, arbitrária, ou, pelo menos, relativa a nossos propósitos polêmicos. Concepções pertencem ao mesmo conceito se, e somente se, compartilham de certas semelhanças de família, mas redes de semelhanças de família não deixam claro, por si próprias, se deixam ser separadas ou mantidas juntas. Como diz Wittgenstein, "podemos traçar uma fronteira [em torno de um conceito] – para uma finalidade específica, [mas isso não] basta para tornar o conceito utilizável (exceto para aquela finalidade específica)"[15]. Penso que há vários propósitos para os quais é útil traçar uma fronteira entre os conceitos aristotélico e moderno de justiça distributiva, mas não negaria que se poderia perfeitamente utilizar a expressão para outras finalidades, sem tal fronteira.

Decerto, não quero traçar uma fronteira muito pronunciada entre os conceitos. Estive falando, nesta introdução, como se houvesse um certo conjunto de premissas que, em conjunto, constituem o conceito moderno de justiça distributiva e que o distinguem de seu ancestral aristotélico. Essa maneira de falar é útil para evidenciar algumas diferenças cruciais entre o que nós e Aristóteles chamamos pelo mesmo nome. Mas a história das idéias é algo complicado, e hoje não há nem concordância universal sobre o que "justiça distributiva" quer dizer, nem uma linha de tempo nítida no passado ao longo da qual as premissas que descrevi como necessárias para a justiça distributiva moderna passaram, uma a uma, a ser amplamente aceitas. Ocasionalmente, algumas das premissas que listei acima foram defendidas por pensadores ou por ativistas políticos pré-modernos – Tibério Graco acreditava que pelo menos os soldados pobres mereciam um quinhão maior de terra do que tinham e que o Estado deveria redistribuir a terra de modo a beneficiá-los, e Thomas Morus sugeriu que o trabalho árduo dos pobres em geral lhes dava direito a uma participação maior na riqueza[16] – e ainda hoje há discussões sobre como, exatamente, essas premissas, ou a justiça distributiva como um todo, devem ser caracterizadas. Recorrendo novamente a uma idéia wittgensteineana[17], seria mais apropriado dizer que a justiça distributiva moderna é constituída por uma fibra de fios entrelaçados, e que alguns desses fios, mas nada que pudesse se parecer muito com a fibra toda, apareceram aqui e acolá no passado, e que a antiga justiça distributiva, ainda que compartilhasse alguns fios com a noção moderna, em seu conjunto constitui-se em uma fibra claramente distinta.

Para alguns leitores, isso talvez não seja suficiente para delinear uma distinção nítida entre dois conceitos de justiça distributiva. Tais leitores poderiam caracterizar meu projeto como uma demonstração das muitas mudanças históricas que nos levaram de uma concepção de justiça distributiva a outra – mantendo fixa, como o conceito em questão, a noção mínima de que pode haver questões de eqüidade na distribuição de bens. Não tenho nenhuma objeção a essa caracterização alternativa de meu projeto. Não importa muito se alguém vê a concepção antiga e a moderna como duas concepções e não como dois conceitos de justiça, a não ser que isso o leve a subestimar as mudanças pertinentes e a pensar que Aristóteles e Aquino se ocuparam essencialmente das mesmas questões que preocupam Rawls. Isso *seria* um grande erro, e é contra esse tipo de anacronismo, surpreendentemente comum ainda hoje, que escrevo.

Capítulo 1
De Aristóteles a Adam Smith

> Já admoestei os ricos; agora escutai, vós, os pobres. Vós, os ricos, distribuí vosso dinheiro; vós, os pobres, abstendei-vos da pilhagem. Vós, os ricos, distribuí vossos recursos; vós, os pobres, refreai vossos desejos... Vós não tendes uma casa em comum com os ricos, mas tendes o céu em comum, a luz em comum. Buscai somente para a suficiência, buscai somente aquilo que é o bastante e não desejeis mais.
>
> AGOSTINHO, *Sermões sobre o Novo Testamento*

Mencionei na Introdução que meu interesse pela história da justiça distributiva foi despertado por um trabalho sobre Adam Smith. Na verdade, Smith é um *terminus ad quem** apropriado para o primeiro capítulo dessa história. Uma razão para isso é que Smith, um dos primeiros filósofos a incluir uma história da filosofia em seus escritos, faz comentários interessantes sobre mudanças no significado da expressão "justiça distributiva"[1]. Outra razão está no fato de que Smith é um dos últimos grandes pensadores a utilizar "justiça distributiva" em seu sentido pré-moderno. Como veremos no próximo capítulo, a noção moderna que é designada por essa expressão nasceu quase que exatamente no momento em que Smith morreu.

Uma terceira razão é que, talvez porque Smith assinale o fim de uma maneira mais antiga de pensar sobre a justiça distributiva, os erros das interpretações convencionais da história dessa expressão tornam-se particularmente nítidos quando os estudiosos lidam com Smith. Praticamente todos os comentadores de Smith, incluindo os melhores, descrevem-no como rejeitando a noção de justiça distributiva. Istvan Hont e Michael Ignatieff dizem que as concepções de Smith "efetivamente excluíram a 'justiça distributiva' das funções apropriadas do governo em uma sociedade de

---

* Um ponto final. [N. do T.]

mercado", e que ele "insistia" em que somente a justiça comutativa podia ser aplicada coercitivamente (NJ 24). Donald Winch fala da "restrição da aplicação [da noção de justiça] em *Teoria dos sentimentos morais* [de Smith] à justiça comutativa, por oposição à justiça distributiva"[2]. Charles Griswold descreve Smith como tendo tomado "a decisão de se restringir à justiça comutativa e de assimilar, em sua maior parte, a justiça distributiva à [virtude privada] da beneficência"[3].

Todos esses comentadores escrevem como se Smith tivesse feito alguma coisa nova ou controversa – "excluído" algo da noção de justiça (Hont e Ignatieff), "restringido" o conceito de alguma forma (Winch) ou tomado a "decisão" de definir o conceito de um modo incomum (Griswold). Isso nos dá a impressão de que havia, antes de Smith, uma tradição que realmente incluía a justiça distributiva entre "as funções apropriadas do Estado", e que Smith estava abandonando à beneficência privada uma tarefa que tradicionalmente o Estado era obrigado a desempenhar. Essa impressão é bastante equivocada. Quando Smith herdou a tradição do direito natural, a "justiça distributiva" já era uma virtude privada, e não uma tarefa para o Estado, e, apesar dos nossos comentadores, jamais teve algo a ver com a distribuição de propriedade.

Hont e Ignatieff, em especial, entendem isso de forma equivocada. Para eles, a tradição do direito natural é obcecada com a questão de como "garantir a justiça entre os abastados e os destituídos" (NJ 35) e repetidamente apresentam o problema com o qual Tomás de Aquino, Hugo Grócio, Samuel Pufendorf e John Locke se defrontaram, como o de assegurar direitos individuais de propriedade preservando-se, ao mesmo tempo, "o direito que os pobres merecem ter sobre a propriedade dos ricos" (31). Smith, argumentam, parte desse mesmo problema, mas tem grande dificuldade de enfrentá-lo por causa de sua concepção nova, e absolutista, de direitos de propriedade: "se a propriedade tem de ser absoluta, como, então, seria possível prover aqueles que foram excluídos da partição do mundo?" (24). A resposta de Smith, de acordo com Hont e Ignatieff, é que o mercado supriria a maior parte das necessidades dos pobres e que, se isso não funcionasse, a beneficência, motivada pela "piedade e compaixão pelos desafortunados" (24), tomaria o lugar que antes fora ocupado por um direito genuíno dos pobres. Uma das maneiras de apresentar o argumento deste livro consiste em dizer que Hont e Ignatieff interpretam a tradição do direito natural precisamente na direção errada, e que Aquino e seus seguidores *não* reconhecem qualquer direito dos pobres a bens materiais, ao passo que Smith, embora não utilize a palavra "direito", tem importância central para a emergência dessa abordagem moderna da pobreza. É claro que Smith não está sozinho nisso; acima de tudo, ele olha para trás, para Jean-Jacques Rousseau, e para frente, para Immanuel Kant.

Voltarei a Rousseau e a Kant no próximo capítulo. Neste capítulo, tratarei de seus predecessores, à medida que seja possível discernir uma preocupação com "a justiça entre os abastados e os destituídos" na tradição do direito natural tal como Smith a encontrou, depois que ela foi desenvolvida por Aquino, Grócio, Pufendorf e Locke com base em Aristóteles.

1. Dois tipos de justiça

A expressão "justiça distributiva" vem originalmente de Aristóteles (NE V.2-4). Ele a contrasta com a "justiça corretiva" (mais tarde denominada "justiça comutativa"), que diz respeito à punição. Aristóteles traça duas distinções na noção de justiça. Em primeiro lugar, ele distingue entre um sentido, depois denominado "justiça universal", que abrange todas as virtudes – o sentido com que Platão usou a palavra em *A república*[4] – e uma "justiça particular", que se aplica às constituições políticas e às decisões judiciais. Em segundo lugar, ele distingue, no interior deste segundo sentido do termo, "justiça distributiva" de "justiça corretiva"⁵. A justiça distributiva requer que honra, ou posições de autoridade política, ou dinheiro sejam distribuídos de acordo com o mérito – "todos os homens concordam que aquilo que é justo na distribuição deve estar de acordo com o mérito" (NE 1.131a25) –, enquanto a justiça corretiva requer que os culpados por injúrias paguem pelos danos que causaram a suas vítimas de acordo com a extensão desses danos. A discussão que Aristóteles faz dessa distinção tem por objeto as diferentes maneiras segundo as quais a justiça distributiva e a corretiva representam uma norma de igualdade: no primeiro caso, a igualdade consiste no fato de que cada pessoa é recompensada na proporção de seus méritos, de tal modo que é injusto que os desiguais em mérito sejam tratados de igual maneira ou que os iguais em mérito sejam tratados de maneira desigual (1.131a23); no segundo, a igualdade requer que todas as vítimas de injúrias sejam igualmente compensadas, independentemente de mérito: "não importa se um homem bom defraudou um homem mau ou se um homem mau defraudou um bom...; a lei olha apenas para a natureza específica da injúria" (1.132a4-1.132a5). Os detalhes desse argumento formal ocupam mais de dois capítulos (V.3 e V.4). Aristóteles observa de passagem que as pessoas podem discordar sobre o que consideram como o tipo apropriado de mérito na justiça distributiva – os oligarcas consideram a riqueza ou a descendência nobre como o mérito apropriado para a cidadania, os aristocratas insistem em que somente a excelência qualifica uma pessoa para a cidadania, e os democratas dizem que a simples condição de ser livre, e não escravo, qualifica uma pessoa para a cidadania – mas ele não toma partido nessa disputa.

Dessa forma, Aristóteles preocupa-se em desenvolver uma argumentação mais formal do que substantiva sobre a justiça distributiva, e para isso o mérito é essencial: o contraste entre ela e a justiça corretiva depende da relevância do mérito⁶. Nós compensamos até mesmo pessoas más que sofreram uma injúria, prestando atenção somente no grau do dano sofrido, mas distribuímos bens a pessoas na medida em que elas os merecem. E o caso de justiça distributiva com o qual Aristóteles mais se preocupa é o de como a participação política (a capacidade para votar ou exercer cargos políticos) deve ser distribuída, caso esse que ele volta a abordar, mais tarde, em *A política*[7]. É verdade que ocasionalmente ele menciona o fato de que questões de justiça distributiva podem surgir em conexão com a distribuição de bens materiais – quando, por exemplo, os sócios de um empreendimento comercial têm de despender fundos comuns de maneira proporcional à contribuição de cada um ao empreendimento (1.131b29-1.131b30). O que ele não levanta nem mesmo como uma possibilidade é que a justiça possa exigir que o Estado organize a estrutura fundamental da posse material entre seus cidadãos. Mesmo quando ele examina, em *A política* II.5, as propostas de Platão de uma propriedade comunal dos bens materiais, ele sequer menciona a possibilidade de que a *justiça* pudesse exigir (ou proibir) uma redistribuição de bens pelo Estado[8]; e nem o próprio Platão defendera suas propostas dessa maneira. O que Platão havia sugerido, e Aristóteles rejeita, é que a propriedade comunal dos bens poderia ajudar a moderar os desejos materiais das pessoas, evitar a corrupção política e criar laços de amizade. Platão não sugeriu, e nem ocorreu a Aristóteles negar, que todos os seres humanos *merecem* uma parcela igual de bens materiais – que merecem, de fato, qualquer parcela que seja desses bens[9].

Depois de Aristóteles, a figura mais importante na tradição do direito natural é Tomás de Aquino, mas, antes de voltarmo-nos a ele, vejamos rapidamente o pensador romano Cícero. Cícero não trata explicitamente da discussão de Aristóteles sobre a justiça, mas introduz uma distinção que foi entendida por pensadores posteriores como paralela à distinção entre justiça distributiva e justiça comutativa. Em seu *De officiis*, Cícero contrasta a justiça com a beneficência, dizendo que a justiça pode e deve ser legalmente exigida de nós, enquanto a beneficência não deveria ser. Em contraste com as violações à justiça, que causam danos positivos, não praticar a beneficência meramente priva as pessoas de um benefício; os deveres de justiça são devidos a todos, em qualquer lugar, ao passo que os deveres de beneficência são devidos mais a amigos, parentes e concidadãos do que a estranhos[10]. Como Martha Nussbaum recentemente descreveu de uma forma maravilhosamente detalhada[11], essa interpretação das duas virtudes se tornou extremamente influente, tanto em autores cristãos, como Agostinho e Aquino, como em autores mais seculares posteriores, tais como Grócio, Adam Smith e Kant. Nussbaum desenvolve uma crítica vigorosa da distinção entre "causar danos positivos" e deixar de prover benefícios, mas também observa que essa distinção é um dos legados mais importantes de Cícero[12]. Uma razão para isso pode ter a ver com a teologia cristã. A noção de que a beneficência, de alguma forma, se encontra fora da esfera própria da justiça teve boa acolhida em um mundo cristão no qual a caridade era uma virtude que definia o reino especial de Cristo, enquanto a justiça caracterizava o mundo de César (e de Moisés). E uma vez que a terminologia confusa de Grócio, como veremos, permitiu que a expressão "justiça distributiva" fosse utilizada como um sinônimo de caridade ou beneficência, pode-se facilmente vir a perceber a justiça distributiva como uma virtude que, por definição, não pode ser imposta coercivamente e que nem sequer é parte da justiça propriamente dita.

Mas Cícero também afirmou que a beneficência está "vinculada" à justiça (*iustitia ... et huic coniuncta beneficentia*)[13]. Podemos pensar que isso nos permitiria defender exatamente a posição oposta – a de que a beneficência, oferecendo ajuda material aos necessitados, é parte da justiça propriamente dita. No entanto, o próprio Cícero deixa claro que a conexão entre justiça e beneficência que ele tem em mente é aquela segundo a qual a justiça *impõe restrições* à beneficência. Todas as formas de beneficência "devem ter por referência" a justiça (*De officiis*, 1.42), e o que ele quer salientar aqui é a *exclusão* de qualquer forma de beneficência que viole direitos de propriedade: "a transferência de dinheiro de seus proprietários legítimos a outros, por Lucius Sulla e Gaius César, não deve ser vista como generosa: nada é generoso se também não for justo" (1.43). Cícero se opunha vigorosamente a toda e qualquer redistribuição de propriedade, opondo-se inclusive às leis agrárias (II.73, 78). Para Cícero, a beneficência complementa a justiça – somente quando a justiça é acompanhada pela beneficência pode haver solidariedade humana verdadeira[14] – mas ela não permite nenhuma forma de satisfação de necessidades humanas que seja excluída pela justiça.

Aquino certamente concorda que a justiça tem prioridade sobre a beneficência, mas é um pouco enganoso representar sua posição dessa maneira, uma vez que ele retorna muito mais à descrição da justiça em Aristóteles do que à distinção entre justiça e beneficência em Cícero. De fato, Aquino adota a concepção de justiça distributiva de Aristóteles, deixando-a mais ou menos intacta. Contrasta a justiça comutativa e a distributiva, diz que a primeira corrige erros enquanto a segunda distribui bens, descreve a primeira como seguindo a igualdade estrita, enquanto a segunda proporciona bens ao mérito, e menciona as diferentes maneiras segundo as quais as posições políticas são repartidas nas aristocracias, oligarquias e democracias como exemplo do tipo de questão ao qual a justiça distributiva se aplica[15]. Novamente, a distribuição segue o mérito; e novamente o principal tipo de distribuição em questão tem a ver com bens políticos, e não materiais; e novamente não há sugestão alguma de que prover aos pobres seja uma questão de justiça distributiva.

Aquino dominou o pensamento político ocidental até o início do século XVII, quando a tradição do direito natural foi radicalmente reconcebida por Hugo Grócio. No que se refere à justiça distributiva, como em muitos outros tópicos, Grócio seguiu e revisou a tradição anterior. Acima de tudo, ele introduziu uma distinção entre justiça "expletiva" e justiça "atributiva" que tinha o propósito de seguir as distinções de Aristóteles e de Aquino entre justiça "comutativa" e "distributiva", mas que acabou não tendo exatamente esse efeito. Segundo Grócio, a justiça "expletiva" é legalmente coercitiva, ao passo que a "atributiva" não o é (LWP I.i.vii-viii, 36-37). A justiça expletiva governa tudo o que a lei humana faz ou deve fazer, e as reivindicações que ela procura satisfazer são correspondentemente denominadas "direitos legais" ou "direitos estritos"[16]. Por sua vez, a justiça atributiva abarca todas "aquelas virtudes que têm o propósito de fazer bem aos outros, tais como a generosidade, a compaixão e a previdência em questões de governo" (LWP I.viii.1, 37). Grócio recorre profusamente a Cícero, e nós podemos reconhecer a "justiça atributiva" grociana como uma descendente da beneficência ciceroniana; de fato, ele cita Cícero como uma fonte para a noção de "aptidão", da qual a justiça atributiva se ocuparia (36-37 e nota em 36). Grócio também fala às vezes das "normas (*rules*) do amor", que são mais amplas do que as normas (*rules*) legais (III.xiii.iv.1, 759; veja também I.ii.viii.10, 75 e III.i.iv.2, 601), e Jerome Schneewind argumentou de modo convincente que, para Grócio, a lei do amor está intimamente ligada às exigências da justiça atributiva, e talvez seja idêntica a elas[17]. Grócio oferece como exemplo de um ato que expressa a justiça atributiva o de legar heranças e como exemplos de atos que nos são exigidos pela "lei do amor" os de oferecer informações completas a potenciais sócios em um negócio, sacrificar a própria vida pelo país, evitar que se inflijam danos a civis inocentes em tempos de guerra e ser misericordioso para com devedores carentes[18]. Note que somente o último desses exemplos tem algo a ver com a ajuda aos necessitados; os outros são expressões de amor familiar, honestidade, patriotismo e sensibilidade para com os méritos da inocência. De modo geral, a justiça atributiva de Grócio é equivalente à virtude social, e não simplesmente àquele elemento da virtude social que nos leva a mostrar generosidade para com os pobres.

Mais precisamente, a justiça atributiva de Grócio, em especial sob a denominação de "lei do amor", é equivalente à concepção *cristã* de virtude social. Grócio associa explicitamente a lei do amor com a lei do Evangelho, invocando, com relação a isso, a superioridade da lei do Evangelho à lei de Moisés[19]. Essa associação traz à luz de modo acentuado o fato de que a lei do amor não pode ser imposta, pois nesse caso deixa de ser amor, e que, como o amor, que se supõe fluir infinitamente, para além de todos os limites, e diferentemente da lei em sentido estrito, que precisa ter e de fato sempre tem limites, os deveres que nos são impostos pela "lei do amor" são potencialmente infinitos – em princípio, é impossível limitá-los. Aqueles que seguem Grócio dão aos direitos correspondentes a esses deveres o nome de "direitos imperfeitos", em oposição aos "direitos perfeitos" criados por obrigações legais, em parte para sugerir que os direitos em questão jamais podem ser completados (tornados "perfeitos") e que eles nos impõem exigências que jamais podem ser plenamente satisfeitas. Esse tipo de obrigação ilimitada não pode pertencer à justiça em sentido estrito – não pode ser algo que possamos impor coercitivamente, porque é injusto punir pessoas por algo que elas não podem fazer, e ninguém é capaz de cumprir uma obrigação ilimitada. A lei do amor é por isso um *padrão com o qual se devem comparar* todas as instituições da lei humana, e não algo que pertença ao domínio legal. Ela denota virtudes que transcendem a lei humana. Cristo pede aos seus seguidores para irem além dos limites de toda lei, e a justiça atributiva de Grócio acena em direção a esse reino supralegal de virtude, e não em direção a um âmbito que algum dia pudesse vir a estar sob o controle próprio de legisladores e tribunais humanos. Portanto, se a generosidade para com os pobres é um exemplo paradigmático de justiça atributiva, é também um exemplo de algo que vai além da lei, e não de algo que a lei devesse realizar.

As concepções de Grócio são pouco claras em vários aspectos, e aqueles que o seguem dedicam uma energia considerável à interpretação das passagens mais obscuras de seus escritos. Por exemplo, Grócio não deixa claro por que a "justiça atributiva" deveria ser considerada parte da justiça, nem como seria possível interpretar os dois tipos de justiça de Aristóteles como dividindo-se entre o que pode e o que não pode ser aplicado coercitivamente. (Uma vez que a "justiça distributiva" de Aristóteles caracterizaria a constituição de um Estado – a maneira como se distribuem os direitos de votar e de ocupar posições de autoridade política –, como ela poderia *não* ser aplicada coercitivamente?) Samuel Pufendorf, que era tão lúcido quanto Grócio era obscuro, observou corretamente que a justiça atributiva de Grócio se parecia mais com a "justiça universal" do que com a justiça distributiva de Aristóteles (LNN I.vii.11, 122). Pufendorf também cunhou a expressão "direito imperfeito" para descrever o objeto da justiça atributiva, deixando claro que se deve considerar um direito imperfeito como algo muito semelhante a um direito legal ou perfeito, exceto que, em sua maior parte, somente este último, e não o primeiro, deveria ser aplicado coercitivamente por meio de decisão política. "É menos imperativo que [os direitos imperfeitos] sejam observados em relação aos demais do que [os direitos perfeitos]", ele diz, e "por isso é razoável que [os direitos perfeitos] possam ser mais rigorosamente impostos que [os imperfeitos], pois é tolice prescrever um remédio que é muito mais problemático e perigoso que a própria doença" (LNN I.vii.7, 118). Além disso, os direitos imperfeitos são usualmente "deixados por conta do senso de decência e da consciência de cada pessoa" (119), razão pela qual seria "incoerente" obrigar o seu cumprimento. O sentido de atender a direitos imperfeitos consiste, pelo menos em parte, em demonstrar a própria decência e consciência, mas se esses direitos fossem impostos coercitivamente, aqueles que os atendessem só demonstrariam temor pela lei, e não decência e consciência.

É importante observar que, na primeira das linhas de raciocínio de Pufendorf, direitos perfeitos e imperfeitos são do mesmo tipo, embora difiram em grau. Pufendorf implicitamente os compara, dizendo que "algumas coisas nos são devidas por um direito perfeito, e outras por um direito imperfeito", e prossegue associando o primeiro com a justiça particular e o segundo com a justiça universal (LNN I.vii.7-8, 118-119). Além disso, para Pufendorf a justiça universal tem uma estrutura quase-legal: é uma estrutura ordenadora de nossas vidas, que é decretada e imposta coercitivamente pela Vontade de Deus[20]. Portanto, os direitos que correspondem à justiça universal são exatamente como os direitos que correspondem à justiça particular, exceto que Deus estabelece e faz cumprir os primeiros, ao passo que os seres humanos estabelecem e fazem cumprir os segundos. Não está claro se foi isso o que Grócio realmente quis dizer, mas a maneira como Pufendorf interpretou a distinção se tornou padrão. Até mesmo filósofos morais como Frances Hutcheson e Adam Smith, que não consideravam que a moralidade em geral fosse como a lei, mantiveram a expressão "direitos imperfeitos" para se referir às reivindicações que uma pessoa poderia fazer somente com base na moralidade. Para Hutcheson e sobretudo para Smith, esses "direitos imperfeitos" não tinham muita semelhança com seus primos perfeitos, e, em particular, não se prestavam muito bem à formulação legal.

Porém, tanto a linguagem como a argumentação que Pufendorf introduziu tornaram difícil perceber por que deveria haver alguma objeção *em princípio* a incorporar direitos imperfeitos à lei. Na própria concepção de Pufendorf, os direitos imperfeitos são menos necessários que os perfeitos, mas ainda assim podem ser necessários; os direitos perfeitos podem ser exigidos mais rigorosamente que os imperfeitos, mas em princípio também é possível exigir o cumprimento destes últimos. O que atrapalha a exigência de que sejam cumpridos é que a tentativa de impô-los é um "remédio" pior que a doença – será pior para as pessoas que os direitos imperfeitos sejam impostos coercitivamente do que se permanecerem não cumpridos. Mas é difícil perceber por que os direitos imperfeitos não deveriam ser impostos coercitivamente se acontecesse de o "remédio" de exigir o seu cumprimento ser melhor que deixar a "doença" seguir o seu curso. O próprio Pufendorf afirma que eles podem ser aplicados coercitivamente na "eventualidade da eclosão de uma grave necessidade" (LNN I.vii.7, 119)[21] e permite a possibilidade de que os Estados possam adotar uma maior ou menor coercibilidade de direitos imperfeitos em seu Direito Civil. Dessa forma, ele abre caminho para os utilitaristas, que só se preocupariam em saber se o auxílio estatal aos pobres contribuiria para o bem comum, e não em determinar se essa ajuda pertenceria à esfera da beneficência ou à esfera da justiça. Não é implausível descobrir a semente da noção moderna de justiça distributiva já em Pufendorf. Mas o próprio Pufendorf nada diz que possa sugerir que a propriedade privada deveria ser redistribuída – ele é um crítico severo de esquemas comunais como o da *Utopia*, de Thomas Morus –, ou que possa sugerir que a existência da pobreza constitui algum tipo de injustiça. Também parece que ele não tem nenhuma dúvida de que há uma distinção nítida entre justiça e beneficência, por mais que as linhas divisórias entre as duas tenham margens indistintas.

Foi essa interpretação um tanto insegura da justiça, e dos direitos perfeitos e imperfeitos, que o século XVIII herdou. Pufendorf exerceu uma influência direta e importante sobre a filosofia política da Escócia do século XVIII – por meio de Gershom Carmichael, que lecionou sobre o trabalho de Pufendorf em sua condição de primeiro detentor de uma cátedra na Universidade de Glasgow que mais tarde seria ocupada por Hutcheson e Smith –, e, de qualquer maneira, ninguém, incluindo seu contemporâneo Locke, levou adiante a discussão sobre justiça distributiva. É verdade que Locke contribuiu com algo que viria a se tornar importante para a justiça distributiva moderna – uma poderosa formulação da intuição de que o trabalho constitui a fonte primária do "mérito", que permite a qualquer um reivindicar legitimamente o direito a bens materiais[22] –, mas ele seguiu a tradição do direito natural precisamente por distinguir entre direitos protegidos pela justiça e direitos protegidos pela caridade: "Assim como a justiça dá a cada homem um direito ao produto de sua indústria honesta e às aquisições justas de seus ancestrais... a caridade dá a cada homem um direito a uma certa parcela da riqueza de um outro, suficiente para tirá-lo da carência extrema, caso ele não disponha de recursos para subsistir de outro modo" (Tr I 4.42)[23]. De maneira semelhante, no fim da década de 1690, o quacre John Bellers recomendava seus programas notavelmente avançados de eliminação da pobreza como um exercício de "Caridade", ou "Misericórdia e Virtude", e não como uma expressão de justiça. Na verdade, ele estava bastante inclinado a admitir que os pobres estão cheios de "Qualidades más", que eles não merecem ajuda e que somente o amor que provém da Cristandade devota pode motivar tal ajuda[24].

Por isso, não deveríamos nos surpreender com o fato de que a justiça não inclui auxílio aos pobres nos escritos de Hutcheson e Smith. Hutcheson, como Pufendorf, distingue entre direitos perfeitos e imperfeitos e caracteriza estes últimos como tendo por objeto aquelas reivindicações que fazemos por "ajudas caridosas de outros"[25]. Direitos perfeitos incluem nosso direito à vida, à integridade física, à castidade, à liberdade, à propriedade e à reputação. Direitos imperfeitos consistem nas reivindicações que fazemos das posições e honrarias que conquistamos graças aos nossos méritos, e para a ajuda de nossos amigos, vizinhos e parentes. Hutcheson afirma que as obrigações que correspondem a direitos imperfeitos "são de tal natureza que torná-los compulsórios produziria mais males na sociedade do que deixá-los livres para que cada pessoa os cumpra, ou não, de acordo com sua honra e consciência"[26]. Os direitos imperfeitos vêm em "uma espécie de escala ou ascensão gradual efetuada por meio de... passos imperceptíveis", mas que ganham força de acordo com os méritos ou com as necessidades da pessoa que reivindica ajuda, e de acordo com a proximidade do vínculo existente entre essa pessoa e aquela a quem ela pede ajuda, até que, por fim, alcançamos certos direitos imperfeitos "tão fortes que dificilmente podem ser distinguidos dos perfeitos"[27]. A noção de direitos imperfeitos ascendendo, em algum momento, ao nível dos direitos perfeitos parece ser uma inovação introduzida por Hutcheson, uma contribuição à tradição que começa a ofuscar a distinção entre os dois tipos de justiça de Grócio e a sugerir que o tipo distributivo ou atributivo pode nem sempre se restringir apenas a uma questão de amor.

Em cada um desses pontos, incluindo o último, Smith é um estudante fiel de Hutcheson. Citando Hutcheson e Pufendorf, ele distingue entre direitos perfeitos e imperfeitos, vinculando os primeiros à justiça comutativa e os segundos à justiça distributiva (LJ 9). Na primeira categoria ele inclui os direitos à vida, à integridade física, à castidade, à liberdade, à propriedade e à reputação, e vê a justiça distributiva como respondendo às exigências que nos são feitas pelas necessidades e méritos de outros. Direitos perfeitos podem ser impostos coercitivamente; os imperfeitos geralmente não devem sê-lo, e tentar impô-los pode ser "destrutivo à liberdade, à segurança e à justiça" (TMS 81). Mas os deveres de beneficência variam de intensidade de acordo com "o caráter,... a situação, e... o vínculo conosco" do requerente (TMS 269), e, em sua intensidade máxima, alguns deles "aproximam-se... daquilo que é chamado de uma obrigação perfeita ou completa" (TMS 79). Uma vez estabelecido um governo civil, os mais fortes desses deveres podem ser garantidos à força, e "todas as nações civilizadas" corretamente impõem por meio de coerção as obrigações de pais e filhos de cuidar uns dos outros, juntamente com muitos outros deveres de beneficência" (TMS 81). Mais explicitamente que Hutcheson, Smith admite a legitimidade de se utilizar o poder estatal para "impor... deveres de beneficência" (loc. cit.). Dessa forma, Smith aproxima a tradição jurisprudencial do reconhecimento de que, em certas circunstâncias, as pessoas têm um direito estrito à beneficência, que pode ser imposto coercitivamente. Quando ele associa a justiça distributiva à beneficência, ou diz que o "direito" que um mendigo tem de exigir caridade de nós só o é "em um sentido metafórico" (LJ 9), ele está reportando o senso comum de sua tradição moral e legal. Quando ele diz que os governos tornam, e devem tornar, obrigatório o cumprimento de certos deveres de beneficência, ele vai um pouco além daquela tradição.

Mas para Smith a justiça distributiva ainda não está primariamente voltada ao alívio da miséria dos pobres. Assim como na tradição anterior a ele, Smith considera que a justiça distributiva inclui os deveres de pais para com filhos, de beneficiários para com benfeitores, de amigos e vizinhos uns para com os outros e de todos para com as pessoas "de mérito". Para ilustrar a justiça distributiva em *Teoria dos sentimentos morais*, ele observa: "Afirma-se que praticamos injustiça contra um homem de mérito com quem temos um vínculo... se não nos esforçamos para servi-lo" (TMS 269). Seu primeiro exemplo de um dever de beneficência nas *Lectures on Jurisprudence* é o reconhecimento que devemos a "um homem de qualidades brilhantes ou de notável erudição" (LJ 9). Desse modo, para Smith a "justiça distributiva" está conectada, como também está para Grócio, com "todas as virtudes sociais" (TMS 270), e não somente com a caridade para com os pobres. Além disso, ela retém a conotação que tinha para Aristóteles, de fazer com que os bens correspondam ao mérito, em vez de demandar, como o faria um distributivista moderno, que bens sociais sejam distribuídos independentemente de mérito.

Isto significa dizer que, quando Smith observa que a justiça distributiva em seu sentido pós-grociano não pode ser coercitiva, ele não está, como Griswold, Winch, Hont e Ignatieff sustentam, rejeitando uma concepção anterior de justiça distributiva, segundo a qual o Estado tem o dever de direcionar ou supervisionar a distribuição de propriedade. Em vez disso, Smith está aceitando, como uma questão terminológica, uma distinção histórica de acordo com a qual "justiça comutativa" significa proteção contra injúrias, e "justiça distributiva" é um termo genérico para todas as virtudes sociais. E de acordo com a tradição que havia estabelecido essa distinção, a justiça distributiva tinha pouca ou nenhuma relação com arranjos de propriedade. Nem um único pensador jurisprudencial antes de Smith – nem Aristóteles, nem Aquino, nem Grócio, nem Pufendorf, nem Hutcheson, nem William Blackstone ou David Hume – colocou a justificação de direitos de propriedade sob o título de justiça distributiva. Reivindicações de propriedade, assim como violações de propriedade, eram questões para a justiça comutativa; a ninguém era dado um direito de reinvindicar propriedade por razões de justiça distributiva. Como mostrarei adiante, até mesmo o célebre direito de necessidade, de acordo com o qual aqueles que se encontram em estado de extrema necessidade podem fazer uso de bens alheios sem permissão, cai sob o título de justiça comutativa para Aquino e seus seguidores e não, como Hont e Ignatieff sustentaram, sob o de justiça distributiva[28].

Já vimos o bastante a respeito da expressão "justiça distributiva" antes do final do século XVIII. É claro que continua sendo possível que a noção moderna de justiça distributiva tenha existido em épocas pré-modernas sob alguma outra denominação ou estivesse implícita na prática política ou legal. Hont e Ignatieff encontram essa noção em muitos aspectos da tradição do direito natural, e outros a encontraram de forma implícita no utopismo platônico e cristão e na prática das *poor laws* pré-modernas. O restante deste capítulo está voltado para essas fontes alternativas da noção moderna de justiça distributiva. Entendendo-as de modo apropriado, acredito que elas não dão sustentação a nada que se pareça com as afirmações que se fizeram a respeito.

2. O direito da necessidade

Hont e Ignatieff apóiam-se com muita ênfase no direito de necessidade para sustentar o argumento de que Aquino e outros pensadores pré-modernos restrigiam a propriedade ao introduzir obrigações legais de sustentar os pobres. Mas esse princípio é entendido de maneira muito equivocada quando é considerado como um precursor dos atuais direitos de bem-estar social.

Na questão da *Summa* que se ocupa da posse de bens materiais e do furto (ST II-II, Q 66), Aquino dedica um artigo (A7) à noção de que as pessoas podem pleitear como sua propriedade qualquer coisa de que necessitem caso a falta dessa coisa as coloque em perigo iminente de morte. Quando um indivíduo está sob risco de inanição, ele pode apanhar frutas de uma árvore próxima ou beber água de um poço que encontre no seu caminho, independentemente de quem seja o dono da árvore ou do poço, e o alimento e a bebida de que ele necessita lhe *pertencem*, e não à pessoa que ordinariamente tem propriedade sobre essas coisas, durante o tempo em que tiver necessidade delas. De maneira semelhante, uma pessoa pode fazer uso de um medicamento que não lhe pertence caso esteja a ponto de morrer se não fizer isso, ou de um abrigo se ela for surpreendida por uma terrível tempestade, ou de qualquer outra coisa de que precise para sua sobrevivência imediata. A lei divina, diz Aquino, permite a propriedade privada aos seres humanos porque normalmente isso é uma boa maneira pela qual cada pessoa pode satisfazer suas próprias necessidades e também ajudar a socorrer os pobres, mas quando uma necessidade é "tão urgente e gritante... que as necessidades imediatas precisam ser satisfeitas com o que quer que esteja disponível", então o propósito fundamental da propriedade adquire precedência sobre as normas convencionais que governam a propriedade. Nesse caso, "uma pessoa pode legitimamente satisfazer suas próprias necessidades valendo-se da propriedade de outrem... em tal caso não há, estritamente falando, roubo ou furto". Apropriar-se do que se necessita em uma situação de desespero como essa não é, portanto, para Aquino, nem mesmo um furto justificado, uma violação de propriedade que é legitimada por uma necessidade que prevalece sobre direitos de propriedade, mas sim um ato legítimo que faz parte do próprio sistema de propriedade – um caso aberrante, mas legítimo, de exercício de direitos de propriedade. A necessidade extrema, a necessidade de sobrevivência, pode criar uma reivindicação legítima de propriedade, mesmo que tais reivindicações não sejam ordinariamente determinadas pela necessidade. Vale a pena observar que, ao conceder às pessoas a propriedade daquilo de que necessitam para sobreviver em uma emergência, Aquino coloca o direito de necessidade sob a rubrica da justiça comutativa, e não da distributiva, e é aí que esse direito permaneceria nos tratamentos subseqüentes que lhe foram dispensados por Grócio e seus seguidores[29].

Também vale a pena observar quão limitado é esse direito de necessidade, tanto para Aquino como para todos os que o seguiram nesse ponto. Aquino coloca o sétimo artigo de Q 66, que justifica a posse em caso de necessidade, logo depois de dois artigos que deixam claro o fato de que o furto é sempre um pecado mortal, mesmo quando uma pessoa meramente guarda para si algo que foi perdido por alguém ou quando pega secretamente de volta algo que lhe pertence, mas que fora confiado a um depositário. Tendo afirmado uma concepção forte da centralidade dos direitos de propriedade para o curso normal da justiça nos artigos 5 e 6, Aquino utiliza o artigo 7 para formular uma licença da qual os desesperadamente necessitados podem se valer em casos que, por definição, encontram-se bastante afastados da ordem normal da vida social[30]. Além disso, essa licença está muito rigidamente circunscrita, como a primeira objeção e a réplica a ela deixam claro. A primeira objeção cita os *Decretos* de Gregório IX: "Qualquer pessoa que furtar comida, roupas ou gado quando estiver faminta ou desnuda deve fazer três semanas de penitência."[31] A réplica declara que essa admoestação "não diz respeito ao caso de necessidade urgente". Então, estar "faminta ou desnuda" não é uma "necessidade urgente"! Somente quando uma necessidade é "tão urgente e gritante" que não há *nenhuma* outra maneira de satisfazê-la – somente quando, como Aquino explicitamente afirma numa observação parentética, "uma pessoa está em perigo iminente, e não pode ser ajudada de nenhum outro modo" –, o direito de necessidade entra em cena.

Tal como Aquino o concebeu, dificilmente se pode fazer com que esse direito se torne coercitivo e, muito menos, institucionalizado. Na maior parte dos casos, será muito difícil determinar se uma pessoa que se apossa de comida estava realmente faminta ou meramente "com fome" no momento em que fez isso, e, ainda que um juiz pudesse com boas razões acreditar na alegação da pessoa pobre em todos os casos, seria igualmente compreensível se esse juiz regularmente tomasse o partido da acusação. Aquino não oferece orientação alguma para que um tribunal humano possa distinguir "necessidade urgente" da mera "fome ou nudez", e o fato de ter colocado esse artigo logo depois de um outro sobre o pecado mortal do furto, e logo antes de dois artigos sobre o grau de pecaminosidade de diferentes tipos de furto, sugere fortemente que ele tinha primariamente em vista os julgamentos do tribunal celestial, e não os de tribunais terrenos. Deus sabe quando as necessidades são urgentes, e presume-se que a pessoa que se apossa de propriedade por causa de uma necessidade urgente sabe que sua necessidade era de fato urgente. Pode-se garantir a essa pessoa que em casos desse tipo ela não cometeu um pecado mortal e não deve nenhuma penitência. O que a lei e os tribunais humanos têm de fazer a respeito de casos como esses não parece preocupar muito a Aquino, e certamente ele não traduz esse tipo marginal de ocorrência em uma recomendação geral para que a lei humana distribua propriedade de acordo com as necessidades dos pobres.

Grócio, que era um jurista e não um teólogo, discute o direito de necessidade permanecendo bastante atento à sua aplicação em sistemas legais humanos, mas, de resto, segue Aquino bem de perto. O direito de usar a propriedade de outrem em ocasiões de necessidade extrema não é uma mera extensão da lei do amor, ele diz, mas um direito genuíno, que se origina dos princípios que fundamentam a ordem da propriedade (LWP II.vi.1-4, 193)[32]. No entanto, mais uma vez esse direito é severamente restrito. "Todo esforço deve ser feito para se verificar se há alguma outra forma de se evitar a necessidade, como, por exemplo, apelando-se a um juiz, ou mesmo tentando-se obter o uso da coisa por meio de solicitações ao seu proprietário" (194). Não se está autorizado a fazer uso do direito "se o próprio proprietário está sujeito a uma igual necessidade" e, se possível, deve-se restituir aquilo de que se apossou depois do período de necessidade ter passado (194-195)[33]. Grócio preocupa-se bastante com que "essa permissão de usar propriedade pertencente a outrem... não ultrapasse seus limites apropriados" (194), e em outro lugar ele deixa claro que esses limites apropriados são estreitos:

> Aquele que é rico será culpado de insensibilidade se, para ele próprio conseguir arrancar até o último centavo que lhe é devido, vier a destituir um devedor necessitado de todas as suas modestas posses; ... no entanto, um credor assim impiedoso não faz nada contrário ao seu direito, interpretado de uma forma estrita. (759)

A lei do amor pede que os ricos não empobreçam devedores pobres, mas a lei estrita, a lei coercitiva, não faz isso. De modo que o pobre não tem o direito de não ser pobre, não tem nenhum direito nem mesmo contra pessoas ricas que reclamariam para si "todas as modestas posses [do pobre]"; os pobres têm somente um direito, em casos extremos, o de usar aquilo de que necessitam para permanecer vivos.

Se tivermos em mente que, tanto para Aquino como para Grócio, o direito de necessidade é distinto das demandas da benevolência, e que é a esta última, que não é coercitiva, e não ao primeiro, que o é, que os pobres normalmente recorrem quando precisam de ajuda, fica claro que Hume mantém intacta a tradição do direito natural nessas questões, em vez de alterá-la em prol de uma concepção mais absolutista de direitos de propriedade. Alasdair MacIntyre sugeriu uma interpretação distinta:

> O que se considera que as normas de justiça imponham coercitivamente [de acordo com Hume] é um direito de propriedade que não é modificado pelas imposições da necessidade humana. As normas de justiça devem ser impostas coercitivamente em toda e qualquer circunstância..., [mesmo] diante daquela personagem tradicional, aquela pessoa que só pode socorrer sua família... fazendo aquilo que de outro modo seria um roubo. A tradição de pensamento moral... compartilhada... por Aquino... não reconheceu nenhuma violação de justiça em tal ato, mas Hume, ao formular a pergunta retórica: "E se eu estiver em necessidade, e tiver motivos urgentes para obter algo para minha família?", entende que essa pessoa não tem outra coisa a fazer exceto esperar [apenas] pela generosidade de "um homem rico."[34]

Mas MacIntyre representa Hume de forma equivocada. A pergunta retórica que MacIntyre cita vem de uma passagem do *Treatise* na qual Hume fala sobre o curso *normal* da justiça, e não sobre circunstâncias que poderiam dar origem a um direito de necessidade (T 482). Apesar de Hume utilizar a palavra "necessidade", ele está se referindo àqueles tipos de casos nos quais Aquino e Grócio também pensavam que os pobres devem depender da generosidade das pessoas ricas. Hume adota igualmente o direito tomista da necessidade, mas apenas na segunda *Enquiry*, em que ele diz algo que Grócio também poderia facilmente ter dito:

> Quando a sociedade está a ponto de perecer de necessidade extrema, não há mal maior a ser temido da violência ou da injustiça; e cada homem pode prover para si mesmo aquilo de que necessita por todos os meios que a prudência possa ditar, ou a humanidade permitir. O povo, mesmo quan-

do enfrenta necessidades menos urgentes, abre os celeiros sem o consentimento dos proprietários; como se estivesse supondo que a autoridade da magistratura pudesse, de uma forma consistente com a eqüidade, estender-se a esse ponto. (E 186)

É importante notar que Hume está enfatizando mais que a justiça colapsa inteiramente diante da necessidade – de modo que abrir os celeiros não é, estritamente falando, nem "certo" nem "errado"– do que um *tipo* especial de justiça se aplica a casos de necessidade. De qualquer maneira, ele está claramente tentando acomodar em sua própria teoria aquilo que a tradição jurisprudencial anterior havia denominado "direito de necessidade". Antes e depois da passagem acima, ele dá exemplos de outros casos em que a necessidade prevalece sobre as normas usuais de justiça – em um naufrágio, em um cerco ou em uma fome epidêmica –, todos eles muito semelhantes aos casos que Grócio utiliza para ilustrar o direito de necessidade (LWP 193-195)[35].

Portanto, tal como Aquino e Grócio, Hume distingue o direito de necessidade do curso normal da justiça, no qual os pobres só podem apelar à beneficência dos ricos. Para Aquino, até mesmo uma pessoa que enfrenta a fome e que é destituída de vestimentas não tem direito de furtar para satisfazer essas necessidades se a fome e a nudez não colocam sua vida em risco, mas os ricos deveriam se considerar moralmente obrigados a "transmitir [seus bens externos] a outros que se encontrem em necessidade" (ST II-II, Q 66 A2)[36]. Para Grócio, somente a lei do amor, e não a lei em sentido estrito, exige que uma pessoa rica se abstenha de tomar todas as "modestas posses" de um devedor pobre; *a fortiori*, somente a lei do amor poderia estabelecer para nós uma obrigação de ajudar ativamente pessoas carentes. Hume insiste tanto quanto Aquino e Grócio no fato de que a moralidade exige que ajudemos os necessitados: "um homem rico está sob uma obrigação moral de transmitir àqueles que estão necessitados um quinhão de suas superfluidades" (T 482). (A linguagem de fato sugere que

Hume estivera recentemente lendo a passagem de Aquino citada logo acima; mas é mais provável que ambos tivessem em mente o mesmo versículo do *Novo Testamento – I Timóteo* 6:18.) Mas o homem rico não viola a *justiça* se ele deixa de cumprir essa obrigação. Dessa forma, Hume, a despeito de sua célebre e original justificação da justiça e dos direitos de propriedade, não introduz nenhuma nova idéia sobre quão estritamente, *vis-à-vis* as necessidades humanas, se deve fazer cumprir coercitivamente esses direitos. Em vez disso, ele sustenta a mesma concepção bilateral que já encontramos em seus antecessores. Em casos ordinários, os pobres têm de depender da beneficência nas reivindicações que fazem sobre a propriedade dos ricos, mas eles podem legitimamente se apossar sem permissão de propriedade nos casos de necessidade extraordinariamente urgente.

E quanto a Smith? Como é que ele se encaixa nessa tradição? Hont e Ignatieff, que colocam corretamente Hume dentro dessa tradição, sugerem erroneamente que Smith atribuía um alcance mais restrito ao direito de necessidade. Smith invoca três vezes o direito de necessidade em suas *Lectures on Jurisprudence* (115, 197, 547), endossando-o como um componente próprio da justiça, de forma implícita nos dois primeiros casos e explicitamente no terceiro: "a necessidade... nesse caso é realmente parte da justiça"[37]. Sobre a invasão de celeiros, ele escreve:

> É uma norma geralmente observada a de que ninguém pode ser obrigado a vender seus bens quando não quer fazê-lo. Mas, em tempos de necessidade, as pessoas violarão todas as leis. Em uma situação de fome de grandes proporções, muitas vezes ocorre de invadirem celeiros e de forçarem os donos a vender por um preço que julgam ser razoável. (LJ 197)

É possível que Smith esteja citando Hume nessa passagem, como sugerem os editores das *Lectures on Jurisprudence*; de qualquer maneira, ele parece achar que a invasão de celeiros é tão aceitável quanto o era para Hume. Hont e Ignatieff desconsideram inteiramente essa passagem e sua semelhança com o que Hume diz. Em vez disso, comparam o comentário de Hume sobre a invasão de celeiros com uma passagem de *A riqueza das nações* na qual Smith afirma que "as leis ordinárias da justiça" só podem ser sacrificadas à utilidade pública "em casos da mais urgente necessidade" (WN 539). Como Hume afirma que celeiros podem ser invadidos "mesmo no caso de necessidades *menos* urgentes", e Smith declara que as leis da justiça só podem ser suspensas sob "*a mais* urgente necessidade", Hont e Ignatieff concluem que Smith tem uma noção mais estrita do que Hume no que se refere às circunstâncias em que a sobrevivência humana tem precedência sobre as leis da justiça (NJ 20-21). O problema dessa argumentação está no fato de que o comentário de Smith em *A riqueza das nações* ocorre no curso de uma discussão que não tem nenhuma relação com a invasão de celeiros. Onde Smith realmente aborda a questão, na passagem das *Lectures on Jurisprudence* citada acima, ele parece concordar com Hume.

Hont e Ignatieff cometem um erro semelhante quando citam as *Lectures on Jurisprudence* com o propósito de esclarecer que os mendigos têm direito a nossa caridade "não em um sentido próprio, mas metafórico", e interpretam isso como uma evidência de que Smith (agora juntamente com Hume) quer substituir o antigo direito de necessidade por um dever de benevolência, não-exigível coercitivamente: "Era para esse sentimento discricionário que [Hume e Smith] se voltavam ao abordar o problema da mitigação das necessidades dos pobres em qualquer emergência" (NJ 24). Porém, mais uma vez Smith está simplesmente seguindo a concepção jurisprudencial tradicional. Todo pensador que reconhecera um direito de necessidade antes de Smith e Hume, incluindo Aquino, considerara que o "sentimento discricionário" da benevolência constituía a fonte apropriada da ajuda aos pobres em todos os casos, exceto os que envolvessem risco de vida. Smith só divergiria da tradição que herdou se sustentasse, o que não fez, que os pobres devem contar com a benevolência dos ricos *mesmo* nos casos em que há de risco de vida.

O que faz com que Hont e Ignatieff se extraviem é o fato de que eles assimilam ao direito de necessidade certas posições do debate do século XVIII sobre a política em relação à fome. Não somente a invasão de celeiros, mas também as leis que impunham um preço máximo aos cereais, ou contra a exportação de cereais ou a "especulação" (a prática, neste último caso, de comprar a produção no início da colheita para vendê-la a um preço mais elevado quando os estoques ficam reduzidos), tudo isso deriva, Hont e Ignatieff sugerem, da lógica que está por trás do antigo direito de necessidade (NJ 18-20). Mas essa é uma assimilação discutível. Mesmo a invasão de celeiros, como Hume observa, só é justificada pelo direito de necessidade de uma forma dúbia, e nenhum conjunto de *leis* que objetivem proteger o comércio de cereais tem como se ajustar à exceção a toda lei que Aquino e Grócio conceberam para tratar dos casos de necessidade extrema e urgente[38]. O direito de necessidade é, por definição, uma exceção ao curso ordinário da justiça e não um componente de tal curso. Ele é concebido precisamente para emergências, para aquelas circunstâncias nas quais a estrutura política e legal ordinária – que é em geral, espera-se, uma boa maneira de satisfazer necessidades humanas – falha completamente. A lei e os planos de ação política são ferramentas gerais destinadas a dar conta do curso usual, e mais ou menos previsível, dos acontecimentos; à medida que circunstâncias desastrosas estão fora desse curso usual, proclama-se um direito de necessidade como um *complemento* à lei e à política pública, que justifica medidas extraordinárias até que a estrutura ordinária possa assumir novamente o comando.

Disso se segue que não há lei ou política pública geral que possa ser uma extensão do direito de necessidade. Se a lei e a política pública podem lidar com um conjunto de circunstâncias, essas circunstâncias não podem constituir o tipo de exceção imprevisível e de difícil manejo ao qual a "necessidade", neste sentido, se aplica. Por isso, a invasão de celeiros está muito distante do tipo de situação que Aquino e Grócio tinham em mente (uma multidão que invada um celeiro tem tempo para assar pão e por isso também tem tempo para "apelar a um magistrado" para obter ajuda), e todas as leis, tais como as que policiam o mercado de cereais, por definição não são um exercício do direito de necessidade. Se a fome generalizada ou a escassez extrema são previsíveis a ponto de se poder impedi-las ou limitá-las por meio de leis, então isso é algo que pode e deve ser lidado no curso ordinário da justiça e não por meio de um dispositivo extralegal concebido para circunstâncias das quais a lei não consegue tratar. De modo que o apoio de Smith ao direito de necessidade era tão pleno quanto o de todos os seus predecessores – e para ele, assim como para os seus predecessores, isso fazia muito pouca diferença para a lei e a política ordinárias[39].

3. Direitos de propriedade

Hont e Ignatieff entendem que o problema de assegurar "justiça entre abastados e destituídos" (NJ 35) assombra o enfoque da tradição do direito natural com a justificação de direitos de propriedade. Eles argumentam que Aquino parte da suposição de que o mundo pertence legitimamente a todos os seres humanos em comum – de que Deus, no princípio, confiou o mundo "à tutela coletiva da espécie humana como uma comunidade de bens" (NJ 27) –, para em seguida levar em consideração os direitos individuais de propriedade sob a condição estrita de que esses direitos sejam utilizados para satisfazer as necessidades dos pobres. Mas isso distorce muito o ponto de vista de Aquino, que não supõe uma originária "tutela coletiva da espécie humana" sobre os bens materiais; ele explicitamente *nega* que o direito natural recomende a propriedade coletiva[40]. Mais precisamente, para Aquino as pessoas participavam de um tipo de comunalidade negativa, antes da propriedade privada ser instituída, na qual era legítimo a qualquer um fazer uso de qualquer recurso. Isso é algo muito diferente de "tutela coletiva", que implica uma organização comunal da produção e da distribuição e que Aquino, na verdade, considera uma violação da ordem natural: ele diz que a propriedade individual de bens, em contraposição à propriedade comum, não é somente legítima, mas também "necessária para a vida humana" (ST II-II, Q66 A2).

O problema principal com relação a direitos de propriedade, para Aquino, também não é a possibilidade de os pobres, em virtude desses direitos, serem privados de seus meios de subsistência. De fato, ele menciona essa possibilidade, mas somente em uma digressão de seu tema principal. Sua preocupação dominante é a de refutar um tipo de ascetismo religioso extremo, segundo o qual a propriedade individual de bens materiais dificulta uma genuína comunhão com Cristo. Em particular, ele quer refutar duas proposições teológicas interligadas: (1) a de que todas as coisas materiais pertencem somente a Deus; e (2) a de que Deus permite o uso de Suas coisas, quando muito, para a espécie humana como um corpo coletivo, e não a pessoas individualmente consideradas. Apoiando-se tanto em textos bíblicos como em argumentos seculares de Aristóteles, Aquino sustenta que Deus nos concedeu um "domínio natural sobre as coisas externas" (ST II-II, Q 66, A1) e que a maneira mais pacífica e eficiente de exercer esse domínio toma a forma de direitos individuais de propriedade. Ele então condena como heréticos aqueles cristãos primitivos que consideravam que a posse individual de coisas (juntamente com o casamento) bloqueia o caminho para a salvação. Os heréticos que assim são condenados provavelmente representam oponentes teológicos mais contemporâneos. Como Richard Tuck observou, um dos principais objetivos de Aquino era aqui o de contestar "a vida de pobreza apostólica tal como praticada... pelos grandes rivais de sua ordem dominicana, os franciscanos"[41]. Mas isso significa dizer que os oponentes com quem Aquino estava se degladiando eram pessoas que sentiam que direitos de propriedade constituíam um apego a coisas materiais que não seria religiosamente permissível, uma imersão no mundo que distrairia irredimivelmente uma pessoa de sua devoção a Deus, e não pessoas que estavam preocupadas com a injustiça da divisão de recursos entre ricos e pobres. Que a propriedade comunal de bens também sustentasse os pobres era algo incidental às suas concepções religiosas: afinal de contas, não era incomum que toda uma comunidade constituída dessa forma fosse pobre, e essa pobreza não era vista como alguma coisa a lamentar ou solucionar, mas sim como um sinal de honra. Aquino rejeita o desinteresse dessas comunidades pelo mundo. Ele entende que a ordem natural das relações humanas exige direitos de propriedade e considera que seus adversários religiosos colocavam o caminho de Deus, de modo errado, em oposição à ordem natural. Aqui, como em toda a sua teologia, Aquino integra Deus mais plenamente à Sua criação, e integra a devoção a Deus mais plenamente ao deleite proporcionado por essa criação, do que o faziam seus predecessores e pares mais místicos e talvez também mais dualistas. Mas tanto ele como seus oponentes estavam preocupados com o lugar dos bens materiais na vida cristã; nem ele nem seus oponentes estavam preocupados, a não ser incidentalmente, com a relação entre a propriedade individual e os pobres.

Grócio não compartilha das preocupações teológicas de Aquino, mas sua defesa dos direitos de propriedade tampouco é motivada por uma preocupação com a "justiça entre os abastados e os destituídos". Em vez disso, ele trata dos direitos de propriedade como uma parte de sua investigação sobre o direito de guerra e paz. Em conformidade com isso, ele se preocupa com questões tais como a de que maneira os direitos de propriedade podem gerar uma causa justa para a guerra e que tipos de propriedade podem ser legitimamente expropriados no curso de uma guerra para garantir provisões a um exército invasor. A origem dos direitos de propriedade se apresenta em grande medida como um fundamento para examinar até que ponto os mares, e outros grandes cursos de águas navegáveis, pertencem propriamente em comum a todos os seres humanos e não deveriam ser controlados por um país em detrimento de outros. E a justificação que Grócio dá para os direitos de propriedade apóia-se essencialmente no fato de que, sem tais direitos, as pessoas constantemente envolvem-se em conflitos.

Desse modo, quando Hont e Ignatieff dizem que a preocupação para com os pobres era essencial à justificação da propriedade até Locke, e somente se torna "uma restrição secundária, em vez de uma condição estruturadora", de Locke em diante (NJ 37), eles contam a história da tradição do direito natural exatamente ao contrário[42]. Para Grócio, assim como para Aquino, a questão de como os pobres podem satisfazer suas necessidades é muito incidental, e tem o efeito de gerar uma restrição secundária sobre o sistema de propriedade, mas de modo enfático esta não é uma característica estruturadora desse sistema. Em contraste com isso, quando Locke apresenta sua famosa justificação dos direitos de propriedade como uma maneira de aumentar as "conveniências da vida" (Tr II, V.34), e como algo que depende, em última análise, do trabalho e que resulta, quando realizado mais plenamente, em um mundo no qual as pessoas pobres podem viver bem, ele torna a efetividade dos direitos de propriedade para ajudar os pobres muito mais central para a função da propriedade do que o era para Aquino e Grócio.

A questão, no entanto, ainda se esconde um pouco atrás das preocupações centrais de Locke. A afirmação de que a propriedade depende do trabalho se prestava aos propósitos políticos de Locke como parte de um argumento segundo o qual a tributação exige o consentimento do povo. Os reis não têm direito de coletar impostos sem o consentimento do Parlamento, sustentou Locke, pois os impostos são extraídos da propriedade das pessoas, e esta, por mais variações que possa apresentar em virtude de sistemas distintos de direito positivo, está fundamentada em um direito pré-político aos frutos do próprio trabalho. Ao defender essa afirmação, Locke aponta para a utilidade dominante do trabalho, e parte de sua demonstração envolve a afirmação, que depois seria retomada por Smith, de que um rei ameríndio, governando um povo que não consegue aprimorar a própria terra por meio do trabalho, "se alimenta, se abriga e se veste pior do que um trabalhador diarista na Inglaterra" (Tr II, V.41). Locke diz isso para evidenciar a imensa capacidade produtiva do trabalho, e não para demonstrar que um sistema de direitos de propriedade trata os pobres com justiça[43].

Hume foi o primeiro a fazer essa demonstração, e Smith desenvolveu o argumento mais plenamente. Hume começa suas discussões sobre justiça e propriedade, tanto no *Tratado* como na segunda *Enquiry*, enfatizando a maneira pela qual atos específicos de justiça, considerados em si mesmos, podem parecer tolos ou cruéis. No *Tratado*, isso o leva a perguntar por que não tenho direito de me apossar da propriedade de um homem rico, ainda que "eu esteja em necessidade e tenha motivos urgentes para obter determinada coisa para minha família?" Na *Enquiry*, ele defende as desigualdades de propriedade depois de inicialmente conceder que

> a natureza é tão pródiga com a humanidade que, se todas as suas dádivas fossem distribuídas igualmente entre a espécie, e fossem aprimoradas pela arte e pela indústria, todo indivíduo desfrutaria de todas as coisas necessárias, e mesmo da maior parte dos confortos da vida... e sempre que nos afastamos dessa igualdade, roubamos dos pobres mais satisfação do que aquela que acrescentamos aos ricos, e a gratificação superficial de uma vaidade frívola, em um indivíduo, muitas vezes custa mais do que o pão para muitas famílias. (E 155)[44].

Depois de fazer essa concessão, Hume prossegue argumentando que qualquer tentativa de estabelecer uma igualdade completa (1) reduzirá toda a sociedade à pobreza, (2) exigirá restrições extremas à liberdade e (3) solapará a estrutura política que visa a garantir a igualdade. Por isso é melhor para todos, inclusive para os pobres que são prejudicados por essa desigualdade, viver sob os princípios relativamente desregulamentados da propriedade privada do que tentar substituí-los por uma distribuição igual de bens. A propriedade tem efeitos ruins em muitos casos, mas propicia, considerando-se a estrutura de propriedade em seu conjunto, muito mais benefícios do que danos para todos.

Smith adota grande parte dessa concepção, mas enfatiza ainda mais as formas pelas quais os sistemas de propriedade privada sobrecargam os pobres. Em suas *Lectures on Jurisprudence*, Smith começa sua discussão sobre a economia política com uma dramatização vívida da injustiça que parece estar envolvida na divisão entre ricos e pobres:

> De 10.000 famílias que se sustentam umas às outras, talvez 100 não trabalhem e nada façam para a ajuda comum. As demais têm de sustentar estas últimas, além de a si próprias, e... têm um quinhão de tranqüilidade, conveniência e abundância muito menor do que aquelas que, em absoluto, não trabalham. O comerciante rico e opulento, que nada faz além de dar algumas ordens, vive em uma propriedade, em um luxo e em uma tranqüilidade muito maiores... do que seus empregados, que fazem todo o serviço. Também estes últimos, exceto por seu confinamento, encontram-se em um estado de tranqüilidade e fartura muito superior ao do artesão cujo trabalho foi necessário para que essas mercadorias lhes fossem fornecidas. O trabalho deste homem também é bastante tolerável; ele trabalha sob um telhado protegido da inclemência das intempéries, e obtém o seu sustento de uma maneira que não é desconfortável, se o comparamos com o trabalhador pobre. Este tem de lutar contra todas as inconveniências do solo e da estação, e está continuamente exposto, ao mesmo tempo, à inclemência das intempéries e ao trabalho pesado. Desse modo, aquele que, por assim dizer, sustenta a estrutura toda da sociedade e fornece os meios para a conveniência e para a tranqüilidade de todos os demais só tem, ele próprio, um quinhão muito modesto e está enterra-

do na obscuridade. Ele suporta em seus ombros a humanidade toda, e, incapaz de agüentar o peso, acaba sendo por ele empurrado para as partes mais fundas da Terra. (LJ 341).

O trabalhador pobre é Atlas, que carrega em suas costas o universo humano. O quadro aqui evocado por Smith poderia ter servido, literalmente, como um programa para os heróicos "monumentos de trabalhadores" que foram erguidos pelos regimes socialistas nas décadas de 1930 e 1940. É de se presumir que ele foi influenciado por Rousseau, mas o próprio Rousseau nada escreveu que dramatizasse a iniqüidade dos sistemas capitalistas para com os pobres de maneira tão notável[45]. Smith prossegue dizendo, como Hume também dissera, que a divisão aparentemente injusta de bens que ele descreve ainda deixa os trabalhadores pobres em uma situação muito melhor do que as pessoas mais ricas em sociedades mais igualitárias. É nesse ponto que nós voltamos a encontrar o rei ameríndio de Locke[46], que é materialmente mais pobre que o mais pobre dos trabalhadores diaristas na Inglaterra. Desse modo, Smith nos oferece uma justificativa para as desigualdades que é essencialmente a mesma que John Rawls viria a propor dois séculos mais tarde: elas são justificáveis se, e somente se, as pessoas que se encontram em pior situação sob um sistema de desigualdade estiverem em melhor situação do que estariam sob uma distribuição igualitária de bens.

É verdade que em sua versão final, publicada, *A riqueza das nações* não inclui a análise detalhada sobre os empregos na sociedade, evidenciando para nós a relação inversa que há entre trabalho pesado e conforto, que aparece em *Lectures on Jurisprudence.* Não obstante, a afirmação segundo a qual as pessoas mais pobres de sociedades comerciais se encontram em melhor situação do que os membros mais abastados de tribos igualitárias é aquilo que propicia o célebre e dramático final do capítulo de abertura – e o posicionamento dessa afirmação a torna mais efetiva, retoricamente, do que o é no texto de Locke – e Smith prossegue observando que os sistemas de propriedade privada, antes de qualquer outra coisa, protegem os ricos contra os pobres, e só indiretamente beneficiam os próprios pobres (WN 710, 715). Além disso, o tom amargo que marca bastante essa passagem das *Lectures on Jurisprudence* reaparece nos muitos comentários de Smith sobre as maneiras pelas quais os patrões oprimem seus trabalhadores.

Desse modo, foram David Hume e, especialmente, Adam Smith – encorajados, certamente, por Rousseau, mas, como veremos no próximo capítulo, não exatamente antecipados por ele – que primeiro apresentaram, de maneira marcante, o sistema de propriedade privada, supondo que ele está sujeito à iniqüidade em virtude da maneira como os pobres sofrem para propiciar o luxo para os ricos. Eles oferecem o que julgam ser uma excelente *resposta* a essa suposição, mas introduzem um elemento novo no discurso sobre a propriedade simplesmente ao fazer com que o problema se torne central em suas concepções. Para Smith e Hume parece absurdo, e até mesmo imoral, que vilões e avarentos sejam capazes de arrebanhar vastas porções de propriedade enquanto pessoas que muito trabalham se vejam obrigadas a contar com praticamente nada. Somente quando entendemos que um sistema de direitos estritos de propriedade no seu todo protege a liberdade de cada um na sociedade, e que a longo prazo esse sistema leva cada um a uma situação melhor do que estaria sob uma distribuição igualitária de bens, devemos aceitar tais direitos como justificados. Que os pobres devam sofrer enquanto os abastados têm seus bens protegidos constitui, tanto para Hume como para Smith, o que poderíamos chamar de paradoxo da justiça (cf. NJ 42), e, longe de esconder tal paradoxo ou de ignorá-lo, eles formulam suas defesas dos direitos de propriedade explicitando-o de maneira tão marcante quanto possível. Nesse modo de apresentar a questão, eles diferem de Aquino e Grócio, para quem o paradoxo da justiça, no máximo, espreita de modo vago por trás de preocupações a respeito de Deus e da guerra. Hume e Smith são assim os primeiros a fazer do sofrimento dos pobres *o* problema para a justificação da propriedade.

Depois de Hume e Smith, alguns radicais vieram a negar que a propriedade pudesse ser justificada de qualquer forma, e a sustentar que a justiça exige a abolição da propriedade privada ou então que a própria justiça não passa de uma construção de interesses burgueses. Mas os radicais que deram esses passos partiram da questão formulada por Hume e Smith: "Como os direitos de propriedade podem se justificar se protegem os ricos e tornam os pobres miseráveis?" Eles *respondem* a essa questão de modo diferente, ao rejeitar a história que Hume e Smith contam sobre os direitos de propriedade, e segundo a qual, a longo prazo, esses direitos na verdade beneficiam os pobres. Mas foram Hume e Smith, mais do que quaisquer outros que os antecederam na tradição do direito natural, que os ensinaram a formular essa questão em primeiro lugar.

4. Experimentos comunais e escritos utópicos

Será que não podemos encontrar uma fonte para aquilo que hoje denominamos justiça distributiva nos experimentos pré-modernos com a distribuição igual da propriedade ou nas propostas para essa distribuição igualitária? Platão propôs seus famosos arranjos de propriedade comunal para seus Guardiões em *A república*; Thomas Morus, Tomaso Campanella e outros descreveram utopias nas quais todos participavam de uma comunidade de propriedade; os apóstolos no *Novo Testamento* tinham uma comunidade na qual "a distribuição era feita a cada homem de acordo com sua necessidade" (*Atos* 4:35); e a comunidade dos apóstolos foi um modelo para o modo de vida que muitos grupos cristãos posteriores praticaram. Será que essas idéias e experimentos podem ser vistos como exemplos de justiça distributiva?

Penso que não. As comunidades e os escritos políticos igualitários pré-modernos ofereceram várias razões interessantes para a igualdade socioeconômica. Mas essas razões têm pouca ou nada a ver com a justiça.

Profetas hebreus tais como Amós e Isaías condenam com indignação aqueles que "oprimem os pobres [e] esmagam os necessitados" (*Amós* 4:1) e conclamam os abastados a "distribuir seu pão aos famintos" e a "recolher em sua casa os pobres desabrigados" (*Isaías* 58:7). A Lei Mosaica estabelece que se deve deixar as bordas dos campos cultivados para os pobres colherem e requer que cada um que não "endureça seu coração, nem feche sua mão ao irmão necessitado", e que, em vez disso, "empreste-lhe o que lhe falta, na medida de sua necessidade" (*Deuterônimo* 15: 7-8). Mas a Lei Mosaica também diz que "nunca deixará de haver pobres na terra" (*Deuterônimo* 15:11), oferecendo isso como uma razão pela qual as pessoas devem estar sempre dispostas a ajudar seus vizinhos pobres com empréstimos. Além disso, o direito que concede aos pobres as bordas das plantações é claramente apenas um meio para a subsistência, e não um passo em direção à erradicação da pobreza. E embora tanto a Lei Mosaica como os textos proféticos hebraicos falem de uma certa "justiça" que se deve aos pobres, também é verdade que com isso querem apenas dizer que os tribunais devem zelosamente proteger os direitos *legais* dos pobres (veja, por exemplo, *Êxodo* 23: 6). Os pobres têm os mesmos direitos que todos os demais perante a lei – a Lei Mosaica é especialmente boa nessa insistência na igualdade perante a lei – e têm um direito à subsistência. Mas eles não têm um direito de serem tirados da pobreza.

Alguns encontraram noções mais radicais nos ensinamentos de Jesus[47]. Jesus se cercou de pessoas pobres, e alguns de seus apóstolos, como outros grupos hebreus de seu tempo, viviam em comunidades que não faziam uso da propriedade privada. Mas a preocupação suprema de Jesus e de seus primeiros seguidores, a esse respeito, parece ser com a maneira pela qual a cobiça afasta uma pessoa das coisas espirituais[48]. Por que é mais difícil um homem rico entrar no Reino do Céu do que um camelo passar pelo buraco de uma agulha? Não é porque o homem rico possa ser indiferente aos pobres, mas sim porque a riqueza é um falso deus e buscá-la está em competição direta com a devoção aos caminhos de Deus; não se pode servir ao mesmo tempo a Deus e a Mammon. "Que proveito tem o homem", pergunta Jesus, "em ganhar o mundo inteiro e perder sua própria alma?" (*Marcos* 8:36). Aqui, ganhar o mundo compete com salvar a própria alma, quer se dê ou não uma grande parte daquilo que se obtém aos necessitados. Nesse contexto, dizer que os humildes herdarão a Terra certamente não quer dizer que eles "ganharão o mundo inteiro", mas que suas almas serão salvas, no tempo escatológico em que os seguidores de Deus sobreviverão e as forças do mal desvanecerão. Nesse contexto, o protocomunismo descrito nos *Atos* 4:35 é, tal como os arranjos similares que havia entre os essênios, uma disciplina espiritual que ajuda a preparar o grupo para a salvação quando o Messias retornar. A propriedade comunal é aqui uma prática sacerdotal – o trabalho e a propriedade compartilhados são característicos de ordens sacerdotais em muitas culturas –, em vez de ser uma solução para problemas políticos e sociais. Os cristãos primitivos tratam os bens materiais como uma distração à devoção espiritual: uma distração inevitável, talvez, à medida que são necessários à sobrevivência, mas nesse caso um mal necessário, e não algo que se queira propiciar abundantemente a todos. Nada, exceto o pensamento fantasioso pelos últimos dias, poderia transformar os Evangelhos em uma conclamação pela abolição das distinções entre ricos e pobres *dentro da ordem política e econômica existente* na terra[49].

De modo semelhante, os monges cristãos não estavam preocupados em mudar as estruturas políticas e econômicas sob as quais a maior parte das pessoas vivia. O movimento monástico se desenvolveu a partir de tradições eremíticas anteriores nas quais os indivíduos renunciavam à atividade sexual e a certos confortos materiais (em especial, o consumo de carne e de bebidas alcoólicas) e, em alguns casos, eles perseguiam essa vida ascética na companhia uns dos outros. Tanto os eremitas mais antigos como os monges mais recentes se afastavam de apegos materiais como uma forma de disciplina espiritual, e não para promover a causa dos pobres. As comunidades monásticas não foram formadas com o espírito de dar sequer um pequeno primeiro passo no sentido de *solucionar* o problema da pobreza; elas se constituíram para *participar* da pobreza, para celebrá-la como a condição ideal para venerar Deus[50]. Talvez os franciscanos entendessem sua missão, em parte, como uma demonstração de solidariedade para com os pobres; com certeza, o próprio São Francisco devotou seus esforços especialmente ao serviço dos pobres. Mas nem mesmo ele jamais sugeriu que a pobreza devesse ser abolida neste mundo.

Em Platão encontramos um ancestral mais razoável para as reivindicações atuais de "justiça social e econômica". Em *A república*, Platão estabelece a propriedade comunal para sua classe dirigente, dizendo que a propriedade privada gera a dissensão e um enfoque nos interesses egoístas de cada um, por oposição aos desejos que são compartilhados com a comunidade da qual se é parte. Ele também faz da erradicação de grandes desigualdades econômicas, entre todas as classes, uma condição para a existência de uma boa sociedade. Qualquer cidade que contenha riqueza e pobreza se constitui, na verdade, em duas cidades, "uma em oposição à outra", diz Sócrates: "uma cidade dos pobres e uma cidade dos ricos" (*República* 422e-423a). Observe, no entanto, que a propriedade privada só é abolida entre os governantes; a propriedade e algumas desigualdades de riqueza continuarão a existir na classe inferior, trabalhadora. Platão, além disso, não diz que sua sociedade ideal é "justa" em virtude de abrandar as distinções entre ricos e pobres. A redução das desigualdades de riqueza é, para Platão, um modo de produzir *harmonia* social, não justiça. A cidade ideal é *justa*, ela "dá a cada um o que é seu", à medida que encaixa as pessoas nas castas que lhes são próprias na hierarquia social.

De modo que nem nas Bíblias judaica e cristã, nem em Platão, encontramos a idéia de que os governos têm a obrigação, em virtude da justiça que é devida aos pobres, de tentar erradicar a pobreza. O que encontramos, em vez disso, são (1) razões religiosas para se suspeitar da riqueza, (2) uma noção de que desigualdades significativas de riqueza produzem desarmonia na sociedade e constituem uma fonte de crimes e revoltas e (3) uma crença no fato de que grandes lacunas entre os cidadãos ricos e pobres tornam mais provável que o poder político e o econômico acabem ficando idênticos, e que a lei, em vez de promover o bem comum, seja utilizada para favorecer os interesses dos ricos. Todas essas três convicções, mas não a crença no fato de que a justiça exige a redistribuição da riqueza, viriam a ter um grande impacto nas propostas de redistribuição de riqueza no período medieval e no início do período moderno. Elas originaram três tradições bem distintas de igualitarismo: (1) experimentos cristãos de vida comunal, concebidos para expressar uma indiferença de fundamento religioso com relação aos bens materiais, e desse modo preparar os fiéis para a segunda vinda de Cristo; (2) as propostas platônicas para minimizar as diferenças entre ricos e pobres e com isso reduzir a violência e aumentar a solidariedade comunal; e (3) as propostas do republicanismo cívico para redistribuir a riqueza de modo a minimizar a corrupção da esfera política e a elevar a capacidade da pólis para exprimir a vontade de todos os seus cidadãos.

A primeira dessas tradições manifestou-se em uma série de experimentos utópicos modelados na comunidade dos apóstolos descrita nos *Atos*, na qual cristãos devotos compartilhavam da propriedade e evitavam a riqueza para se aproximar de Deus. Os exemplos incluem a Ordem Franciscana, o governo anabatista de Münster em 1534-35[51], a comunidade dos Diggers em 1649[52], e muitos outros movimentos comunais posteriores, tais como os Shakers e os habitantes de Oneida, Nova York, nos séculos XIX e XX[53]. A segunda tradição aparece em uma série de escritos utópicos, sendo o mais famoso deles a *Utopia*, de Thomas Morus, que pregava a abolição da propriedade privada, agora não somente para os governantes, mas para toda a comunidade, de modo a realizar a "cidade verdadeira", a comunidade verdadeiramente compartilhada da qual Platão havia falado. A terceira tradição se preocupava primariamente com a distribuição igual de direitos políticos, e não de bens materiais. Os republicanos cívicos propõem alguma igualação da propriedade somente como um meio de propiciar uma maior igualdade na capacidade efetiva que os cidadãos têm de modelar seus governos. *Oceana* (1656), de James Harrington, é o exemplo paradigmático dessa terceira tradição, ainda que, de acordo com John Pocock, o seu historiador mais proeminente, ela remonta, no mínimo, a Maquiavel. O brilhante estudo que Pocock fez a respeito dessa tradição demonstra como ela aparece na ideologia dos Niveladores (*Levellers*) ingleses do século XVII, permeia o discurso político inglês e norte-americano no século XVIII e influencia fortemente Rousseau[54].

Pensadores ou movimentos políticos que se encaixam em uma dessas três categorias muitas vezes também foram influenciados pelos das outras duas. Rousseau, por exemplo, é primariamente um republicano cívico, mas, ao atacar a propriedade como uma fonte de violência e de desarmonia social, ele é também um descendente de Platão e de Morus, ao passo que os Niveladores mostram influências do igualitarismo cristão, se não do milenarismo, juntamente com seus compromissos republicano-cívicos. Muitas das propostas utópicas argumentavam simultaneamente que distinções entre ricos e pobres geram dissensão e violência, que a riqueza é algo moral e espiritualmente ruim e que grandes disparidades de riqueza corrompem a esfera política. Rousseau introduz em sua linguagem, que é bastante secular, algumas das suspeitas cristãs com relação à riqueza como uma distração do valor e significado verdadeiros da vida: a acumulação de riqueza, em seu *Segundo discurso*, substitui prazeres mais inocentes tais como a apreciação da natureza. Desse modo, preocupações cristãs com os malefícios da riqueza, preocupações platônicas com a harmonia social e preocupações republicano-cívicas com a corrupção política se entrelaçam, até certo ponto, para produzir vários argumentos em prol da mitigação das diferenças entre ricos e pobres.

Mas em *nenhuma* dessas tradições se diz que um certo nível de conforto material é devido aos pobres em virtude de serem humanos, que a *justiça* exige alguma distribuição de bens a todos. Os igualitários cristãos apelam a uma virtude que se supõe transcender a justiça e fundamentam seus argumentos em premissas baseadas na fé e que são incompatíveis com exigências de justiça. Os republicanos cívicos geralmente acreditam que os pobres têm direitos iguais aos ricos com relação à participação *política* – o Coronel Thomas Rainborough, porta-voz dos Niveladores, fez uma célebre defesa do sufrágio universal ao dizer: "Pois realmente penso que o homem mais pobre da Inglaterra tem uma vida para viver, tanto quanto o mais poderoso"[55] – mas eles não estão interessados na igualdade socioeconômica (a não ser como um meio para a igualdade política)[56]. E a tradição platônica quase nunca formula suas demandas de igualdade socioeconômica como uma questão de justiça. Repetidas vezes, em Tomaso Campanella, em John Bellers, em Rousseau, em Morelly e Mably, a exigência de erradicação da pobreza é afirmada, não com base em uma suposição de que os pobres mereçam ser tirados da pobreza, mas sim no argumento de que a pobreza gera o crime e o descontentamento e que, por essa razão, é do interesse de todos que exista tão pouca pobreza quanto possível. A *Utopia*, de Morus, é uma exceção parcial a essa exigência. Em uma passagem notavelmente antecipatória, Morus sustenta ser injusto que pessoas ociosas sejam ricas e que pessoas que trabalham duro sejam pobres[57]. Mas ele também argumenta a favor da abolição da propriedade privada primariamente em razão de que isso "eliminaria... as causas mais profundas da ambição [e do] conflito político" e capacitaria as pessoas a deixar de lado prazeres materiais frívolos e a se voltar para atividades sociais, espirituais e intelectuais[58]. E Campanella, que era um grande admirador de Morus, não adotou, em absoluto, o argumento a favor de distribuir a riqueza com base em razões de justiça, rejeitando a propriedade privada com base em razões estritamente platônicas: porque ela promove o amor próprio e este conflitua com o amor pela própria comunidade. Removendo-se a propriedade privada, e desse modo também o amor-próprio, diz Campanella, "permanece somente o amor pelo Estado"[59]. De maneira semelhante, Bellers defende suas propostas de empregar os pobres como um meio de reduzir a violência e de aumentar a harmonia social, em vez de defendê-las com base em razões de justiça. A falta de educação e de empregos, diz ele, "enche as cadeias de malfeitores"[60], e ele repetidamente compara a administração da inquietação dos pobres a guerras contra exércitos estrangeiros[61].

Quando chegamos ao século XVIII, encontramos com Morelly oferecendo-nos um continente imaginário no qual o desconhecimento da propriedade leva cada pessoa a se sentir "obrigada a participar do esforço de tornar [a terra] fértil", a trabalhar prazerosamente junto com os demais e a se envolver somente em "rivalidades amistosas"[62]. As pessoas neste mundo também preenchem suas vidas com os prazeres "naturais" dos alimentos cultivados em casa e do sexo promíscuo[63]. Novamente, não é a justiça, mas sim a harmonia social e a promoção de um modo de vida simples que constitui a razão para abolir a propriedade privada e a distinção entre ricos e pobres. O *Discurso sobre a origem da desigualdade* de Rousseau, que foi publicado um ano depois de *Basilíade*, de Morelly, também pertence à tradição utópica em virtude de sua descrição de um mundo humano idílico e pré-social, no passado remoto, e também em virtude da preocupação com a violência, com a desarmonia e com o luxo desnecessário da vida civilizada, e não com a justiça. Rousseau considera a propriedade privada como fonte de "crimes, guerras, assassinatos... sofrimento e horrores", de conflitos entre as pessoas e do derramamento de sangue e vingança que resultam desses conflitos (FSD 141, 149-150). Mas ele não diz que são injustas a propriedade privada e as distinções de riqueza que dela decorrem.

Além disso, todos esses utopistas tendem a evitar de apresentar suas visões como um objetivo praticável, que pudesse ser adotado pelas suas próprias sociedades. Se a justiça é uma virtude que se ocupa daquilo que é praticável, então não está claro se as utopias têm qualquer contribuição real a fazer para a justiça. Literalmente, "utopia" quer dizer "lugar nenhum", e muitos autores utópicos depois de Morus expressaram suas propostas, como ele próprio havia feito, na forma de uma descrição ficcional de uma sociedade distante, nos Mares do Sul ou até mesmo na Lua[64]. Uma característica dessas descrições, que acompanha o fato de sua natureza ser ficcional, é que seus autores se sentem livres para resolver os potenciais problemas econômicos que poderiam surgir com a abolição da propriedade privada estipulando que as circunstâncias geográficas de seu paraíso preferido tornam desnecessária a preocupação com a escassez de bens. O texto *Island of Content* (1720), de autor anônimo, é típico disso:

> Estamos alegremente estabelecidos em um clima muito moderado... quaisquer formas de extremos nos são estranhas, a tal ponto que nunca precisamos de fogo, no inverno, para aquecer nossos dedos, ou de água, no verão, para resfriar nossos vinhos, mas desfrutamos, ao longo do círculo do ano todo, de tal serenidade pacífica em todos os elementos que as destilações das nuvens são apenas suaves gotas de orvalho, que dão à terra perfumada uma duradoura fertilidade e que bastam para impedir o pó de se levantar, injuriando nossos olhos.[65]

Compare isso com o cenário para a comunidade ideal de Morelly:

> No âmago de um vasto oceano,... existe um continente rico e fértil. Lá, sob um céu claro e sereno, a natureza espalha seus tesouros mais preciosos. Lá ela não os encerrou,

como em nossas tristes porções do mundo, nas profundezas da terra, das quais a cobiça insaciável tenta arrancá-los sem que nunca se tenha a oportunidade de desfrutá-los. Lá existem vastos campos férteis que, com a ajuda de um leve esforço de cultivo, produz em seu âmago tudo que pode tornar esta vida prazerosa.[66]

Porém, sob tais condições, a justiça não é necessária. Como Hume observou, onde não há escassez, não há necessidade de justiça; a justiça é uma virtude que entra em cena para determinar a propriedade precisamente onde não há o suficiente para satisfazer a todos. Desse modo, se a licença poética permite que os autores utópicos estipulem a ausência de escassez em seus mundos de fantasia, contar com a licença poética garante que as fantasias permaneçam exatamente isto – fantasias, em vez de algo que a justiça poderia almejar.

Há um problema semelhante na maneira pela qual autores utópicos tendem a tratar os fatos da natureza humana. O autor de uma utopia muitas vezes simplesmente estipula que os habitantes desse país maravilhoso já nascem com caráter igualmente maravilhoso, livres das emoções e desejos desagradáveis que aflingem o restante de nós. As pessoas de Morelly espontaneamente amam umas às outras e trabalham com alegria, e tudo o que Morelly tem a dizer como explicação para esse fato maravilhoso é que, felizmente, aconteceu de o seu continente imaginado ser "a morada de um povo cujos hábitos inocentes o tornaram merecedor de sua rica possessão"[67]. Morus, Campanella e Rousseau, assim como Platão, esforçam-se um pouco mais para mostrar que há uma conexão entre a inexistência de propriedade privada e a virtude cívica de seu povo imaginário, mas também apelam à licença poética para se livrar da responsabilidade de oferecer evidências empíricas dessa conexão. Em *A cidade do sol*, de Campanella, um capitão de navio descreve a utopia para um ouvinte um tanto cético. Em determinado momento, o ouvinte observa que sem propriedade privada "ninguém estaria disposto a trabalhar, cada qual tendo a expectativa de que os demais o façam". A isso o capitão responde: "Eu não sei como lidar com esse argumento, mas afirmo a você que [os habitantes dessa cidade] sentem pela sua terra natal um amor tão ardente que eu mal conseguia imaginar que isso fosse possível."[68] Um leitor que achou frustrante essa desconsideração do argumento foi Pufendorf. Depois de apresentar os argumentos aristotélicos tradicionais a favor da propriedade privada – os de que ela previne conflitos, fornece incentivos para o trabalho e abre espaço para a generosidade –, Pufendorf observa que esses argumentos "não impediram Thomas Morus e Tomaso Campanella de introduzirem a comunidade de propriedade". Ele então acrescenta, acidamente: "suponho que... seja mais fácil imaginar do que encontrar homens perfeitos" (LNN IV.iv.7, 541). Seguem-se várias páginas sobre a distinção entre escritos políticos poéticos e "sensatos"; a ficção, ao que parece, é um gênero perigoso para a especulação política exatamente porque ela encoraja a ignorância irresponsável dos fatos relevantes.

Pufendorf foi aqui profundamente perspicaz e decerto ele pode não tê-la desenvolvido o suficiente. Pois a confiança dos utopistas na fantasia é acompanhada por um componente não-explícito de autoritarismo. A fantasia permite que os utopistas ocultem as implicações mais inquietantes das visões que descrevem, de modo a evitar, fugindo da realidade, a possibilidade de que suas visões só possam ser alcançadas por meio do emprego de grande força. Ocasionalmente, eles quase chegam a reconhecer essa possibilidade sinistra. À medida que reconhecem que suas comunidades ideais dependem de virtudes que as pessoas reais não possuem, eles propõem estruturas de autoridade para monitorar e controlar a vida cotidiana em um grau assustador. Campanella faz com que seus cidadãos sejam punidos por indolência, tristeza e ira, assim como por difamação e desonestidade[69]. Todos usam roupas iguais na Utopia de Morus; todos são obrigados a trabalhar e são proibidos de "desperdiçar o seu tempo" quando não estão trabalhando;

e as pessoas precisarão de uma licença, com uma data para sua volta, se quiserem viajar[70]. Morelly complementou sua utopia com um "Código da Natureza" que prescrevia leis suntuárias estritas e uma espécie de hierarquia militar para organizar o trabalho e garantir que ele seja realizado[71]. Desse modo, o fato de que uma sociedade sem propriedade privada teria de forçar as pessoas a contribuir para a comunidade, e especialmente a trabalhar, é tacitamente reconhecido até mesmo pelos utopistas. Isso viria a ser explicitamente reconhecido por defensores do socialismo de Estado, de "Graco" Babeuf a Karl Marx e seus seguidores[72].

Essa imposição coerciva do trabalho, para não falar nas várias outras maneiras pelas quais as utopias controlam as vidas cotidianas das pessoas, seria, para a grande maioria dos pensadores políticos, uma terrível *violação* da justiça, e não a sua realização. Isso evidencia o equívoco de se considerar que a tradição utópica está especialmente preocupada com a justiça. O respeito pelo indivíduo, que é essencial a todas as variedades de justiça, seja ela comutativa, distributiva ou de algum outro tipo, não combina muito bem com a visão política da maioria dos utopistas. Os cristãos radicais que participavam de comunidades de riqueza compartilhada imaginavam que estivessem expressando uma virtude muito mais elevada que a da justiça, que a justiça fosse uma virtude excessivamente voltada para a importância do indivíduo e que os seres humanos deveriam propriamente submergir seus objetivos individuais em um Bem mais elevado. Os republicanos cívicos preocupavam-se com a justiça política, mas não com a justiça econômica. E os escritos platônicos de Morus e seus seguidores não somente não conseguem justificar suas propostas com respeito à propriedade no que se refere à justiça, como também o gênero todo no qual trabalham, o gênero da fantasia, não se presta muito bem para lidar com o domínio próprio da justiça. A justiça é uma virtude prática, uma virtude que pertence às preocupações desta vida, e não às preocupações que poderíamos ter como membros de algum tipo de reino imaginário ou sobrenatural. Fantasias sobre como todos poderíamos ter naturezas mais amáveis e sábias, ou como poderíamos amar uns aos outros mais profundamente, ou ainda como poderíamos nos voltar mais para coisas espirituais ou intelectuais do que para futilidades materiais, não têm nenhuma relevância direta para uma teoria da justiça. Mas isso sugere que os escritos utópicos anteriores ao final do século XVIII pouco tinham a ver com a justiça. Eles certamente não se propunham a oferecer um projeto para uma comunidade que pudesse efetivamente ser realizada, e tampouco se propunham a oferecer muita coisa no que diz respeito a sugestões concretas sobre como as comunidades deveriam ser governadas. Em vez disso, esses escritos descrevem um mundo ideal, talvez tentando, desse modo, expandir nossa imaginação moral – e assim contribuindo *indiretamente* para o domínio prático do qual a justiça se ocupa. Como François Furet escreve, referindo-se às propostas de "Graco" Babeuf para uma comunidade agrária igualitária nas décadas de 1780 e 1790, "um tal comunismo agrário cooperativo de partilha da terra não era desconhecido do armazém das utopias literárias do século XVIII, mas no babouvismo esse comunismo apresentou a característica nova de constituir um programa revolucionário. Isso... marcou a entrada do comunismo na vida pública"[73]. Com Babeuf, a utopia se converteu em algo que se poderia tentar colocar em prática. Antes dele, esse não era o propósito das visões utópicas.

5. *Poor Laws*

Finalmente, poderíamos supor que a noção contemporânea de justiça distributiva estivesse implícita nas "*Poor Laws*" (Leis de Assistência aos Pobres) pré-modernas. Walter Trattner escreve que a antiga política cristã do bem-estar social "supunha que a necessidade surgia em conseqüência de um infortúnio pelo qual a sociedade, em um ato de justiça, e não de caridade ou misericórdia, tinha de assumir responsabilidade. Em suma, os necessitados tinham um direito à assistência, e aqueles que estavam em melhor situação tinham um dever de providenciá-la"[74]. Mas Trattner inverte a história da prática legal pré-moderna exatamente da maneira pela qual Hont e Ignatieff invertem a história da teoria política pré-moderna.* Estaria mais perto da verdade dizer que a Igreja pré-moderna entendia a assistência aos pobres como uma obrigação de caridade ou misericórdia, e não como um ato de justiça, algo a que os pobres tivessem um direito. Isso vai um pouco longe demais no sentido oposto, uma vez que se entendia que os urgentemente necessitados – aqueles que estavam em perigo imediato de perecer – tinham um direito ao que quer que lhes permitisse sobreviver, e também porque às vezes se dizia que os ricos tinham um dever de doar seus bens supérfluos aos pobres. Mas este último dever era de natureza moral, e não legal, e no melhor dos casos era algo exigido pela justiça em seu sentido "universal", platônico, e não em seu sentido estrito, de natureza legal. Certamente, não se pensava que o dever que dessa forma recaía sobre os ricos correspondesse a algum direito legal dos pobres à assistência.

Por outro lado, a caridade privada não era o único tipo de auxílio aos pobres que se praticava em épocas pré-modernas. Já mencionei que a Lei Mosaica continha prescrições no sentido de aliviar a condição dos pobres; de maneira semelhante, algum tipo de ajuda aos pobres era prescrito pelo governo ou pela tradição religiosa em muitos países bem antes da era moderna. Porém, tal ajuda não seguia os procedimentos que esperaríamos encontrar em um sistema devotado à justiça. Na Europa Pré-Reforma, a assistência aos

---

* Como se depreende do contexto, o adjetivo "pré-moderno" é utilizado pelo autor para se referir a tudo aquilo – concepções de justiça distributiva, atitudes em relação aos pobres, teorias políticas – que antecedeu a gestação da noção "moderna" (ou contemporânea) de justiça distributiva do século XVIII em diante. As concepções de justiça distributiva de Platão, Tomás de Aquino e Pufendorf, bem como as *Poor Laws* da Inglaterra elisabetiana, são "pré-modernas" nesse sentido. [N. do T.]

pobres estava principalmente nas mãos da Igreja[75] e era administrada de maneiras que refletiam os ensinamentos e práticas cristãos. A caridade era desembolsada em ocasiões significativas para uma determinada igreja ou ordem, e as "almas dos doadores", como dizem Jan de Vries e Ad van der Woude, "ocupavam um lugar mais proeminente nesses arranjos do que as necessidades dos beneficiários"[76]. Os juristas canônicos também se preocupavam com o estado de alma apropriado dos beneficiários da caridade. Os atos de caridade eram oportunidades para a demonstração de duas virtudes: generosidade da parte do doador e humildade da parte do beneficiário[77]. Não é surpreendente o fato de que, nesse contexto, a relação da pessoa pobre com a Igreja importasse à sua capacidade de obter auxílio. Os que fossem pobres em virtude de pecado ou que tivessem cometido o pecado de se recusar a trabalhar para o seu sustento não deveriam receber ajuda[78].

Essa atitude continuou nos sistemas de assistência aos pobres bem depois que esses sistemas deixaram de ser administrados pela Igreja e passaram ao controle do Estado, de modo que se pode considerar que ela não está particularmente vinculada a preceitos religiosos[79] – mas a Igreja também vinculava sua generosidade a seus ensinamentos de um modo mais explícito. São João Crisóstomo disse que se um pobre pedisse comida por estar em situação de carência, "ele deveria ser ajudado sem nenhuma inquisição"; outros, no entanto, não apenas sustentaram que se deveria, antes de mais nada, verificar cuidadosamente se a pessoa era realmente carente, mas também que cristãos devotos deveriam ter prioridade sobre infiéis e excomungados[80]. Os estudiosos tendem a perder de vista a importância desse fato: de Vries e van der Woude dizem que, na Amsterdam do século XVII, "qualquer residente batizado em situação de necessidade poderia se candidatar" para receber o auxílio aos pobres, sem enfatizar a importância da palavra "batizado" (isso numa cidade em que a população judia era particularmente grande). As igrejas também utilizavam a distribuição de auxílio como um meio para atrair convertidos à sua denominação específica do cristianismo. Essa prática era controversa[81], mas, de qualquer forma, era uma conseqüência da maneira como a assistência estava organizada que as igrejas que ofereciam caridade tendiam a atrair membros, e que aqueles, como os judeus e os protestantes, que queriam permanecer fora da Igreja Católica, desenvolveram suas próprias instituições para ajudar seus pobres[82].

Deveria ser óbvio que um sistema desse tipo trata a assistência aos pobres como uma obra de misericórdia e não de justiça. O beneficiário da assistência é, antes de mais nada, considerado membro de uma comunidade religiosa, e não um cidadão ou um ser humano, e condicionamentos religiosos são impostos à ajuda concedida, de maneiras sutis e não tão sutis. Desse modo, o sistema representa simbolicamente a noção de que a ajuda aos pobres deveria ser motivada por compromissos religiosos, não seculares. Além disso, na prática, o sistema trata os pobres como merecedores de ajuda somente sob certas condições, como a de não estar entitulado a essa ajuda apenas em virtude de serem membros de uma pólis, e muito menos por fazerem parte da espécie humana. Os pressupostos do sistema estão muito distantes daqueles que identificamos como característicos da justiça.

No entanto, por volta de meados do século XVI, os Estados estavam, pelo menos nominalmente, lutando com a Igreja pelo controle da assistência aos pobres. Carlos V tentou regulamentar a assistência em toda a Holanda em 1531, decretando que ela deveria ser centralizada e estabelecendo certas condições gerais para os pobres receberem apoio; seu decreto, no entanto, recebeu "a resistência determinada e efetiva da Igreja e não foi plenamente implementado em lugar algum da Holanda setentrional"[83]. Hamburgo prescreveu empregos e empréstimos facilitados aos pobres sadios e auxílio aos incapacitados em 1529, a Suécia estabeleceu um sistema de assistência aos pobres em 1571, e o Império Germânico determinou que todas as paróquias "sustentassem a seus próprios pobres, expulsassem os estrangeiros e fornecessem acomodações aos enfermos" em 1577[84]. Na Inglaterra, a *Poor Law* de 1601 formalizou uma exigência semelhante, que vigorara na prática inglesa ao longo de vários séculos[85]. Não sem importância, a exigência de auxílio aos pobres sempre foi acompanhada de penalidades severas para pessoas saudáveis que procuravam ajuda em vez de trabalhar; as leis de assistência aos pobres eram tanto uma tentativa de ajudá-los quanto de controlá-los[86]. Eram também tentativas de controlar a Igreja. Não é acidental que essas medidas foram adotadas no ápice dos conflitos que cercaram a Reforma: como o demonstra a resistência da Igreja holandesa a Carlos V, são, em parte, tentativas do Estado de colocar a Igreja sob seu controle. Por essa razão, são um passo importante na transformação do auxílio aos pobres de um direito religioso em um direito civil.

Mas, embora importante, foi somente um pequeno passo. Em grande medida, o Estado continuou a trabalhar *por meio* da Igreja. Na Inglaterra – que há muito é reconhecida como um dos primeiros países a ter um programa secular destinado à mitigação da pobreza – a paróquia permaneceu, pelos séculos que se seguiram à *Poor Law* de 1601, como a unidade de administração; o dinheiro era arrecadado por *churchwardens* (administradores de igreja); e estes eram incumbidos de conseguir trabalho para crianças e adultos sadios[87]. As leis, na Inglaterra e em outras partes, deram continuidade às políticas anteriores da Igreja, que distinguiram entre pobres "merecedores" e "não-merecedores" e impunham punições severas àqueles que pecavam praticando a mendicância em vez de trabalhar. O Estado também deu continuidade à prática de justificar suas políticas apelando para a virtude da caridade, e não para a da justiça[88]. Até mesmo em uma época bem posterior, em 1859, a Constituição do Kansas obrigava todos os seus condados a cuidar daqueles habitantes "que, em razão de idade avançada, enfermidade, ou outro infortúnio, podem ter direito à *compaixão e ao auxílio* da sociedade", e, em 1875, o juiz David Brewer (que depois se tornaria juiz da Suprema Corte) declarou que a obrigação de cuidar dos pobres tem raízes "nos impulsos da humanidade comum"[89]. Desse modo, a obrigação do Estado de cuidar dos necessitados foi, assim, atribuída à "humanidade" e à "compaixão", não à justiça, e não se sugeriu que os necessitados tivessem um *direito* à assistência. T. H. Marshall cita um levantamento realizado em 1953 em países da Europa setentrional com o propósito de mostrar que "a assistência por parte da comunidade como um direito legal dos cidadãos necessitados mal chega a um século de existência". E na Inglaterra, como Marshall observa, entendia-se que o "indigente" fosse "uma pessoa destituída de direitos, e não investida deles". Isso ficou extremamente claro quando a *Poor Law Amendment* de 1834 apontou que a renúncia a certas liberdades era o preço do auxílio à pobreza, mas até mesmo a *Poor Law* de 1930 tratou o dever de ajudar os pobres como algo "devido ao público e não à própria pessoa pobre". Em conformidade com isso, se uma agência governamental negligenciasse esse dever, o pobre a quem a ajuda fosse negada não poderia impetrar uma ação legal – e até muito recentemente isso ainda não era possível em lugar algum[90]. (Mesmo hoje isso é difícil, a não ser em circunstâncias muito limitadas.)

Dessa forma, era a piedade, uma virtude em que o agente, motivado por sentimentos humanitários, faz o bem para um beneficiário que não tem nenhum direito a esse bem, e não a justiça, segundo a qual os agentes estão obrigados, independentemente de seus sentimentos, a conceder aos beneficiários aquilo que lhes é legitimamente devido, que fornece o contexto moral das práticas de bem-estar social na Inglaterra até mesmo no começo do século XX. Mas isso sugere que procuraremos em vão por uma noção mais robusta de justiça por trás das práticas de assistência aos pobres nos séculos anteriores e em países menos liberais do que a Grã-Bretanha. É claro que só tratei muito brevemente de um conjunto de instituições que existiram em muitos lugares diferentes e durante um longo período de tempo, mas penso que até mesmo esse breve esboço é suficiente para mostrar que a história da assistência aos pobres é uma fonte pouco promissora para sugestões pré-modernas da idéia de que a justiça requer das sociedades que aliviem ou eliminem a pobreza.

Naturalmente, se minha argumentação até aqui está correta, há poucas evidências de tal idéia nos textos e na prática pré-modernos. A concepção dominante – e quase inteiramente inquestionada – era a de que os pobres mereciam permanecer pobres. Para encontrar a idéia de que os pobres têm um direito de saírem da pobreza, precisamos nos voltar para o século XVIII.

Capítulo 2
O século XVIII

> FÍGARO: Nobreza, fortuna, nível social, posição! Quanto orgulho essas coisas fazem um homem sentir! O que *você* fez para merecer tais vantagens? Deu-se ao trabalho de nascer – nada mais! Quanto ao resto – um homem bastante ordinário! Ao passo que eu, perdido na multidão obscura, tive de empregar mais conhecimento, mais cálculo e habilidade meramente para sobreviver do que teria bastado para governar todas as províncias da Espanha por um século!
>
> BEAUMARCHAIS, *O casamento de Fígaro* (1784)

O século XVIII testemunhou uma mudança de larga escala nas atitudes com relação aos pobres. No início e mesmo em meados desse século, a noção cristã tradicional de uma hierarquia social, com os pobres sempre na posição inferior, ainda prevalecia. No final do século, Immanuel Kant já podia dizer que todos deveriam ser capazes de conquistar posição social por meio de "talento, diligência e sorte", e pessoas por toda a França e Estados Unidos celebravam a mobilidade social como um bem desejável. Em meados do século, muitos autores ingleses advertiam, de modo sombrio, que "a própria escória do povo" estava aspirando a "uma posição que está além daquela que lhes é própria", que "as diferentes classes de pessoas" corriam o risco de se embaralharem umas nas outras. Por volta do final do século, muitas das características que distinguiam essas classes tinham de fato desaparecido[1]. Em meados da década de 1740, era algo incontroverso até mesmo nas relativamente pouco aristocráticas colônias norte-americanas dizer que a Deus "aprazia constituir uma diferenciação entre as famílias" e menosprezar um grande número de pessoas alegando-se que eram "de baixa extração". Por volta do final do século, era igualmente comum nos Estados Unidos olhar com desprezo àqueles que tinham orgulho de suas origens familiares. A própria frase "a espécie melhor de pessoas", que fora utilizada sem ironia até meados do século, tornou-se "completamente vil e odiosa" ao final dele[2]. Tornaram-se bastante difundidos os romances e outras formas de narrativa que enfatizavam as vidas de pessoas comuns[3]. E na França, mesmo antes da Revolução de 1789, uma peça de Beaumarchais que atacava as pretensões de posição social tornou-se o maior sucesso teatral do século[4].

O casamento de Fígaro marca extremamente bem a mudança cultural. Servos engenhosos sempre foram um elemento constante da comédia desde a Grécia Antiga, mas também sempre foram *servis*, personagens que sabiam qual era o seu lugar e que deixavam transparecer em seu sotaque, vocabulário e comportamento que eram inferiores em dignidade a seus senhores. O próprio Fígaro ajustava-se mais ou menos bem a esse modelo em *O barbeiro de Sevilha*, uma década antes de *O casamento*, mas agora ele e sua futura noiva foram transformados em personagens que em tudo eram dotados da mesma dignidade e do mesmo autocontrole que as pessoas a quem serviam. A peça, mesmo hoje, é muito engraçada, mas não há nada de engraçado na descrição que Fígaro faz de seu senhor aristocrático como "um homem bastante comum" e em sua declaração de que ele, Fígaro, é bem mais interessante. As multidões não lotavam os teatros de Paris para rir dessa sugestão ultrajante vinda de um servo. Elas vinham, isto sim, para rir *com* Fígaro da hierarquia social sob a qual todos viviam.

Graças a essa mudança nas atitudes, acompanhada de uma série de desenvolvimentos científicos e políticos, a erradicação da pobreza começou a parecer possível. Foi a partir disso que nasceu a noção moderna de justiça distributiva. Por volta do final do século, começamos a ver claramente uma crença segundo a qual o Estado pode, e deve, tirar as pessoas da pobreza, e que ninguém merece, e nem precisa, ser pobre, e que, em vista disso, é tarefa do Estado, pelo menos em parte, distribuir ou redistribuir bens. No entanto, essa crença não era difundida, e só veio a ocupar o centro do palco na revolta mal sucedida liderada por "Graco" Babeuf no final da Revolução Francesa. Ela tornar-se-ia mais comum no século XIX, apesar de que, mesmo então, tivesse de lutar contra uma forte crença de natureza oposta – também um produto do século XVIII – a de que nenhuma redistribuição de bens poderá ser justa, e a de que é bom que os pobres vivam à beira da inanição.

Ambas essas crenças – redistributivismo completo e a rejeição libertária extrema da redistribuição – expressam concepções filosóficas e não meros dogmas. Estou dizendo que ambas nasceram de uma mudança nas atitudes culturais, mas não considero que atitudes culturais, em geral, surjam apenas de mudanças arbitrárias nos ventos da história, e as concepções sobre a pobreza foram, em particular, freqüentemente defendidas com argumentação filosófica. No que se refere à justiça distributiva, Rousseau, Adam Smith e Kant ajudaram pelo menos a esclarecer, e provavelmente também ajudaram a mudar, as concepções de muitos não-filósofos sobre a propriedade, a natureza humana e a igualdade humana – e, conseqüentemente, também sobre aquilo que os pobres merecem. Até que ponto estes ou quaisquer outros filósofos inventaram a noção de justiça distributiva, ou somente refletiram uma mudança mais ampla na cultura em que estavam imersos, é uma questão que não vou tentar resolver. Até certo ponto, eles certamente estavam fazendo as duas coisas: seguindo seus concidadãos nas atitudes morais, e liderando-os, graças ao rigor e à clareza com que exploraram essas atitudes. Utilizo seus textos, neste capítulo, para explicitar o sistema de crenças que tornou possível a noção de justiça distributiva. Em seguida eu me volto para a primeira expressão bem-definida dessa noção na declaração radical de Babeuf, que afirma: todos os seres humanos têm um direito igual a toda riqueza.

1. A igualdade dos cidadãos: Rousseau

Jean-Jacques Rousseau foi um misantropo emocionalmente instável, frio ou irresponsável, a ponto de enviar cada um de seus cinco filhos, ao nascerem, a um orfanato; passionalmente preocupado com sua própria fama e cada vez mais obcecado, à medida que envelhecia, com temores de perseguição; uma pessoa desagradável que contribuiu pouco para as lutas políticas reais de seu tempo e que violou seu próprio elogio da compaixão, amizade e coragem em todas as suas relações pessoais. Ao mesmo tempo, fez mais do que qualquer um antes dele para inspirar programas políticos em benefício dos pobres, em parte devido a uma compreensão profunda que ele às vezes mostrava sobre a natureza tanto da sociedade como do Estado, em parte porque ele foi o maior de todos os escritores, com a possível exceção de Platão, na história do pensamento político.

Foi de Rousseau que os revolucionários franceses afirmaram ter aprendido que cabe ao Estado retificar a desigualdade, e foi em Rousseau que Kant, de acordo com uma célebre autodescrição, aprendeu a verdadeira igualdade dos seres humanos:

> Sou um investigador por inclinação. Sinto um anseio devorador por conhecimento, a inquietação que acompanha o desejo de progredir nele e a satisfação com qualquer avanço que nele consiga fazer. Houve um tempo em que julguei que nisso residia a honra da humanidade e desprezava o povo, que nada sabe. Rousseau endireitou-me com respeito a isso... Aprendi a honrar a humanidade, e me acharia mais inútil do que o trabalhador comum se não acreditasse que essa minha atitude pode dar valor a todos os outros ao estabelecer os direitos da humanidade.[5]

Kant não foi o único a aprender de Rousseau uma lição desse tipo. Rousseau tem sido um herói para a esquerda igualitária ao longo dos últimos dois séculos. Mas sua contribuição principal à economia política distributivista foi bem diferente daquela que em geral se considera que tenha sido.

Aquilo que se *supõe* ter sido a contribuição de Rousseau para o distributivismo são as noções de que a propriedade privada é questionável, ou mesmo injusta, de que a sociedade capitalista ou comercial oprime cruelmente os pobres, e de que uma solução apropriada para esses dois problemas consiste em um governo radicalmente democrático que controlaria a economia juntamente com todos os demais aspectos da sociedade. A primeira dessas atribuições é falsa, ao passo que as duas outras são bastante equivocadas. A contribuição *efetiva* de Rousseau para o distributivismo foi algo mais geral: uma atitude de suspeita em relação à sociedade comercial; uma atenção aos seus custos, principalmente àqueles que estão em pior situação; e uma sugestão de que a solução para os problemas de tal sociedade encontra-se na política, e não em atitudes religiosas ou filosóficas que podem fazer com que aqueles que sofrem aceitem carregar o fardo que sobre eles recai.

Consideremos primeiro a parte positiva: tanto no primeiro *Discurso*, sobre as ciências e artes, como no segundo *Discurso*, sobre a desigualdade, o progresso da sociedade é apresentado de forma a parecer suspeito. Rousseau confrontou o Iluminismo, que acreditava fortemente tanto em libertar-se dos preconceitos quanto no progresso histórico, com a possibilidade de que a própria crença iluminista no progresso fosse um preconceito. Quando Rousseau afirmou que o cultivo das ciências "adorna nossa mente e corrompe nosso julgamento [moral]" (FSD 56); quando descreveu a razão e a filosofia como coisas que "engendram vaidade", "fazem o homem voltar-se contra si mesmo" (FSD 132), nos isolam e fazem com que desliguemos nossa compaixão natural por outras pessoas; quando contrastou tudo isso com uma descrição supremamente bela de um estado de natureza no qual todos são honestos, livres e satisfeitos, ele fez com que seu público se confrontasse com a questão de se as tão decantadas realizações do "progresso" humano eram de fato tão valiosas assim. A partir de Rousseau, a narrativa do progresso histórico passaria a ser mais complicada. Os hegelianos – e, depois, os marxistas – ainda acreditavam no progresso, mas eles entendiam que a sociedade andava um passo para trás para cada dois passos para frente, como se pagasse um preço para cada vantagem conquistada, o qual muitas vezes era um preço que de alguma forma vinha embutido na própria vantagem. Desse modo, a polidez traz consigo a insinceridade, a liberdade aumenta o vício, e o comércio pode tanto aumentar a riqueza da sociedade como tornar mais miserável a condição dos pobres. Depois de Rousseau, ainda se poderia justificar uma crença no progresso, mas isso exigiria um trabalho muito mais árduo.

O próprio Rousseau declarou que não tinha nenhum interesse em levar as pessoas "a voltar a viver com os ursos" (FSD 201), e sua ênfase nos custos da sociedade deve ser entendida como uma maneira de nos levar a repensá-la, e não a abandoná-la. A comparação que ele faz entre a nossa má-fé e a nobre simplicidade do ser humano pré-social nos leva a perguntar *para que* serve a sociedade, e exatamente *por que* deveríamos pagar seus custos. E o simples fato de formular essa pergunta faz com que a sociedade se pareça mais com uma escolha do que com uma inevitabilidade, com alguma coisa sobre a qual podemos ter controle e que, por isso, devemos tentar dirigir para determinados fins. É desse modo que Rousseau inspirou movimentos de reforma radical. Ao que parece, sua própria intenção foi claramente, não a de provocar mudanças políticas radicais (que parecem alheias tanto ao seu temperamento como ao conteúdo de seus escritos), mas a de inspirar nas pessoas o sentimento de que todos têm de assumir a responsabilidade por sua sociedade e de que todos têm a responsabilidade de ser cidadãos ativos. Podemos vê-lo como contribuindo para a teodicéia, o velho debate filosófico sobre por que há mal no mundo. Sua resposta é que os seres humanos são diretamente responsáveis por quase toda a miséria humana. No segundo *Discurso*, Rousseau denuncia a sociedade de modo furiosamente minucioso por todo e qualquer mal, desde o ciúme erótico até as mortes em terremotos: se as pessoas não vivessem amontoadas tão perto umas das outras nas cidades, os terremotos causariam um número muito menor de mortes (FSD 196)[6].

No entanto, se a sociedade causa a maior parte do sofrimento humano, podemos inferir que também deveria ser capaz de *curar* a maioria dos males humanos. Se a sociedade causa o mal, também deve ser capaz de se livrar dele; somente quando o mal nos é infligido pela natureza ou por Deus é que devemos ter medo de nada conseguir fazer a respeito. Dessa forma, se a instituição da propriedade é responsável pelo ódio, conflito e pobreza, como Rousseau sugere, então impor limites ou abolir tal instituição pode também ser o caminho para eliminar o ódio, o conflito e a pobreza. De modo mais geral, a condenação dos males sociais nos dois *Discursos* é seguida por recomendações, no "Discurso sobre a Economia Política" e em *O contrato social*, encorajando os Estados a ensinar a virtude, a "fazer homens... se o que se quer é comandar homens" (DPE 139) – a capacitar os cidadãos a solucionarem seus próprios problemas por meio de leis boas. Os problemas da sociedade, para Rousseau, podem ser solucionados pela sociedade; os males que ocasionamos a nós mesmos têm uma cura homeopática. Um Estado bom, um Estado democrático de cidadãos conscientes, pode superar praticamente todos os males. Essa concepção muito ampla do que o Estado pode e deve fazer viria a ter um impacto poderoso sobre os reformadores e radicais posteriores a Rousseau. Tenhamos em mente que uma premissa de que precisamos para chegar ao conceito moderno de justiça distributiva é a crença segundo a qual redistribuir a propriedade de modo a minimizar ou erradicar a pobreza é *possível*. Rousseau ajudou muito a inspirar nas pessoas essa crença, a de que todos os males sociais podem ser superados – bem como a crença de que cabe a entidades políticas, acima de tudo, realizar essa tarefa.

Isso é o bastante para identificar a contribuição positiva de Rousseau à história da justiça distributiva. O que é bem menos claro é se ele de fato fez a crítica aos direitos de propriedade ou à desigualdade econômica que mais tarde os socialistas quiseram reconhecer nos seus escritos.

Em seu *Discurso sobre a economia política*, de 1755, Rousseau diz que "o direito à propriedade é o mais sagrado de todos os direitos de cidadania, e em certos aspectos é até mais importante que a própria liberdade" (DPE 151). Na seqüência, ele preocupa-se com a legitimidade da tributação e fala da "alternativa cruel entre deixar o Estado perecer ou violar o direito sagrado de propriedade" (DPE 155). Ao ler esta passagem, é difícil entender como Rousseau ganhou a reputação de ser contrário aos direitos de propriedade; seus pontos de vista são mais libertários que os de David Hume ou Adam Smith[7]. Por outro lado, um ano antes, em seu *Discurso sobre a origem da desigualdade* (o chamado "Segundo Discurso"), ele apresentara a instituição da propriedade como a fonte da pobreza, da opressão, do crime e das guerras. Como reconciliar essa aparente contradição, a ênfase no caráter sagrado da propriedade, em um texto, e a atribuição de todos os males humanos à propriedade, em outro?

Primeiro, temos de observar que mesmo no *Discurso sobre a origem da desigualdade* Rousseau não afirma que a instituição da propriedade, ou a desigualdade que a acompanha, é *injusta*. Ele aceita o ponto de vista de que "justiça" é um termo a ser empregado nos casos de violações à propriedade, de modo que não faz sentido descrever a própria instituição da propriedade como justa ou injusta. "De acordo com o axioma do sábio Locke", ele diz, "onde não há propriedade, não há injúria" (FSD 150). O paraíso que Rousseau imagina está além da propriedade e da justiça.

Em segundo lugar, o estado de natureza que Rousseau descreve, que é anterior e está além da propriedade e da justiça, *é* claramente concebido como um paraíso, e não como uma sociedade à qual poderíamos realisticamente aspirar. Em uma nota de rodapé no *Discurso sobre a origem da desigualdade*, ele pergunta, "Ora! Será que temos de destruir sociedades, aniquilar o teu e o meu e voltar a viver nas florestas com os ursos?" (FSD 201). Este é o tipo de questão de que seus adversários se valem para zombar de seus pontos de vista, ele diz, e, embora proclame sua admiração pelas pessoas que de fato se disporiam a viver nas florestas, ele descreve a si mesmo como um dos muitos "cujas paixões já não podem se alimentar de grama e de nozes, nem viver sem leis ou chefes" e que, em parte por razões religiosas, "respeitarão os laços sagrados das sociedades das quais são membros" e "obedecerão escrupulosamente às leis e aos homens que são seus autores e ministros" (FSD 202). As ambições de Rousseau por mudanças sociais restringem-se às propostas educacionais de *Emílio* e à constituição republicana de *O contrato social*. Ele não propôs em lugar algum a abolição da propriedade ou da desigualdade de riqueza. Ele realmente propôs medidas redistributivas para evitar desigualdades *excessivas*, mas isso era apenas uma aprovação do ponto de vista republicano-cívico comum segundo o qual uma grande desigualdade de riqueza corrompe a política. Rousseau separou o seu sonho de uma humanidade pré-social das propostas práticas que fez aos seres humanos que vivem em sociedade[8]. Ele queria que a sociedade reconquistasse algumas das virtudes de sua imaginada condição pré-social, mas ele não propôs, como um revolucionário radical poderia tê-lo feito, que o mundo social se transformasse no pré-social. E ele certamente nunca disse que a *justiça* exigia tal revolução.

 Finalmente, embora Rousseau de fato se preocupasse obsessivamente com a desigualdade na sociedade, e realmente diagnosticasse a origem da desigualdade como estando na instituição da propriedade, ele raramente se deteve nisso *por preocupação com a condição dos pobres*. Em vez disso, ele é um herdeiro da tradição do republicanismo cívico à qual fiz menção no capítulo 1 (seção 4), de acordo com a qual a riqueza corrompe a moralidade e a desigualdade corrompe a política. Para Rousseau, a riqueza gera a vaidade, e a desigualdade gera a inveja e o ódio. A instituição da propriedade, ele diz, torna possível um mundo no qual o *amour propre*, um sentimento insalubre de se comparar com os outros, substitui o *amour-de-soi-meme*, o instinto natural de autopreservação[9]. O *amour propre* gera uma competição incessante entre as pessoas. Tal competição, por sua vez, leva ao conflito e a relações de dominação e dependência. Rousseau é um verdadeiro iluminista moderno no sentido de que vê a relação humana ideal como uma relação de igualdade, e não de hierarquia, e reconhece na conversação entre iguais, e não na sabedoria de uma elite, a forma ideal de tomada de decisões políticas. Mas isso não deveria levar-nos a ignorar o fato de que suas preocupações com a desigualdade são muito semelhantes às de Platão e Aristóteles: ele se preocupa com a desigualdade e a pobreza à medida que afetam a *política*[10], e não porque reflitam uma condição que limita a vida *privada* de um indivíduo.

Consideremos a seguinte passagem, que é o único trecho mais longo nos escritos de Rousseau, que eu saiba, em que ele se estende sobre o sofrimento dos pobres:

> A confederação social... oferece uma poderosa proteção às imensas posses dos ricos, e dificilmente deixa o homem pobre desfrutar tranqüilamente da choupana que ele construiu com suas próprias mãos. As vantagens da sociedade não vão todas para os ricos e poderosos? Não estão todos os postos lucrativos em suas mãos? Não estão todos os privilégios e isenções reservados somente para eles? A autoridade pública não está sempre do lado deles? Quando assaltos, atos de violência ou mesmo assassinatos são cometidos por poderosos, não são esses assuntos abafados em poucos meses, e dos quais depois mais nada é dito? Mas se um homem poderoso é ele próprio assaltado ou insultado, toda a força policial é imediatamente colocada em ação, e ai daqueles que, mesmo inocentes, possam ser considerados suspeitos. Se precisa passar por uma estrada perigosa, o país apresenta-se em armas para escoltá-lo. Se o eixo de sua carruagem quebra, todos correm para ajudá-lo. Se há barulho à sua porta, basta uma palavra sua para tudo silenciar... Todo esse respeito, contudo, não lhe custa sequer um centavo: este é o direito do homem rico, e não algo que compre com sua riqueza. Quão diferente é o caso do homem pobre! Quanto mais a humanidade lhe deve, tanto mais a sociedade lhe negará. Todas as portas estão fechadas para ele, mesmo quando ele tem um direito a que se abra: e se alguma vez ele consegue que a justiça lhe seja feita, é muito mais difícil para ele

do que para outros obter favores... Considero totalmente arruinado qualquer homem pobre que tenha o infortúnio de ter um coração honesto, uma filha atraente e um vizinho poderoso (DPE 161).

Rousseau é um retórico excepcional, e é difícil que alguém leia as ondas rítmicas de perguntas no início desta passagem, e muito menos o contraste dramático entre o arrogante homem rico de quem "basta uma palavra sua para tudo silenciar" e o homem pobre decente que se vê diante de uma porta fechada, sem que a indignação brote dentro da gente e nos empurre para as barricadas. É fácil perceber por que os revolucionários se inspiraram com tanta freqüência em Rousseau. Mas se extirpamos a retórica e olhamos somente para a argumentação, é notável quão modesto e incontroverso é o argumento dessa passagem. As pessoas ricas tendem a se safar de seus crimes, ao mesmo tempo em que são protegidas dos criminosos; as pessoas pobres são desproporcionalmente visadas pela polícia, ao mesmo tempo em que encontram dificuldade para mobilizar o sistema legal em benefício de seus próprios direitos. Essa preocupação pode ser encontrada até mesmo na antiga Bíblia hebraica, na advertência que faz de que a justiça devida aos pobres não seja pervertida (*Êxodo*, 23:6).

Rousseau difere da Bíblia, e vai além de muitos de seus predecessores, ao reconhecer a solução para as evidentes injustiças sofridas pelos pobres em uma reforma substancial da esfera política, em vez de apelar para recomendações morais ou religiosas dirigidas aos poderosos ou de exigir apenas uma administração mais eqüitativa das leis existentes. Para Rousseau, um sistema eqüitativo de justiça só pode emergir em uma sociedade política democrática, na qual o próprio processo de elaboração de leis reflete a igualdade de todos os cidadãos. Na verdade, a idéia central e mais importante de Rousseau é, provavelmente, a percepção que ele teve da relação entre a liberdade e a cidadania. "Se tivesse de escolher o lugar do meu nascimento", ele diz na introdução a seu *Discurso sobre a origem da desigualdade*, "teria escolhido viver e morrer em liberdade: o que significa dizer, a um tal ponto sujeito às leis que nem eu nem ninguém mais seria capaz de se livrar de seu nobre jugo" (FSD 78-79). A liberdade consiste em estar sujeito a leis das quais também se é autor, e alguém é "autor" de uma lei ao fazer parte de uma sociedade política democrática na qual as leis expressam a vontade geral[11]. A desigualdade socioeconômica confere a alguns uma influência desproporcional sobre a elaboração de leis na comunidade política e divide essa comunidade em grupos hostis que não se dispõem a submeter seus interesses particulares aos interesses de todos. Riqueza e pobreza em larga escala causarão "ódio mútuo entre os cidadãos" e "indiferença à causa comum"[12]. A desigualdade econômica é, por isso, um obstáculo à verdadeira democracia. "Proteger os pobres contra a tirania dos ricos" é a mais importante das tarefas de governo, e já é tarde demais para fazer isso quando já há pessoas muito ricas e pessoas muito pobres. Muito melhor é, antes de mais nada, "impedir a desigualdade extrema de fortunas", organizar a economia política da sociedade de maneira que ninguém venha a ser muito pobre (DPE 146-147).

Desse modo, a distribuição de propriedade entra nas preocupações de Rousseau indiretamente, por meio do entendimento que ele tem da cidadania. Rousseau se preocupa com o pobre *à medida que é um cidadão*, e não à medida que é, simplesmente, um ser humano. Talvez, se consideramos a identidade política das pessoas como sua identidade mais importante, ou como compreendendo todas as suas demais identidades, esta seja a melhor maneira de abordar a pobreza. Mas se consideramos que os seres humanos têm vidas muito afastadas da política, se consideramos a cidadania somente como uma parte, muitas vezes não a mais importante, da vida de cada pessoa, então podemos entender que uma pobreza muito grande é um dano injustificável em si mesmo, independentemente dos efeitos sobre a cidadania. Para chegar a essa percepção, precisamos passar de Rousseau a Adam Smith.

2. Mudando nossa imagem dos pobres: Smith

Contrastemos a extensa passagem sobre os ricos e pobres que citei de Rousseau com o seguinte trecho de Smith (também citado no capítulo 1, seção 3):

> De 10.000 famílias que se sustentam umas às outras, talvez 100 não trabalhem e nada façam para a ajuda comum. As demais têm de sustentar estas últimas, além de a si próprias, e... têm um quinhão de tranqüilidade, conveniência e abundância muito menor do que aquelas que, em absoluto, não trabalham. O comerciante rico e opulento, que nada faz além de dar algumas ordens, vive em uma propriedade, em um luxo e em uma tranqüilidade muito maiores... que seus funcionários, que fazem todo o serviço. Também estes últimos, exceto por estar sujeitos às ordens de um superior, encontram-se em um estado de tranqüilidade e fartura muito superior ao do artesão cujo trabalho foi necessário para que essas mercadorias lhes fossem fornecidas. O trabalho deste homem também é bastante tolerável; ele trabalha sob um telhado, protegido da inclemência das intempéries, e obtém o seu sustento de uma maneira que não é desconfortável, se o comparamos com o trabalhador pobre. Este tem de lutar contra todas as inconveniências do solo e da estação, e está continuamente exposto, ao mesmo tempo, à inclemência das intempéries e ao trabalho pesado. Desse modo, aquele que, por assim dizer, sustenta a estrutura toda da sociedade e fornece os meios para a conveniência e para a tranqüilidade de todos os demais só tem, ele próprio, um quinhão muito modesto e está enterrado na obscuridade. Ele suporta em seus ombros a humanidade toda, e, incapaz de agüentar o peso, acaba sendo por ele empurrado para as partes mais fundas da Terra. (LJ 341).

Foi Smith, e não Rousseau, quem primeiro atraiu ampla atenção para os danos que a pobreza causa na vida privada dos pobres, em vez de se restringir aos danos que o contraste entre a riqueza e a pobreza causa em suas vidas enquanto cidadãos. Citei esta passagem antes, no capítulo 1, como parte de uma argumentação contra aqueles que consideram Smith como um adversário da justiça distributiva no seu sentido moderno. Tomar o sentido oposto e proclamá-lo um "patriarca" dessa noção pode parecer um tanto exagerado. E seria incorreto julgar que somente Smith tenha sido o inventor do conceito – um conceito de tal complexidade e importância histórica jamais é invenção de uma única pessoa. De qualquer maneira, Smith tem de compartilhar a honra pelo menos com Rousseau e Kant. Mas ele contribuiu muito mais para o nascimento do que hoje denominamos justiça distributiva do que em geral se percebe.

Há duas maneiras principais pelas quais Smith fez essa contribuição. A primeira, e a menos importante, foi que ele fez algumas recomendações distributivas em *A riqueza das nações*. A riqueza pode ser redistribuída de pelo menos três maneiras: (1) por meio de uma transferência direta de propriedade dos ricos aos pobres, (2) tributando-se os ricos com taxas mais elevadas que os pobres, ou (3) empregando-se receitas fiscais, arrecadadas tanto de ricos como de pobres, para prover recursos públicos que beneficiarão sobretudo os pobres. Smith fez propostas que pertencem ao segundo e ao terceiro casos.

A mais importante delas é a defesa da educação pública. Smith descreve o entorpecimento mental produzido por certos tipos de trabalho como um dos maiores perigos presentes em uma economia avançada e sustenta que o Estado deve tomar iniciativas para garantir que os pobres que trabalham tenham uma educação que lhes dê capacidade de julgamento moral e político (WN 782-788). Baseando-se em instituições que já existiam na Escócia, ele recomenda que os Estados sustentem escolas locais que ensinem a ler, a escrever e que também ensinem "os rudimentos da geometria e da mecânica" (WN 785). Mas empregar fundos públicos para dar apoio a instituições como essas significa, na prática, tirar recursos dos ricos e transferi-los aos pobres.

Além dessa proposta, Smith sugere que veículos luxuosos paguem um pedágio de estrada mais alto do que os veículos de carga, de modo que "[se possa] fazer com que a indolência e vaidade dos ricos contribuam de uma... maneira simples para mitigar a condição do pobre" (WN 725). Ele também defende um imposto sobre o aluguel das casas, em parte porque isso recairia mais pesadamente sobre os ricos. Fazer com que os ricos contribuíssem proporcionalmente mais do que os pobres para a receita pública "não seria, talvez, nada muito insensato" (WN 842). Finalmente, como Gertrude Himmelfarb observou, ainda que Smith criticasse duramente o Act of Settlement, ele, "de modo ostensivo, não... colocou em questão" a *Poor Law* inglesa – o programa governamental de ajuda aos pobres mais importante de sua época, e que foi criticado, tanto em seu próprio tempo como depois, por ser demasiado caro e por enfraquecer os incentivos dos pobres para trabalhar[13].

Isso é quase tudo que se pode encontrar em Smith no que se refere a programas positivos de auxílio aos pobres. Ele defende o fim dos estatutos que regulavam a atividade dos aprendizes, das exigências de residência para os trabalhadores pobres e das leis suntuárias*, mas todas estas propostas são negativas, e se destinavam a remover obstáculos à liberdade das pessoas, e não a provê-las de bens materiais. Se suas propostas positivas nos parecem um tanto parcas, devemos nos lembrar de que ele escrevia numa época em que a sabedoria corrente sustentava que era necessário que os pobres fossem *mantidos pobres*, caso contrário não trabalhariam, e que constituíam uma classe de pessoas tão dadas à indolência que somente a necessidade poderia impedi-las de desperdiçar seu tempo com bebida e depravação. A maioria dos escritores da época também sustentava que era preciso fazer com que as pessoas pobres se abstivessem de gastar com artigos de luxo e que lhes fos-

---

* As *Sumptuary Laws* foram adotadas por Henrique VIII para evitar extravagâncias e o luxo excessivo sobretudo no modo de se vestir, com o propósito de manter claras as distinções sociais entre comerciantes e a classe média, de um lado, e a nobreza, de outro. (N. do T.)

sem ensinados hábitos de reverência de forma que permanecessem em seu lugar social apropriado e não "macaqueassem" seus superiores. Nesse contexto, propor *quaisquer* programas governamentais que permitissem que os salários se elevassem e as pessoas pobres aspirassem aos bens e à educação das classes média e alta seria nadar fortemente contra a corrente.

O que nos leva ao segundo e mais importante sentido em que Smith foi um fundador da moderna justiça distributiva: quase sozinho, ele *mudou as atitudes* que subscreviam as políticas restritivas e depreciadoras pelas quais os pobres eram mantidos pobres. "Mais importante do que essa ou aquela política [em Smith]", Himmelfarb observa corretamente, "era a imagem dos pobres que estava implícita em tais políticas"[14], e ela resume um consenso existente entre estudiosos quando escreve que "se *A riqueza das nações* não foi tão original em suas teorias do dinheiro, comércio ou valor, essa obra foi genuinamente revolucionária em seu modo de ver a pobreza e em sua atitude em relação aos pobres"[15].

Podemos hoje considerar incontroverso o modo como Smith retrata os pobres, mas isso em grande parte é um efeito de seu trabalho, que certamente inverteu as atitudes comuns de seu tempo. Smith mudou nossa noção do que "a questão da pobreza" *é*; seus predecessores viam "a questão da pobreza", primariamente, como o problema de como lidar com os vícios e a criminalidade das classes inferiores. Poucas pessoas antes de Smith pensavam que o mundo deveria, e muito menos que ele poderia, dispensar uma classe de pessoas pobres. Até o final do século XVIII, a maioria dos cristãos acreditava que Deus havia ordenado uma organização hierárquica da sociedade, com as pessoas verdadeiramente virtuosas ocupando as posições de riqueza e poder, no topo, e "os tipos pobres e inferiores" na posição mais baixa[16]. Obviamente, supunha-se que as pessoas no topo devessem ajudar as que se encontravam na posição mais baixa, mas não o suficiente para elevá-las do lugar que lhes era próprio. Entendia-se a caridade como um meio de redenção, e a existência de pessoas pobres como parte integral do plano de Deus para a vida humana[17]. Em 1728, o humanitarista Isaac Watts ainda podia dizer que "o grande Deus sabiamente ordenou que... entre a humanidade houvesse alguns ricos e alguns pobres: e a mesma Providência designou aos pobres os serviços menores"[18]. Como escreve Daniel Baugh:

> Ao resumir a situação em 1750, podemos observar que havia duas atitudes amplamente difundidas em relação aos pobres... A atitude dominante supunha que jamais se deveria tirar os pobres da miséria, nem encorajar seus filhos a olhar para além do arado ou do tear. Essa atitude refletia noções tradicionais de hierarquia social e era reforçada por teorias econômicas sobre o trabalho e a motivação. A outra atitude derivava principalmente da ética cristã. Ela sustentava que era dever dos ricos tratar os pobres com bondade e compaixão, e ajudá-los em tempos de adversidade. Essa atitude benevolente não oferecia uma base apropriada para elaborar planos de ação política; ela era muito mais um lembrete de consciência para o fato de que as massas trabalhadoras imundas e mal-vestidas, que eram habitualmente vistas com desprezo por seus superiores, eram igualmente criaturas de Deus, a quem uma comunidade cristã não podia excluir nem ignorar.[19]

A principal inovação que permitiu ir além dessas duas atitudes, diz Baugh, "veio em 1776, quando um filósofo de grande erudição, visão penetrante e capacidade de persuasão literária publicou sua *Investigação sobre a natureza e as causas da riqueza das nações*"[20]. Smith combateu tanto a condescendência explícita da primeira atitude como a condescendência implícita da segunda. Foi um adversário virulento da idéia de que os pobres, em algum sentido, são inferiores aos ricos. Repetidas vezes em *A riqueza das nações*, Smith alfineta a vaidade que sustenta uma imagem desenhosa das virtudes e habilidades dos pobres. Ele apresenta os pobres como pessoas que têm as mesmas aptidões naturais que quaisquer outras pessoas: "As diferenças de talentos naturais em homens diferentes são, na realidade, muito menores do que estamos cientes", ele diz. O hábito e a educação contribuem para a maior parte daquela lacuna supostamente grande que existe entre o filósofo e o carregador de rua comum, ainda que "a vaidade do filósofo não está disposta a reconhecer quase nenhuma semelhança" entre os dois[21]. Àqueles que reclamam que os pobres são naturalmente indolentes[22], Smith declara que, ao contrário, eles são "bastante dados a sobrecarregar-se de trabalho" (WN 100). Àqueles que viam na indulgência à bebida um vício característico das pessoas pobres[23] – e havia legiões deles, mesmo entre os defensores dos pobres –, Smith responde que "o homem é um animal ansioso e precisa ter suas preocupações afastadas por alguma coisa que possa regozijar os espíritos" (LJ 497)[24]. Àqueles que reclamavam que os pobres estavam simulando as maneiras de seus "superiores" e que achavam que, em nome da hierarquia social natural[25], se deveria impedi-los de comprar bens luxuosos, Smith diz que é "mera eqüidade" para com os estratos mais baixos da sociedade que eles tenham uma boa participação nos alimentos, roupas e moradias que eles próprios produzem (WN 96). E àqueles que declaravam estar protegendo os pobres de sua própria prodigalidade, ele diz que é "a maior impertinência e presunção,... em reis e ministros, pretender zelar pela economia de pessoas privadas". Ele acrescenta, a respeito desses reis e ministros, que "eles são sempre, sem nenhuma exceção, os maiores perdulários da sociedade" (WN 346).

Isso ainda não é o fim da lista. Smith defende as escolhas religiosas das pessoas pobres contra o desprezo e o medo de seus colegas do Iluminismo, observando que as seitas religiosas às quais as pessoas pobres urbanas tendem a aderir, mesmo sendo às vezes "desagradavelmente rigorosas e anti-sociais", fornecem-lhes comunidade e orientação moral (WN 794-796). Ele repetidamente elogia as virtudes e as realizações de trabalhadores independentes, sustentando que não é necessário nem apropriado monitorar e controlar as vidas dos pobres (WN 101-102, 335-336, 412-420). Ele chega ao ponto de tentar desculpar, se não quase a justificar, a violência de multidão característica dos trabalhadores em suas lutas contra seus empregadores (WN 84).

Desse modo, Smith nos apresenta um retrato notavelmente dignificador dos pobres, um retrato no qual fazem escolhas que em tudo são tão respeitáveis quanto as de seus superiores sociais – um retrato, portanto, no qual não há, em absoluto, pessoas verdadeiramente "inferiores" e "superiores". É claro que as pessoas podem ser, individualmente, boas ou más, porém Smith conclama seus leitores (que em sua maioria eram abastados) a ver a pessoa pobre média como seus amigos, parentes ou a eles próprios: iguais a todos os outros seres humanos em inteligência, virtude, ambição e interesses, e por essa razão iguais em direitos, mérito e dignidade. É esse retrato da pessoa pobre como igual em dignidade a qualquer outra, e como merecedora, portanto, de tudo aquilo que qualquer um de nós daria a nossos amigos e conhecidos, que cria a possibilidade de se reconhecer a própria pobreza como um mal, como algo que, como não gostaríamos que fosse infligida a alguém de quem gostamos ou a quem respeitamos, não deveríamos estar dispostos a infligi-lo a pessoa alguma. A possibilidade de que as pessoas pudessem ter um direito de não ser pobres, de que o Estado, no processo de garantir coercitivamente o cumprimento dos direitos humanos, devesse se empenhar em abolir a pobreza, só poderia ter sido aberta depois que a representação dignificadora dos pobres que Smith apresentou substituísse a concepção, que havia reinado durante séculos sem ser questionada, segundo a qual a pobreza estava associada a uma diferença entre tipos de pessoas, e não apenas a uma diferença de fortuna.

Em primeiro lugar, seria muito apropriado se, como Himmelfarb sugere, o retrato dignificador dos pobres fosse a contribuição mais inovadora de Smith em *A riqueza das nações*. Pois nesse caso a maior realização do livro seria uma mudança em nossas imaginações morais – ele leva seus leitores a *imaginar* a pessoa pobre de uma forma diferente – e o ensinamento central da *Teoria dos sentimentos morais* de Smith foi que nossas imaginações são o que mais profundamente modelam nossos caracteres e nossas atitudes morais. Somente quando nos imaginamos nas situações de outros é que somos capazes de compartilhar de seus sentimentos e, assim, de desenvolver com relação a eles atitudes morais de benevolência, respeito, ou quaisquer outras. Em *A riqueza das nações*, Smith nos coloca, vívida e minuciosamente, na situação dos pobres e, por meio disso, derruba velhos estereótipos que eram ostentados contra eles. Thomas Laqueur escreveu que, no século XVIII, "surgiu uma nova onda (*cluster*) de narrativas que descreviam de modo extraordinariamente detalhado os sofrimentos e mortes de pessoas comuns, de tal maneira que tornavam evidentes os nexos causais que poderiam conectar as ações de seus leitores com o sofrimento de seus personagens"[26]. Laqueur usa a expressão "narrativa humanitária" para designar esses textos, e sustenta que o romance realista, a autópsia, o relatório clínico e a investigação social poderiam todos ser exemplos dessa narrativa humanitária. Um exemplo perfeito do gênero é *A riqueza das nações* de Adam Smith.

Em segundo lugar, podemos agora ver como o retrato que Smith faz dos pobres ajudou a dar origem à noção moderna de justiça distributiva. É essencial a essa noção que se acredite que os pobres *merecem* certos tipos de auxílio, mas é improvável que se acredite nisso caso se considere que os pobres estão natural ou divinamente designados à extremidade inferior da hierarquia social, ou que são inerentemente viciosos e indolentes. Ver os pobres exatamente como se vê os próprios amigos e conhecidos nos convida, ao contrário, a perguntar: "será que eles não merecem não *ser* pobres?" Seria preferível que nossos próprios amigos e conhecidos trabalhassem por escolha e não por necessidade, que eles tivessem uma proteção contra a inanição e falta de moradia caso perdessem seus empregos, e que tivessem educação, saúde e recursos financeiros suficientes para escapar de uma condição social miserável. É natural, então, que se pergunte por que não se pode estender a todos a proteção contra grandes necessidades, e por que todos não podem ter acesso à educação, à saúde, ao seguro-desemprego e a coisas semelhantes. E uma vez que se faça esta pergunta, especialmente se também já se perdeu o otimismo que Smith tinha em uma economia livre ser capaz de empregar todas as pessoas (WN 469-470), algum tipo de Estado de bem-estar social começa a parecer moralmente necessário.

Não estou sugerindo que o próprio Smith teria necessariamente defendido o moderno *welfare state*, para não falar no socialismo moderno, ou que seus seguidores recentes estejam equivocados em apelar a ele quando reclamam dos programas de bem-estar social administrados por grandes burocracias. Smith de fato prefere que o governo trabalhe por meio de um número reduzido de normas gerais e claras, em vez de dar poder às autoridades para que tomem decisões de forma *ad hoc*; ele se preocupa tanto com a ineficiência como com o perigo à liberdade representados por qualquer coisa que envolva interferência diária na vida das pessoas. Mas ele não diz, nem isso seria verdadeiro, que todas as tentativas de redistribuir recursos exigem um poder burocrático dessa maneira, e ele não pensava que redirecionar recursos para ajudar os pobres estivesse, em princípio, além da capacidade ou do âmbito legítimo de ação do Estado. Ao contrário, ele próprio fez propostas desse tipo. E sua concepção dos pobres e do que os pobres merecem contribuiu para o surgimento da noção tipicamente moderna de que para o Estado é um dever, e não um ato de graça, aliviar ou abolir a pobreza.

3. O valor igual dos seres humanos: Kant

Kant é uma figura curiosa na história da justiça distributiva. Ele é tanto o autor da mais rigorosa explicação dos direitos de propriedade que se pode encontrar na literatura filosófica até a sua época e o primeiro grande pensador a defender explicitamente que o auxílio aos pobres deve ser um assunto para o Estado, e não uma obrigação privada. Seria bom se ele também tivesse um argumento forte e claro sobre como essas duas coisas podem e devem seguir juntas, mas ele não tinha. O que Kant diz sobre esses dois assuntos, assim como grande parte do que escreveu sobre a política, está espalhado por alguns de seus textos menos conhecidos e acompanhado de argumentos obscuros ou que são consideravelmente menos plausíveis do que se esperaria desse filósofo cuidadoso. O interesse de Kant pela política foi limitado e descontínuo. Ele escreveu vários panfletos curtos sobre assuntos políticos, defendendo a liberdade de expressão e de consciência, uma concepção modificada de contrato social para o Estado e, tentativamente, o republicanismo. Ele também formulou esses argumentos, juntamente com uma extensa discussão sobre propriedade e contratos, de uma forma mais ou menos sistemática na primeira metade de sua *Metafísica dos costumes*. Mas nunca desenvolveu uma crítica total da política comparável a seus trabalhos sobre epistemologia, filosofia moral, filosofia da religião e estética[27]. Além disso, seu interesse pela política derivava, em sua maior parte, de algumas de suas preocupações morais, e sua contribuição à noção de que o auxílio aos pobres deveria ser lidado pelo Estado está mais presente em certos aspectos de sua filosofia moral do que naquilo que ele disse diretamente sobre o assunto.

O que Kant disse diretamente sobre direitos de propriedade e sobre programas de bem-estar social é confuso. Para começar, quando usa a expressão "justiça distributiva", ele lhe dá um sentido peculiar. A justiça pública consiste na "justiça protetora", na "justiça comutativa" e na "justiça distributiva", ele diz. Poder-se-ia imaginar que as duas primeiras dividem o trabalho feito pela "justiça corretiva", de Aristóteles, ou da "justiça expletiva", de Grócio, ao passo que a terceira corresponde à justiça "distributiva" de Aristóteles ou à justiça "atributiva" de Grócio. No entanto, Kant está de fato tentando proceder como faz freqüentemente, com base no modelo das tricotomias epistemológicas que introduziu na *Crítica da razão pura,* de tal modo que os três tipos de justiça correspondam, respectivamente, à "possibilidade", à "realidade" e à "necessidade" da lei (MM 120-121). A justiça protetora deveria nos dar a forma da lei (o que torna a lei possível), a justiça comutativa o conteúdo da lei (sua realidade), e a justiça distributiva o mecanismo pelo qual as leis se fazem cumprir (se tornam "necessárias") coercitivamente. Concordantemente, a justiça distributiva consiste no uso de tribunais para aplicar leis a casos específicos, e a presença da justiça distributiva, neste sentido, é o que assinala a diferença entre ter governo e viver no estado de natureza (MM 121). Onde não há ninguém para fazer cumprir as leis coercitivamente, a aquisição de propriedade "é ainda somente *provisória*... uma vez que não é determinada pela justiça (distributiva) pública e assegurada por uma autoridade que torne esse direito efetivo" (MM 124). Para Kant, seria ridículo sugerir que a justiça distributiva poderia não ser passível de implementação coercitiva: a justiça distributiva é coercitiva na imposição de leis. É um pouco difícil entender por que a palavra "distributiva" deveria caracterizar esse aspecto da justiça, mas o que talvez Kant tenha em mente é que os tribunais "distribuem" a cada um de nós os direitos que, de outra forma, só teríamos em princípio. Interpreto o fato de que Kant tenha estendido dessa forma o significado tradicional de "justiça distributiva" – o fato de que seu emprego da expressão destoe tanto da tradição aristotélica como da grociana no que se refere à maneira de entendê-la – como evidência de que ele estava pouco familiarizado com as obras clássicas de filosofia política e jurídica às quais a maioria de seus contemporâneos teria se voltado[28].

A mesma desatenção à tradição jurisprudencial para a qual ele supostamente estava contribuindo ajuda a explicar a concepção peculiarmente forte que Kant tinha dos direitos de propriedade. Como seria de esperar da filosofia moral de

Kant – mas não dos argumentos complexos com os quais os direitos de propriedade eram justificados, digamos, em Aquino, Grócio ou Hutcheson –, o princípio do direito para Kant não pode ter exceções, e a justificação da propriedade, que para ele assim como para seus predecessores é o caso paradigmático de um direito, tem de garantir a uma pessoa a propriedade de uma coisa contra todos os possíveis reclamantes em todas as situações possíveis. Sua aversão a qualificar os princípios básicos de direito e propriedade, ou a permitir exceções a esses princípios, revela-se em um notável repúdio ao "direito de necessidade" como o produto de uma "estranha confusão [entre] juristas" (MM 60). Kant admite que pode ser impossível deter alguém que precise violar a ordem usual da justiça para conseguir sobreviver[29], mas sustenta que ainda assim tais violações são injustas e devem ser reconhecidas como tais pela lei.

Kant é, desse modo, uma boa fonte para uma visão libertária estrita do Direito e da política e, de fato, ele é citado como uma fonte por alguns libertários contemporâneos[30]. No entanto, diferentemente dos libertários contemporâneos, ele não mostra nenhuma preocupação com a possibilidade de haver uma tensão geral entre direitos de propriedade e tributação, nem com a possibilidade de haver conflito entre o emprego de recursos fiscais com propósitos redistributivos e a obrigação do Estado de preservar os direitos de propriedade de cada um. Ao contrário, ele insta que o Estado implemente escolas, hospitais e outras instituições para os doentes e órfãos pobres, e que, além disso, forneça auxílio direto aos pobres, tudo isso por conta do contribuinte[31]. De fato, ele afirma explicitamente que o apoio a essas instituições deveria ser obrigatório a todos os cidadãos, não voluntário, e que isso deveria ser feito mediante tributação, e não mediante loterias estatais (MM 136). Kant pode, portanto, oferecer argumentos valiosos para a mais extremada direita libertária do espectro político de hoje, mas suas propostas de ação política o colocam à esquerda até mesmo de muitos liberais alinhados ao Estado de bem-estar social.

Em parte, essa contradição aparente é acobertada por um argumento constrangedoramente ruim. Para defender o auxílio estatal aos pobres, o que Kant tem de fazer é mostrar que esse auxílio é exigido pela justiça. Mas em que sentido a justiça requer auxílio aos pobres? Vimos que Kant entende que a justiça se ocupa primariamente com a proteção de uma noção bastante estrita de direitos de propriedade. Que espaço existe aqui para o auxílio estatal aos pobres? Bem, pode-se abrir espaço para isso sugerindo-se que as pessoas são pobres somente porque no passado seus direitos de propriedade foram invadidos pelos que hoje são ricos. É precisamente isso o que Kant faz. O que os predecessores de Kant denominavam "justiça comutativa" demanda programas redistributivos para os pobres, ele diz, uma vez que as riquezas e a pobreza somente podem ser geradas por meio da fraude ou do roubo:

> Embora possamos estar inteiramente em nossos direitos, em conformidade com as leis do país e com as normas de nossa estrutura social, ainda assim podemos estar participando em uma injustiça geral, e ao ajudar um homem desafortunado não estamos lhe concedendo uma dádiva, mas apenas ajudando a lhe devolver aquilo de que ele foi privado pela injustiça geral de nosso sistema. Pois se nenhum de nós retirasse para si próprio uma parcela da riqueza do mundo maior do que a de seu semelhante, não haveria ricos e nem pobres. (LE 194)[32]

O pensamento parece ser que os bens que nos são fornecidos pela natureza vêm em uma quantidade fixa, de modo que, se fossem divididos de forma eqüitativa, todos obteriam uma parcela igual. A riqueza, então, só é possível se algumas pessoas conseguem enganar outras, apropriando-se do que legitimamente pertence a estas. Podemos nos referir a isto como a tese de que "toda riqueza é roubo"[33]. Essa tese depende de se considerar a economia como um jogo de soma zero, de tal modo que os ganhos de uma pessoa só podem vir à custa das perdas de outra pessoa. Alguém que defenda uma concepção como esta parece ignorar inteiramente a possibilidade do crescimento econômico e do fato de que uma pessoa pode aumentar o que ela tem por meios que, longe de tirarem de outra pessoa, aumentam o número total de bens disponíveis no mundo. E se distribuições desiguais de bens promovem tal crescimento, elas podem beneficiar os que estão em pior situação e, por isso, receber a concordância de todos. Onde há mais para satisfazer as necessidades, o padrão de vida de todos, incluindo o dos que se encontram em pior situação, pode melhorar. Foi exatamente esta tese que Smith se esforçou para demonstrar nos capítulos iniciais de *A riqueza das nações*. Kant não foi somente um contemporâneo, mas também um leitor ávido de Smith[34]. Porém, mesmo depois de ler *A riqueza das nações*, ele sustentou a tese de que "toda riqueza é roubo".

Se deixarmos de lado a economia, para a qual Kant não fez nenhuma contribuição, e nos voltarmos para a teoria moral, onde sua contribuição foi muito substancial, podemos encontrar um argumento mais interessante em favor de colocar o auxílio aos pobres nas mãos do Estado. Com efeito, a fragilidade do argumento de Kant de que "toda riqueza é roubo" é ela própria uma indicação, acredito, de que algo mais se encontra por trás de sua tentativa de interceptar o auxílio aos pobres como uma questão de justiça. Essa outra coisa é uma crítica fascinante da virtude da caridade. Kant observa que dar esmolas "lisonjeia o orgulho do doador", enquanto "degrada" aqueles a quem as esmolas são dadas. "Seria melhor", ele diz, "ver se o homem pobre não poderia ser ajudado de alguma outra maneira que não implicasse ser degradado por ter de aceitar esmolas" (LE 236). O auxílio aos pobres gerido pelo Estado, no ponto de vista de Kant, tem vantagens *morais* sobre a caridade privada. Kant vê corrupção moral nas relações privadas por meio das quais pessoas abastadas distribuem sua generosidade aos carentes e se volta para o Estado para garantir uma relação mais respeitosa entre ricos e pobres[35].

Vale a pena examinar aqui mais detalhadamente o ponto de vista de Kant, tanto porque tornou-se influente como porque é supreendente no contexto de uma tradição moral que desde há muito tempo louvava a virtude da generosidade. De Aristóteles a Hutcheson, os filósofos apontaram o fato de que uma pessoa precisa ter condições materiais suficientes para ser generosa e para experienciar os prazeres da generosidade, como uma justificativa importante para a propriedade privada. Para Kant, em geral uma pessoa não deveria ser generosa para obter prazer, e uma pessoa que só realiza boas ações quando são prazerosas não é de modo algum virtuosa. Em particular, no que se refere à generosidade, Kant observa que uma pessoa verdadeiramente moral deveria se empenhar em cultivar uma "boa vontade fundada em princípios", em vez de uma mera "bondade de coração e temperamento", pois esta última não é confiável e fica à mercê de quaisquer fatores acidentais que por acaso moldem as emoções dessa pessoa: "Tal homem será, por inclinação, caridoso para com todos e qualquer um; e então, se alguém tirar proveito de seu coração bondoso, ele poderá decidir, completamente desgostoso, que daí em diante deixará de fazer bem aos outros."[36]

Mas o problema mais profundo com a "caridade por inclinação" está na hierarquia implícita que ela cria entre o doador e o beneficiário. Quando distribuo caridade, eu me bajulo pensando que sou melhor do que a pessoa que estou ajudando. Desse modo, ainda que a ajude materialmente, eu a degrado moralmente. Atos virtuosos não devem expressar, e muito menos criar, uma tal hierarquia. Ao contrário, faz parte da essência de toda virtude, para Kant, que ela expresse e ajude a criar uma comunidade de seres racionais *iguais*, uma comunidade que respeita o valor absoluto e igual de cada indivíduo que a ela pertença. Violo algo fundamental à moralidade quando me julgo superior a outros; em vez disso, tenho de considerar cada um dos demais seres humanos como um fim em si mesmo, que tem exatamente tanto direito quanto eu tenho a uma vida boa. Por essa razão, é melhor que eu me concentre nos *direitos* de outros do que em suas *necessidades* (LE 193), e Kant considera que o dever primário da beneficência é um respeito apropriado por tais direitos (LE 193-194; compare também com G 423). Todo ser humano "tem um *direito* igual às coisas boas que a natureza propicia", ele diz (LE 192, grifo meu). Supõe-se que daí se segue que até mesmo o dever de ajuda material a outros deve ser interpretado como uma resposta a direitos que as pessoas têm. A caridade deve ser vista "como uma dívida de honra, e não como uma exibição de bondade ou generosidade" e, com efeito, como uma "trivial... compensação pela dívida que temos" para com outros (LE 236):

> Todos os moralistas e professores devem... se certificar de que, tanto quanto possível, representem atos de benevolência como atos de obrigação e de que os reduzam a uma questão de direito. Um homem não deve ser enaltecido por realizar atos de bondade, pois se isso ocorrer seu coração se inflamará com a generosidade e ele irá querer que todas as suas ações sejam desse tipo. (LE 193)[37].

Devemos ver a moralidade em geral como uma lei – o imperativo categórico – que nos iguala a todos em uma mesma posição de humildade, e não como uma atividade na qual alguns são jogadores experientes e outros são jogadores fracos. A apresentação tradicional da caridade como uma virtude na qual alguns se destacam, e pela qual outros deveriam ser gratos, é uma formulação inadequada da maneira como a virtude funciona e da atitude em relação a outros seres humanos que uma pessoa virtuosa deveria ter.

Considerando-se esses pontos de vista, é fácil perceber por que Kant defenderia que os benefícios aos pobres fossem fornecidos pelo Estado. Onde o Estado cobra impostos para prover aos pobres, todos passam a ter uma obrigação de contribuir[38], e o auxílio aos pobres se torna um direito, não um favor. Em suas conferências sobre ética nas décadas de 1770 e 1780, Kant se limita a sugerir que "seria melhor verificar se não há alguma outra maneira de ajudar o homem pobre", uma maneira diferente da caridade privada[39]. Em sua *Metafísica dos costumes*, de 1797, publicada depois da Revolução Francesa ter introduzido idéias radicais sobre o que o Estado pode fazer, Kant recomendava explicitamente que o Estado propiciasse essa "outra maneira" de cuidar dos pobres. Estava incluído no contrato social que institui o Estado, disse ele, que o governo "obrigue os ricos a prover os recursos de subsistência àqueles que não têm como satisfazer suas necessidades naturais mais básicas" (MM 136). Esse argumento se encaixa bem no ponto de vista segundo o qual o auxílio aos pobres, em vez de ser uma expressão das virtudes especiais de alguns, deve ser parte das obrigações que todos têm uns pelos outros, parte dos deveres que pessoas morais iguais têm umas para com as outras. Na justificacão de Kant dos benefícios estatais aos pobres, cada pessoa deveria se ver como parte de uma comunidade que oferece apoio aos outros membros, e o respeito pelos direitos de cada um deveria, por um lado, substituir a gratidão e, por outro, a auto-adulação, como o fundamento desse apoio mútuo. Não causa grande surpresa o fato de que muitos defensores do Estado de bem-estar social, mesmo hoje, se voltem para Kant como uma fonte de inspiração.

Duas implicações finais de Kant antes de seguirmos adiante: em primeiro lugar, de modo mais claro e explícito do que qualquer um de seus predecessores, Kant proclamou o valor igual de todos os seres humanos. Essa afirmação é, com efeito, um dos elementos mais célebres de sua *Fundamentação da metafísica dos costumes*. Todo ser humano, na verdade, todo ser racional, "existe como um fim em si mesmo e não somente como um meio", Kant diz (G 428), e deve ser assim considerado no âmbito das deliberações de todo outro ser racional. Todo ser humano tem um "valor absoluto" (G 428, 435) – e, por essa razão, um valor igual.

Com base nessa afirmação, podemos fornecer a premissa para a justiça distributiva, para a qual vimos que é muito difícil dar sentido no âmbito de um pensamento aristotélico (premissa 2 da minha lista de premissas na Introdução). As pessoas agora não têm valor apenas porque têm "virtudes", palavra que se refere às excelências no sentido artistotélico. Elas têm valor em si mesmas, e todas o têm igualmente, por serem possuidoras de racionalidade. Isso não exclui a possibilidade de que algumas pessoas, por praticarem boas ações ou trabalharem muito, possam adquirir um valor superior às outras em alguns aspectos, ou se tornar mais merecedoras de algumas honras ou bens do que seus semelhantes menos morais ou mais preguiçosos. Mas em um nível fundamental todas as pessoas têm igual valor, são igualmente merecedoras de uma vida boa. Ajudá-las a obter essa vida boa, ajudá-las pelo menos na medida necessária para garantir que elas tenham o mínimo de bens de que precisam para exercitar suas vontades racionais, agora se torna um dever e não um ato de mera bondade. De fato, Kant se vale do dever de ajudar outros seres racionais como o quarto de seus exemplos de ação moral na *Fundamentação* (G 423, 430).

Em segundo lugar, Kant interpreta a natureza humana de modo que todos temos um conjunto de potenciais para a ação plenamente livre que só podemos realizar se vivemos em condições naturais e sociais favoráveis. No terceiro exemplo de ação moral que Kant apresenta na *Fundamentação*, ele fala da obrigação que todos temos de desenvolver nossos "talentos" ou "dons" (G 423). Isso fornece um fundamento moral para aquilo que, na *Crítica do juízo*, ele chamará de "Cultur"[40]: a realização de todas as capacidades humanas, por meio do progresso político, econômico e educacional, em sua forma mais plena. A *Crítica do juízo* foi o livro de Kant que mais sucesso imediato obteve, influenciando toda uma geração de pensadores alemães – Humboldt, Schiller, Goethe, Hegel – que difeririam entre si em muitos aspectos, mas compartilhavam um ideal de "cultivo" humano como o propósito último da sociedade. Esse ideal está ainda muito presente entre nós, mesmo que muitas outras das crenças desses pensadores alemães tenham desvanecido. Quando William O. Douglas escreveu, em seu parecer divergente na decisão do caso *Wisconsin v. Yoder*, que "a vida toda [de uma pessoa] pode ser atrofiada e deformada" se ela não for instruída de modo a ter uma chance de se tornar "um pianista, ou um astronauta ou um oceanógrafo"[41], ele estava ecoando, ainda que de modo certamente não-intencional, a concepção romântica alemã da natureza humana, que teve em Kant uma de suas principais fontes.

Essa concepção tem conseqüências importantes para a justiça distributiva, pois o desenvolvimento das potencialidades das pessoas pode exigir um grande número de bens materiais e de instituições sociais. Desse modo, se o valor da vida de uma pessoa requer o desenvolvimento de seus potenciais, então pode ser necessário à sociedade providenciar as circunstâncias materiais para o desenvolvimento daqueles potenciais a qualquer um que sem isso não as teria. Certamente, será preciso assegurar que todos tenham, pelo menos, a educação e as oportunidades necessárias para ver *que* potencialidades têm. (É isso o que Douglas estava pedindo em *Wisconsin v. Yoder*.) Os seres humanos não terão uma vida adequada, de acordo com esse ponto de vista, se eles se limitarem a satisfazer um conjunto de tarefas e de deveres estáticos que sua sociedade lhes aponta como sendo bons. Eles precisam, em vez disso, desenvolver e realizar livremente um rico "plano de vida" que lhes seja próprio, no qual possam praticar todas as capacidades que julguem valiosas.

Kant não desenvolve plenamente esse pensamento, mas sustenta que o processo de promover em nós uma "perfeição maior", de fazer com que se realize tudo o que em nós é potencialmente excelente, constitui algo que nos é moralmente exigido (G 430). Onde a sociedade pode ajudar nesse processo, e especialmente onde os indivíduos não podem fazer progresso em seu autodesenvolvimento sem contar com o apoio da sociedade, esta não apenas pareceria estar moralmente autorizada, mas também seria moralmente exigida a fornecer tal ajuda. Isso estende a obrigação de ajudar os pobres muito além do fornecimento do que eles necessitam para sobreviver ou mesmo para ter um nível mínimo de saúde e de auto-respeito. Se o objetivo da vida humana é levar nossos talentos até um nível possivelmente ilimitado de perfeição, então a obrigação da sociedade de ajudar os pobres é potencialmente infinita. A participação em um "campo de jogo" no qual os talentos possam ser desenvolvidos se torna agora essencial à vida humana, e uma sociedade na qual as possibilidades de autodesenvolvimento crescem ao longo do tempo terá de ficar reajustando os recursos e as instituições de modo a "nivelar o campo de jogo". Portanto, latente na ênfase de Kant no dever de desenvolver nossos talentos, está uma concepção da vida humana boa que é exigente, uma concepção que, por sua vez, poderá vir a requerer muito da sociedade. Como mostrarei no próximo capítulo, as filosofias políticas de John Rawls, Amartya Sen e Martha Nussbaum devem muito a esse aspecto do pensamento de Kant.

4. Ao *Palais de Justice* Vendôme: Babeuf

Kant chega extremamente perto da noção moderna de justiça distributiva, mas não a formula explicitamente. Nunca chega bem a dizer que a justiça requer do Estado que ofereça auxílio aos pobres, apenas que isso faz parte do contrato social. E faz essa observação no curso de um parágrafo muito pequeno sobre os deveres estatais para com os pobres; a questão toda é marginal às suas principais preocupações. De modo que, embora seja correto ver os defensores da justiça distributiva posteriores como se voltando a Kant, não é bem correto ver o próprio Kant como tendo proclamado essa noção.

Foi na década que se seguiu à publicação da maioria das obras principais de Kant, e depois de Adam Smith e Rousseau já estarem mortos, que nasceu a concepção moderna de justiça distributiva. Rousseau, Smith e Kant foram heróis da Revolução Francesa; os dois primeiros, em especial, foram citados com admiração por muitos revolucionários. A presença de Rousseau permeia todo o período revolucionário, embora ele tenha falecido em 1778. Smith morreu em 1790, quando a revolução estava apenas começando, e não sabemos de nenhum comentário explícito dele a respeito[42]. Somente Kant, dos três, teve alguma oportunidade de contribuir diretamente para a revolução, mas ele se limitou a fazer um par de comentários ambíguos a respeito[43]. De modo que, se a noção moderna de justiça distributiva nasceu durante os violentos espasmos da Revolução Francesa, quando se passou a pensar que o Estado era capaz de solucionar todos os problemas sociais, os três filósofos do século XVIII que discuti até aqui só podem ser precursores de tal noção. Em vez deles, foi "Graco" Babeuf, o líder de uma tentativa abortada de golpe em 1796, bem no fim da revolução, quem primeiro proclamou explicitamente que a justiça exige que o Estado redistribua bens para os pobres[44]. Mesmo Babeuf, tanto quanto sei, não parece ter usado a expressão "justiça distributiva" em seu sentido moderno, mas de fato atribuiu a todos um direito pleno – um direito perfeito, estrito e coercitivo – a uma participação igual em toda riqueza, e a justiça foi tratada pela tradição do direito natural desde Grócio como correlata a reivindicações de direitos perfeitos.

A idéia de que pelo menos alguns bens devem ser distribuídos a todos já havia aparecido na década de 1780 nas propostas de redistribuição de terras feitas por Thomas Spence e William Ogilvie, sendo que ambos se referiram aos "direitos naturais e iguais" de toda a humanidade à propriedade da terra[45]. Então, Thomas Paine, em seu *Rights of Man* de 1792, introduziu um programa inovador de combate à pobreza a ser empreendido pelo Estado. No entanto, nem mesmo Paine chegou bem a dizer que a *justiça* exigia a instituição de seu programa. O programa para se lidar com a pobreza proposto em seu *Rights of Man* consiste, primariamente, em cinco propostas: a isenção, para os pobres, de impostos sobre a venda de mercadorias; uma subvenção às famílias pobres para ser utilizada na educação de suas crianças; uma provisão para os idosos; a criação de abrigos nas cidades, que ofereceriam alimentação e moradia em troca de uma certa quantidade de trabalho por dia; e a criação de um imposto progressivo sobre a propriedade imobiliária[46]. Sobre uma dessas propostas – a provisão para os idosos – Paine afirma que "não é uma questão de graça e favor, mas de direito"[47]. De modo que temos aqui uma formulação explícita de que um certo tipo de auxílio aos pobres é exigido pela justiça e não pela caridade. Mas isso apenas para um tal tipo de auxílio. Paine só diz isso de seu anteprojeto de seguridade social, e não de suas propostas para a educação das crianças, para a isenção de impostos sobre a circulação de mercadorias ou para a criação de abrigos para trabalhadores pobres. Por que há essa diferença entre o auxílio aos idosos e suas outras propostas? Porque os idosos, diz Paine, *fizeram por merecer* esse benefício. Todas as pessoas na Inglaterra passam a vida pagando impostos ao governo. Ao fazê-lo, perdem não somente o próprio dinheiro que despenderam nisso, mas também os juros que poderiam ter ganho sobre esse dinheiro, que poderiam ter poupado para sua aposentadoria[48]. Paine diz que sua proposta restitui a cada uma que tenha mais de 50 anos "pouco mais do que o juro legal sobre a quantia líquida que cada uma pagou"[49]. Isto é, os idosos indigentes merecem receber uma pensão como uma restituição sobre os pagamentos excessivos que já fizeram, e não porque sejam incapazes de trabalhar, e muito menos porque são seres humanos, e nenhum ser humano merece a pobreza.

Penso que podemos supor com segurança que se Paine, um dos escritores mais descaradamente radicais do século XVIII, tivesse pensado que seus leitores aceitariam a afirmação de que *todos* os seres humanos merecem ser tirados da pobreza "não por uma questão de graça e favor, mas de direito", ele a teria defendido em vez de se valer do argumento indireto, e não muito plausível, de que os idosos pobres merecem receber auxílio do governo como uma restituição por impostos anteriormente pagos. Desse modo, até mesmo entre radicais em 1792, podemos supor que a noção de auxílio aos pobres como uma questão de justiça distributiva, a noção de que a justiça poderia demandar uma distribuição de recursos que aliviasse ou eliminasse a pobreza, era praticamente desconhecida.

Consideremos agora um discurso proferido um ano mais tarde. Armand de la Meuse, falando perante a Convenção Nacional Francesa em 17 de abril de 1793, declarou que

> não pode haver... uma contradição mais perigosa, absurda e imoral do que a igualdade política sem igualdade social e econômica. Desfrutar de igualdade perante a lei, mas dela ser privado na vida, é uma injustiça odiosa... É desnecessário levantar aqui a questão de se... sob [o direito natural] todos os homens têm um direito igual aos frutos da terra. Esta é uma verdade sobre a qual não podemos ter nenhuma dúvida. A questão real é esta: dado que em sociedade a conveniência pública admite um direito à propriedade privada, não haveria também uma obrigação de limitar esses direitos e de não abandonar seu uso aos caprichos do proprietário?[50]

Babeuf, lutando pela vida em seu julgamento, viria a citar extensamente esse discurso como um dos claros precursores de seus próprios ensinamentos. Armand realmente declara, de forma inequívoca, que todos têm um direito natural a uma parcela igual dos "frutos da terra". Por outro lado, seu argumento em favor da igualdade econômica depende muito da noção de que tal igualdade serve de base à igualdade política e que, por isso, não é necessariamente importante em si mesma. Ele também permite uma distinção entre o que vige no estado de natureza e o que a sociedade tem de garantir a seus cidadãos. Armand concede que "na sociedade a conveniência pública admite a existência de um direito à propriedade", apesar de tal direito não existir no estado de natureza, e sugere fortemente que alguma desigualdade econômica é igualmente aceitável em sociedade.

Babeuf deu um passo além, ao estabelecer um vínculo direto entre o direito natural à riqueza igual e a exigência de que a sociedade distribua com igualdade a riqueza. O primeiro princípio no resumo de doze itens por meio do qual as idéias de Babeuf foram disseminadas afirmava que a natureza dá a todos "um direito igual à fruição de toda riqueza", e o segundo afirmava que "o objetivo da sociedade é defender essa igualdade, que é freqüentemente atacada pelos poderosos e pelos perversos no estado de natureza, e aumentar, pela cooperação de todos, essa fruição"[51]. O argumento básico de Locke relativo ao propósito de todos os Estados – o de que o Estado pode ampliar e proteger melhor os direitos que temos no estado de natureza – é aqui aplicado a um direito que o próprio Locke jamais considerou como tal: o direito a um *status* econômico igual. Dada a concepção lockiana de governo legítimo, seguir-se-ia que somente Estados comunistas poderiam ser legítimos. Não é possível encontrar um argumento como este em lugar algum nos textos anteriores da tradição política ocidental.

Como vimos, não é sequer possível encontrá-lo em Rousseau. Rousseau separava nitidamente o estado de natureza do estado de seres humanos em sociedade, e nunca disse que a justiça demandava que a sociedade se refizesse à imagem do estado de natureza. Mas seus seguidores, ao final, disseram exatamente isso. A linha que separa a fantasia pré-social da recomendação política foi se tornando cada vez mais atenuada à medida que a Revolução Francesa seguia seu curso febril. Babeuf via o estado de natureza de Rousseau como estabelecendo o padrão para todos os direitos humanos, para aquilo que podemos exigir em nome da justiça, e tirou a conclusão de que todos deveriam por *direito* ser capazes de desfrutar de todos os produtos da terra. No entanto, uma vez que se avalie a distribuição de bens em uma sociedade de acordo com o padrão de um paraíso pré-social imaginário, a sociedade está fadada a parecer profundamente injusta e a necessitar de revolução, em vez de mera reforma. É difícil perceber por que se deveriam "respeitar os laços sagrados" da própria sociedade, como Rousseau disse querer fazer, ou "obedecer escrupulosamente" às suas leis. Em vez disso, essas leis e laços começarão a parecer como o maior de todos os obstáculos para a realização da justiça, merecendo não respeito, mas uma revisão completa. Há uma grande distância entre Rousseau, que considerava ser uma tolice querer "aniquilar o meu e o teu", e Babeuf, que proclamou, em nome de Rousseau, que era precisamente isso o que deveria ser feito, distância essa que com demasiada freqüência passa despercebida tanto pelos admiradores como pelos críticos de Rousseau.

Muitos distributivistas que vieram depois não compartilham das inclinações revolucionárias de Babeuf. Tampouco entoariam todos eles em coro essa exigência de igualdade estrita e de abolição da propriedade. Contudo, não são esses aspectos do babouvismo que importam para nossos propósitos. O que importa é que Babeuf converteu o não viver em pobreza em um direito político, que colocou na agenda política, pela primeira vez, um direito de todas as pessoas a um certo *status* socioeconômico – não porque a pobreza seja um obstáculo à capacidade de as pessoas serem boas cidadãs, mas porque a pobreza é uma afronta – na verdade, uma injúria sujeita à autoridade judiciária – às pessoas na condição de seres humanos. Bastante tempo ainda se passaria antes que muitos Estados viessem a fazer um esforço para implementar um tal direito, mas a noção de justiça distributiva, em sua forma moderna, finalmente chegara.

Capítulo 3
De Babeuf a Rawls

> TANNER: Posso perguntar se todos vocês são socialistas?
> MENDOZA [*repudiando essa humilhante interpretação errônea*]: Oh, não, não, não: nada disso, eu lhe asseguro. Naturalmente, temos pontos de vista modernos no que se refere à injustiça da atual distribuição de riqueza: de outro modo, perderíamos nosso respeito por nós mesmos. Mas não é nada a que você poderia objetar, a não ser no que se refere a dois ou três de nós que são dados a modismos.
> TANNER: Não tive a intenção de sugerir algo desonroso. Na verdade, eu mesmo sou um pouco socialista.
> STRAKER [*secamente*]: A maioria dos homens ricos o são, pelo que percebo.
> MENDOZA: É verdade. Chegou até nós, devo admitir. É algo que está na atmosfera do século.
> GEORGE BERNARD SHAW, *Homem e super-homem* (1901-1903)

Depois de Babeuf, o conceito de justiça distributiva passou a fazer parte do discurso político, mas por algum tempo permaneceu às margens da respeitabilidade. Há inúmeros livros do século do XIX com o título "Distribuição da riqueza", ou alguma variante muito próxima desse título[1]. Também ocorreram vários movimentos políticos no século XIX para os quais a redistribuição de riqueza era a principal tarefa do governo. Mesmo assim, parece que a expressão "justiça distributiva" não se tornou muito difundida até depois da Segunda Guerra Mundial, e foi preciso que se passasse um tempo surpreendentemente longo até que filósofos e teóricos políticos começassem a descrever a si próprios como desenvolvendo caracterizações dela.

Não levou muito tempo até que uma doutrina merecedora desse nome passasse a fazer parte da vida cotidiana. E. P. Thompson documentou como a "turba" desordeira e aparentemente apolítica do século XVIII transformou-se na "classe trabalhadora", muito mais organizada e politicamente autoconsciente, por volta do início do século XIX[2], e essa mudança foi acompanhada, de modo quase que perfeitamente paralelo, por uma alteração sutil, entre trabalhadores e seus defensores, no sentido de se considerar como um direito não somente o auxílio aos pobres, mas também medidas visando a pôr fim à própria pobreza. Em 1765, trabalhadores de East Anglia proclamaram seu direito de receber ajuda em suas próprias paróquias*, por oposição a uma política que reunia os pobres de várias paróquias em *workhouses* centralizadas. Em 1795, uma multidão exigiu, em vez disso, "viver melhor", e um grupo de trabalhadores em Kent pressionou um supervisor (do auxílio aos pobres) para que tomasse medidas políticas que poderiam resultar em salários mais altos[3]. E quando novamente eclodiram protestos contra as *workhouses* após a aprovação da *Poor Law* de 1834, as faixas exigiam: "Inglaterra, lar e liberdade: direitos locais, alimentos saudáveis e fim da separação em bastilhas!"[4] Tal como havia ocorrido em 1765, os pobres queriam receber auxílio em suas próprias paróquias e não queriam ser confinados de modo a poder obter auxílio, mas dessa vez também consideravam "alimentos saudáveis" como um direito e faziam uma alusão nada sutil à Revolução Francesa ao colocar suas exigências sociais e econômicas no mesmo nível que as reivindicações políticas que haviam derrubado a monarquia francesa. Na verdade, essa politização da pobreza começou na Grã-Bretanha na época da Revolução Francesa e foi incentivada não somente pelo exemplo francês, mas também por uma crise severa na oferta local de alimentos. Os saques populares de grãos durante a crise de 1794-1796 tomaram uma feição muito mais política do que jamais tiveram antes, com os trabalhadores formando comitês para exigir ou fornecer ajuda aos famintos[5]. Além disso, depois que o sistema de Speenhamland** foi adotado

---

* Em inglês *"parishes"*. As "paróquias" da Grã-Bretanha eram unidades político-administrativas de governo encarregadas da administração das *Poor Laws*. [N. do T.]

** O sistema de Speenhamland refere-se a uma reforma na *Poor Law* inglesa que foi inicialmente adotada pela vila de Speen, no Condado de Berkshire, na Inglaterra, e que depois se difundiu por outras municipalidades ou paróquias (*parishes*) inglesas. O ponto central da reforma consistiu em fazer com que a quantidade de auxílio aos pobres, incluindo os pobres "capazes" (*able-bodied*) (a *Poor Law* elisabetana não permitia que os pobres capazes de trabalhar recebessem qualquer auxílio), dependesse do preço do pão e do tamanho da família. Esse sistema sempre esteve no centro dos debates sobre a política social na Inglaterra e nos EUA, das críticas de Malthus e Ricardo até discussões recentes sobre esquemas de renda mínima garantida, passando por uma extensa análise de Karl Polanyi em *A grande transformação* [N. do T.]

em 1795, as pessoas passaram a considerar uma renda de subsistência como algo a que tinham direito; Arthur Young observou sombriamente, em 1797, que "aquele auxílio que antes devia e que ainda deveria ser solicitado como um favor, agora é freqüentemente exigido como um direito"[6]. Em 1796, William Pitt pediu que o Parlamento "fizesse do auxílio nos casos em que há várias crianças um direito e uma honra" e redigiu um projeto de lei que, se tivesse sido aprovado, teria dado à Grã-Bretanha um conjunto de programas de seguro social muito mais abrangente do que qualquer outro país jamais tivera até então[7].

Esses são apenas uns poucos sinais da difusão rápida, depois da Revolução Francesa, de uma ideologia segundo a qual os pobres devem ter um direito legal a melhores condições econômicas, e não meramente um direito a sobreviver ao lado de uma reivindicação moral pela caridade das pessoas ricas. Na década de 1820, o poeta inglês John Clare investiu contra autoridades paroquiais que, ao destituir os pobres de seus meios de subsistência, "lhes tiram aquilo que proclamam como seu direito"; ele também ansiava por um mundo no qual os pobres fossem tratados "como iguais e não como escravos" e no qual senhores e servos se sentassem à mesa "sem distinções"[8]. Em 1834, William Cobbett escreveu que tanto os que trabalhavam como os que eram incapazes de trabalhar têm "um direito à subsistência com base na terra", e manifestantes em Yorkshire, em 1837, proclamaram que "os pobres têm um direito à subsistência a partir da terra"[9]. Do outro lado do Atlântico, o juiz David Brewer, da Suprema Corte do Kansas, declarou em 1875 que "o auxílio aos pobres – o cuidado que se deve dedicar àqueles que são incapazes de cuidar de si próprios – está entre os objetos inquestionados do dever público"[10]. A lei norueguesa incorporou, durante um breve período no século XIX, um dispositivo conferindo aos pobres um direito legal a receber auxílio, e, no início do século XX, a Noruega, a Suécia e a Finlândia classificavam um benefício mínimo aos pobres como "assistência compulsória"[11]. Entretanto, vale a pena se deter na ênfase do juiz Brewer naqueles "que são incapazes de cuidar de si próprios": durante a maior parte do século XIX, tanto na lei como até mesmo entre os agitadores sociais mais radicais, considerava-se que somente aqueles que fossem incapazes de trabalhar tinham direito de receber auxílio do Estado. De maneira correlata, radicais como Cobbett, Proudhon, Thomas Hodgskin e até mesmo Marx diziam que os pobres que trabalham mereciam uma parcela maior de bens materiais *somente em virtude de seu trabalho*[12]. A noção de que ser humano, por si só, independentemente de se trabalhar, possa dar a alguém direito a determinados bens, de que as pessoas possam merecer receber algum auxílio quando não conseguem encontrar trabalho ou para ajudá-las a "dar partida" na vida – de que crianças pobres, por exemplo, possam merecer ajuda do Estado se seus pais não conseguem lhes propiciar alimentação, vestuário e moradia adequados (sem falar em educação e assistência médica) – ainda não era considerada como parte da justiça. No máximo, a justiça distributiva exigia uma recompensa maior para o trabalho e a satisfação das necessidades básicas daqueles que não eram capazes de trabalhar.

Por volta do início do século XX, uma noção mais abrangente de justiça distributiva já estava em vigor. As primeiras páginas de *Principles of Economics*, livro de Alfred Marshall, de 1890, declaram que a possibilidade de se eliminar por completo a pobreza é aquilo que "confere aos estudos econômicos seu principal e mais alto interesse", e Marshall nos diz que a possibilidade que ele tem em mente é a de que "todos deveriam vir ao mundo com uma oportunidade razoável de levar uma vida cultivada, livre dos sofrimentos da pobreza e das influências estagnantes da labuta mecânica excessiva"[13]. O New Deal de Franklin Roosevelt propiciava "seguro social" a todo cidadão acima de uma certa idade, e seu programa "Aid to Families with Dependent Children" (AFDC) tinha o propósito de oferecer recursos precisamente para pessoas que ainda não haviam obtido esses recursos pelo trabalho. Roosevelt propôs um "segundo bill of rights" em seu discurso de 1944 sobre o Estado da União, que incluiria um direito à moradia, ao emprego adequadamente remunerado, à assistência médica, a "uma boa educação" e "uma proteção adequada contra os temores econômicos da velhice, doença, acidente e desemprego"[14]. Sua viúva, Eleanor Roosevelt, ajudou a elaborar a *Declaração Universal dos Direitos Humanos* de 1948, que incluía direitos ao "seguro social", aos "[bens] econômicos, sociais e culturais indispensáveis à dignidade [de cada pessoa] e ao livre desenvolvimento de sua personalidade", à proteção contra o desemprego e à "alimentação, vestuário, habitação e cuidados médicos" (artigos 22, 23 e 25 da Declaração Universal). Esse extravagante conjunto de direitos econômicos jamais teve o apoio, em qualquer país, de uma estrutura legal que autorizasse os que deles fossem privados a mover uma ação legal para obter auxílio. Ainda assim, o fato de que a comunidade internacional tenha adotado tal declaração mostra que a noção de justiça distributiva ou social estava firmemente entrincheirada por volta de meados do século XX.

Ou melhor, firmemente entrincheirada na consciência moral *popular*. Somente quando John Rawls começou a desenvolver sua teoria da justiça nas décadas de 1950 e 1960 é que filósofos e teóricos políticos começaram a levar a sério o direito individual ao bem-estar que Babeuf proclamara em 1796. As escolas dominantes de filosofia política e de economia política no século XIX e no início do século XX ou se opunham à redistribuição de riqueza ou apoiavam tal redistribuição evitando a linguagem da justiça. Neste capítulo, examinarei algumas das razões pelas quais cada uma das quatro principais escolas de pensamento deixou por tanto tempo a justiça distributiva fora da mesa de discussões filosóficas, e em seguida me voltarei brevemente para a importante contribuição que Rawls fez para trazê-la a essa mesa. Por fim, encerrarei com um exame ainda mais breve da obra de alguns de seus sucessores.

1. Reação

Em uma ilustração assombrosamente precisa do princípio hegeliano de que uma tese sempre gera sua própria antítese, as teorias e movimentos que rejeitaram inteiramente a nova noção de justiça distributiva surgiram quase que exatamente ao mesmo tempo em que essa noção apareceu pela primeira vez[15]. Joseph Townsend insistiu na inferioridade intrínseca das pessoas pobres e fez campanha contra a provisão pública de auxílio aos pobres menos de uma década depois da publicação de *A riqueza das nações*, de Smith. Como Mandeville, Townsend entendia que a fome era útil para motivar as pessoas pobres e defendeu a abolição das *Poor Laws*. Nisso ele foi seguido, ao longo da década seguinte, por Patrick Colquhoun, Thomas Malthus e Edmund Burke[16]. (Todos continuavam pensando que havia um lugar apropriado para a caridade privada, mas tendiam a ver com bons olhos, e não a lamentar, o fato de ser improvável que a caridade privada pudesse vir a aliviar inteiramente a fome.) A idéia de que os pobres *não* são como as outras pessoas – a idéia, que chamarei de "excepcionalismo do pobre" (*poor-person exeptionalism*), que Smith havia tão energicamente questionado – volta aqui com renovado vigor. Para Townsend, os pobres são inerentemente "indolentes e viciosos" e apropriadamente adaptados ao trabalho "vil"[17]. De uma forma ou de outra, essa idéia nunca realmente desapareceu; ela ainda reaparece, de vez em quando, como um argumento contra as políticas de bem-estar social. É uma idéia que merece plenamente receber o rótulo de "reacionária", uma vez que representa a recuperação de uma noção pré-moderna da qual o Iluminismo tardio havia se empenhado em se livrar e que está em desacordo com todo o compromisso iluminista com a igualdade humana.

No entanto, ao mesmo tempo, Townsend, Colquhoun, Malthus e Burke – e Mandeville antes deles – também são em grande medida *produtos* do Iluminismo. De fato, há algo na própria oposição que fazem às *Poor Laws* que reflete sutilmente o progressivismo iluminista. Pois é uma idéia bastante inovadora, e não uma idéia tradicional, a de que as *Poor Laws* deveriam ser abolidas e que se deveria ver com bons olhos a fome dos pobres. A versão pré-moderna do excepcionalismo da pessoa pobre havia acompanhado uma crença cristã segundo a qual todos os seres humanos são iguais "aos olhos de Deus", ainda que não necessariamente aos olhos uns dos outros, e, enquanto tais, merecedores da caridade cristã. Portanto, não era nem apropriado celebrar a fome dos pobres nem era errado que o Estado, em nome da caridade, ajudasse a mitigar essa fome. Mandeville havia escandalizado cristãos devotos ao apontar as vantagens que o sofrimento dos pobres traz para a sociedade[18], e Townsend e os demais, mesmo sendo cristãos praticantes (tanto Townsend como Malthus eram sacerdotes), estavam igualmente rompendo atitudes tradicionais ao proporem o fim das *Poor Laws*[19]. Eles revelam sua herança iluminista no esforço que faziam por fudamentar suas propostas com razões seculares e naturalistas, e ao argumentar inflexivelmente a partir de seus princípios fundamentais até chegar a uma conclusão que contradizia preconceitos populares. Neles, o prazer iluminista de ver as coisas claramente como elas são combina-se com o não-igualitarismo do mundo cristão pré-moderno para gerar uma nova atitude de insensibilidade e de aspereza sem precedentes em relação aos pobres. Uma pessoa verdadeiramente racional não tem tempo para sentimentos ao investigar um problema científico. Era um sinal da imparcialidade e da racionalidade fria necessárias para produzir boa ciência o fato de ser possível se livrar de quaisquer sentimentos que pudessem perturbar o julgamento objetivo. Ou ao menos isso é o que pensavam alguns dos filhos do Iluminismo.

Em nenhuma outra parte essa frieza científica foi demonstrada de forma mais vívida do que no texto *Political Arithmetic* de Arthur Young, de 1774, no qual o autor declarava que seria preferível que os pobres morressem na guerra em vez de ficarem "se proliferando constantemente e permanecerem como um peso morto para os que são industriosos; e a minha humanidade [sic] me predispõe a essa idéia, pois percebo que a população sofreria menos no primeiro caso do que no segundo... Em poucas palavras, quando as máximas de um governo pernicioso forçaram uma classe de pessoas a ser ociosa, o maior favor que se pode fazer a elas é colocá-las ao alcance de uma bateria de canhões do inimigo"[20]. Antes disso, nesse mesmo século, Jonathan Swift pretendeu chocar as pessoas com a proposta sarcástica de que se comessem os bebês dos pobres para que elas reconhecessem a insensibilidade de suas atitudes com relação aos pobres; Young, agora, estava fazendo uma sugestão igualmente horrenda, mas com total seriedade.

Mesmo assim, como observa Keith Snell, "essa não era uma proposta comumente defendida" no século XVIII[21]. No século XIX, o pensamento que estava por trás da proposta, se não mesmo a própria proposta, tornou-se um componente importante do movimento que pedia a abolição da ajuda aos pobres. Depois que Malthus argumentou que a competição humana por alimento e outros recursos básicos torna necessário que pessoas morram de fome ou de doenças a cada geração, alguns passaram a achar que era uma bondade para com a sociedade como um todo deixar que o maior número possível de pobres morresse rapidamente. O próprio Malthus não defendeu que se deixasse os pobres morrerem. Ele foi um dos primeiros a pedir a abolição de todo auxílio público aos pobres, mas acreditava que a caridade privada era uma coisa boa e que seria suficiente para satisfazer de maneira adequada as necessidades mais básicas dos pobres. Tampouco Young defendeu – e nem mesmo o mais radical dos darwinistas sociais chegou a esse ponto – a abolição da caridade privada: eles reconheciam a importância e a decência do impulso humano de ajudar os carentes. Mas eles também sustentaram que qualquer tipo de ajuda a essa classe de pessoas era desvantajosa ao adiar o desaparecimento de um grupo de pessoas que constituíam um peso para a sociedade e que, de qualquer maneira, não seriam capazes de sobreviver a longo prazo[22].

A crença mandevilliana na "utilidade da pobreza" é aqui levada um passo além de onde o próprio Mandeville estava disposto a ir[23]. Para Mandeville, a fome era útil por estimular os pobres ao trabalho. Mas isso torna a fome útil tanto para a sociedade como um todo como para os próprios pobres: se trabalhassem, comeriam, e se não tivessem o incentivo da fome, beberiam e desperdiçariam suas vidas. Para os darwinistas sociais, a fome dos pobres era útil para o restante da sociedade, mas não era útil para os próprios pobres – eles, infelizmente talvez, precisavam apenas morrer. Mais uma vez, vemos uma frieza que extende as atitudes depreciativas pré-iluministas com relação aos pobres de uma forma que o próprio Iluminismo tornou possível. Nenhum cristão tradicional (ou judeu, ou muçulmano, ou hinduísta ou budista) jamais havia sustentado uma tal posição com relação aos pobres, jamais quisera simplesmente cancelar a vida de todo um grupo de pessoas que não haviam cometido qualquer crime.

A questão de maior interesse para a história que estou contando está em saber se essa atitude "deixe que eles morram" desempenhou algum papel significativo na oposição à justiça distributiva do século XIX em diante. Pode ser apenas um fato curioso que alguns oponentes da justiça distributiva acreditassem que a sobrevivência dos mais aptos acarretasse que as pessoas pobres morreriam a curto prazo. Será preciso supor que tal crença é essencial aos argumentos contra a legitimidade da justiça distributiva, aos argumentos contra a praticabilidade dos programas de bem-estar social ou contra o direito do Estado de utilizar recursos fiscais para essa finalidade? Com certeza, o darwinismo social é apenas uma das vertentes no complexo de idéias contrárias à justiça distributiva e pode ser facilmente separado dos argumentos libertários que enfatizam a importância e o caráter absoluto dos direitos de propriedade.

Muitos libertários sustentarão exatamente isso. Creio que a separação não seja tão fácil quanto eles supõem. É instrutivo examinar o pensamento do mais influente de todos os darwinistas sociais, um dos fundadores do libertarismo e uma das figuras mais importantes de todo o mundo intelectual do século XIX: Herbert Spencer.

Spencer montou um sistema abrangente de epistemologia, metafísica, ética, política e filosofia da religião que, somente por sua amplitude, competia com as obras de Platão, Aristóteles, Kant e Hegel. Sua "Filosofia Sintética" era considerada por muitos como um reconfortante substituto para o cristianismo e conquistou discípulos em toda a Europa e os Estados Unidos[24]. "A mim parece", escreveu um de seus discípulos, "que temos em Herbert Spencer não somente o pensador mais profundo de nosso tempo, como também o intelecto mais amplo e poderoso de todos os tempos. Aristóteles e seu mestre superaram os pigmeus que os precederam na mesma proporção em que ele [Spencer] superou Aristóteles. Kant, Hegel, Fichte e Schelling, ao lado dele, não passam de figuras que tateiam na escuridão. Em toda a história da ciência só há um nome que pode ser comparado ao seu: o de Newton."[25] Se Spencer nada mais fosse além disso, ele ainda seria, como esse tributo indica, um grande sistematizador. E, embora o sistema de Spencer não se mantenha necessariamente coeso em todos os aspectos, ele realmente desenvolveu uma vigorosa e convincente argumentação em cujo âmbito as crenças na evolução social, no caráter absoluto dos direitos de propriedade e na ineficácia e corrupção moral dos programas de bem-estar social constituíam partes intimamente entrelaçadas de uma mesma visão de mundo.

Spencer introduziu uma idéia muito semelhante à da evolução por seleção natural em seu primeiro livro, *Estática social*, publicado originalmente em 1851, oito anos antes de *A origem das espécies* de Darwin. (Ironicamente, o próprio Darwin não era um "darwinista social" no sentido comum dessa expressão. Foi Spencer, e não Darwin, que cunhou a expressão "sobrevivência do mais apto" e que foi responsável pela noção de que programas políticos não deveriam "interferir" na luta pela sobrevivência.[26]) Em *Estática social*,

Spencer argumentou contra todo auxílio estatal aos pobres – nisso se incluindo "não somente as *Poor Laws*, mas também o apoio do Estado à educação, a fiscalização sanitária que pretenda ir além de acabar com incômodos, a regulação das condições de habitação e até mesmo a proteção do Estado oferecida a ignorantes contra charlatanices médicas"[27] – com base na idéia de que os pobres não eram aptos a sobreviver e deveriam ser eliminados: "Porque todo o esforço da natureza está em se livrar deles [os pobres] – em eliminá-los do mundo e dar lugar aos melhores." (SS 379) As pessoas eram pobres em virtude de debilidades físicas, mentais ou morais e, mesmo nos casos em que suas debilidades fossem de tipo não-moral – estupidez ou fraqueza física ou ainda uma tendência inata à indolência –, seria um erro, uma compaixão equivocada, tentar mantê-los vivos: "Seres tão imperfeitos são fracassos da natureza, e são chamados de volta por suas leis quando se vê ser o caso... Se são suficientemente completos para viver, eles *de fato* vivem e está bem que consigam viver. Se não são suficientemente completos para viver, morrem, e é melhor que morram." (SS 380) A pobreza é uma condição útil, que remove os inaptos da espécie humana da mesma forma que a doença e a seca o fazem para outras espécies animais: "A pobreza dos incapazes, as aflições que sobrevêm ao imprudente, a inanição do indolente, e aqueles empurrões para fora do caminho que os fortes dão nos fracos, que a tantos deixam 'na escuridão e na miséria'*, são os decretos de uma benevolência maior, que enxerga longe." (SS 323) Sob "a ordem natural das coisas", a sociedade "constantemente excretará seus membros doentios, imbecis, estúpidos, vacilantes, ou infiéis", e a ajuda estatal aos pobres meramente "interrompe o processo purificador" (SS 324).

---

* "*In shallows and in miseries*". Citação de *Júlio César*, de Shakespeare, Ato V, cena III: "There is a tide in the affairs of men/ which taken at the flood leads on to fortune;/ Omitted, all the voyage of their life/ Is bound in shallows and in miseries./ On such a full sea are we now afloat,/ And we must take the current when it serves,/ Or lose our ventures." [N. do T.]

Spencer não se opunha à caridade privada – que ele via como uma expressão natural e saudável das virtudes dos aptos –, mas ele pensava que mesmo isso era desvantajoso na medida em que prolongava a sobrevivência dos inaptos. Ele preocupava-se particularmente com manter baixa a procriação entre os pobres. Nada deveria ser feito, ele sustentou, que incentivasse "a multiplicação dos irresponsáveis e incompetentes" (SS 324). A pobreza, então, poderia desaparecer em uma geração ou duas[28].

Até aqui, temos Spencer, o darwinista social. Mas os argumentos de Spencer contra programas estatais de auxílio aos pobres não se apoiavam somente na proposição de que se deveria deixar que os pobres morressem. Em primeiro lugar, ele demonstrou, como Adam Smith, a imensa complexidade da sociedade e, portanto, quão difícil seria para qualquer um prever o desempenho de um determinado projeto social. Seres humanos individuais jamais *criam* formas sociais: "O que Sir James Mackintosh diz das constituições – que não são feitas, mas crescem – se aplica a todos os arranjos sociais" (SS 263). Spencer, que foi um fundador da sociologia, considerava que essa ciência tinha grande importância porque ela poderia "despertar [as pessoas] para a enorme complexidade do organismo social e pôr um fim às precipitadas panacéias legislativas"[29]. O propósito da ciência social era "não o de guiar o controle consciente da evolução da sociedade, mas, em vez disso, mostrar que tal controle é uma impossibilidade absoluta"[30].

Em segundo lugar, Spencer sustentou que o objetivo dos programas distributivistas era necessariamente pouco claro. Pergunte a alguém como William Cobbett o que exatamente ele quer dizer quando afirma que todos têm "um direito à subsistência", sugeriu Spencer:

> Pergunte: "O que é a subsistência?" "Ela é", você diz, "batatas e sal, além de alguns trapos e uma choupana de barro? Ou é pão e bacon, em uma cabana de duas peças? ...chá, café e tabaco devem ser esperados? e se sim, quantas onças de cada?... Os sapatos são considerados essenciais? Ou se

aprovará o costume escocês [de andar descalço]? A roupa deve ser feita de algodão e linho crus? se não, de que qualidade de tecido deve ser feita? Em resumo, tente especificar onde, entre os extremos da inanição e do luxo, se encontra essa coisa denominada "subsistência". (SS 312)

Não há resposta possível, sustenta Spencer. Esse não é o tipo de coisa que possa ser resolvida de maneira precisa. Mas a lei exige definições precisas, de modo que a inexistência de uma linha divisória clara, separando até onde vai a necessidade e a partir de onde começa o luxo, enredará em dificuldades sem fim aqueles que tentarem aplicar coercitivamente a satisfação de necessidades.

Em terceiro lugar, Spencer, valendo-se de uma percepção psicológica astuta, inverte o tipo de argumento que Kant apresentara para defender a superioridade da ajuda estatal aos pobres sobre a caridade privada (veja o capítulo 2, seção 3):

"A qualidade da misericórdia (ou piedade) não é forçada", diz o poeta. Mas uma *Poor Law* tenta fazer com que os homens sejam piedosos à força... "Ela abençoa aquele que a concede e aquele que a recebe", acrescenta o poeta.* Uma *Poor Law* torna ambos amaldiçoados; um com descontentamento e negligência, e o outro, com queixas e amargura sempre renovada... Observe um pagador de impostos quando a presença do coletor é anunciada. Você não notará bondade alguma em seu olhar, diante da perspectiva da felicidade que será propiciada – nenhuma brandura na voz, que pudesse exprimir uma emoção compassiva: não, nada disso; mas se verão feições crispadas, uma fronte pesada e um súbito desaparecimento de qualquer expressão habitual de bondade que pudesse existir... A carteira é retirada lentamente do bolso, e, depois que o coletor, que é tratado com restrita civilidade, foi

---

* A citação é de um poema de Shakespeare sobre a misericórdia, que aparece em "O mercador de Veneza", ato IV, cena I. "The quality of mercy is not strain'd/ It droppeth as the gentle rain from heaven/ Upon the place beneath/ It is twice blessed; It blessed him that gives,/ And him that takes." [N. do T.]

embora, não é preciso que muito tempo se passe até que a habitual equanimidade seja recuperada. Será que há nisso qualquer coisa que nos lembre da virtude que é "duplamente abençoada"? Observe, novamente, como essa caridade produzida por um ato do parlamento sempre suplanta os melhores sentimentos dos homens. Considere-se um cidadão respeitável que tem o suficiente para si e também para distribuir com moderação: um homem de algum sentimento; liberal, se preciso; e mesmo generoso, se sua compaixão é despertada. Um mendigo bate à sua porta; ou então ele é interpelado em seu caminho por algum vagabundo em petição de miséria. O que ele faz? Ele escuta, investiga e, se for o caso, ajuda? Não. Em geral, ele corta a conversa dizendo: "Não tenho nada para você, meu bom homem; você precisa ir para sua paróquia." E então ele fecha a porta, ou continua caminhando, conforme o caso, com evidente indiferença. É isso o que faz a consciência de que há uma provisão legal para os indigentes: funciona como um entorpecente contra os impulsos enternecedores da compaixão. (SS 318-320)

A ajuda do Estado aos pobres não é, como Kant a havia descrito, um ato de justiça que expressa respeito por todos os cidadãos, mas uma "caridade produzida por um ato do parlamento", que esmaga a capacidade para a caridade privada e alimenta nos pobres "queixas e... amargura".

Por fim, para Spencer a própria justiça não somente não requer como *proíbe* o auxílio aos pobres gerido pelo Estado. Spencer é tão inflexível em sua crença na primazia e no caráter absoluto dos direitos de propriedade quanto se pode ser. Seu primeiro princípio da política é aquilo que veio a ser conhecido como o princípio libertário fundamental – "todo homem tem a liberdade de fazer tudo aquilo que quiser, contanto que não infrinja a liberdade igual de qualquer outro homem" (SS 103; ver também 75-102) – e ele entende que o direito à propriedade é parte integrante dessa liberdade. "O que é essa propriedade?", ele faz um cidadão perguntar ao governo: "Não é aquilo... de que dependo para exercer a maior parte das minhas faculdades?" Mas todo o propósito do governo está em "garantir a cada pessoa a liberdade mais plena de exercer suas faculdades de maneira compatível com a liberdade igual de todos os demais", de modo que é inadmissível que o governo tribute a propriedade para qualquer outro propósito que não seja a garantia da própria liberdade. Diminuir "a liberdade que cada um tem para procurar os objetos de seus desejos" será sempre errado, a não ser quando isso se fizer necessário para garantir que todos os demais desfrutem de uma liberdade semelhante (SS 277-278). A tributação está sempre sob suspeita, como uma potencial violação da própria finalidade do governo, e só pode ser justificada quando se presta a realizar objetivos relacionados à preservação da liberdade, tais como a proteção dos cidadãos contra o uso da força, e não quando dá a um cidadão bens que pertençam a outro. O governo pode ser legitimamente utilizado para evitar *danos*, mas não para promover o *bem*: forçar um cidadão, por meio de legislação tributária, a dar apoio aos modos de vida de outros é tão injustificável quanto forçar um cidadão a dar apoio às crenças religiosas de outros. "A maior parte das objeções levantadas por alguém que diverge de uma religião estabelecida", diz Spencer, "aplica-se com igual força à caridade estabelecida. O dissidente afirma que é injusto tributá-lo para dar apoio a um credo no qual não acredita. Não poderia um outro, de modo igualmente razoável, protestar contra o fato de ser tributado para a manutenção de um sistema de auxílio aos pobres que ele desaprova?" (SS 317).

É difícil separar esse argumento da atitude evolucionista-social de Spencer em relação à pobreza. Considere esta resposta imediata àquilo que ele diz: se aquele que possui a propriedade precisa dela "para o exercício da maior parte de suas faculdades", pode-se dizer que, neste caso, as pessoas destituídas de propriedade certamente precisam *ter* alguma propriedade para que elas também possam exercer a maior parte de suas próprias faculdades. Desse modo, uma liberdade igual para todos pareceria exigir alguma redistribuição de riqueza, em vez de excluí-la. O que bloqueia uma tal resposta fácil, para Spencer, é o fato de que ele considera a liberdade, e portanto a propriedade, um bem somente porque no final ela promoverá a existência do "homem perfeito", o melhor tipo de ser humano, e erradicará os males que se devem à existência de pessoas inferiores. A moralidade precisa se basear naquilo que pessoas perfeitas fariam, ele diz, e não contemporizar de modo algum com as condições que produzem o mal (SS 55-56). Conseqüentemente, jamais será aceitável infringir a liberdade de pessoas superiores para dar apoio àquelas que lhes são inferiores: "Pois não é cruel aumentar os sofrimentos dos melhores para que os sofrimentos dos piores sejam diminuídos?"[31]

Não é fácil, portanto, separar o libertarismo de Spencer de seu darwinismo social. De fato, parece provável que o seu absolutismo com respeito a direitos de propriedade seja mais um *produto* do que a fonte de sua oposição a programas distributivistas. Como já observei, não é fácil encontrar um bom argumento para sustentar a alegação segundo a qual os direitos de propriedade são mais essenciais à liberdade daqueles que possuem propriedade do que uma redistribuição de propriedade o é para aqueles que são destituídos de propriedade, e é ainda mais difícil encontrar algum precedente para essa alegação na tradição do direito natural na qual Spencer se apóia. Mesmo Kant combinou sua visão estrita de direitos de propriedade com uma insistência na legitimidade de programas de combate à pobreza mantidos pelo Estado. A concepção supremamente absolutista que Spencer tinha dos direitos de propriedade só pode ser cogitada depois que já se descartou a possibilidade de que a justiça poderia exigir programas de combate à pobreza. Libertários que vieram depois de Spencer às vezes mediriam o bem de proteger direitos de propriedade relativamente ao bem de ajudar os pobres e concluiriam, pelo menos com alguma relutância, que os últimos trunfam os primeiros. Outros liberais que respeitam a importância dos direitos de propriedade mediriam os dois e concluiriam, também com alguma relutância, que os primeiros trunfam os últimos. Para

Spencer, simplesmente não há conflito entre os dois: o fato de ser mais provável que os pobres venham a morrer se não puderem contar com a assistência do Estado é uma *vantagem*, não uma desvantagem, de se enfatizar estritamente o caráter sagrado dos direitos de propriedade.

A forte ênfase na sacralidade dos direitos de propriedade no século XIX teve outras raízes além da obra de Spencer. Os chamados "liberais de Manchester", sob a liderança de Richard Cobden, defenderam apaixonadamente políticas de livre-comércio sem fazer qualquer apelo à evolução social. No entanto, para Cobden o livre-comércio era, como também o fora para Smith, sobretudo uma questão de se abolir as restrições às importações e exportações, e não uma questão de evitar políticas de auxílio aos pobres; e ele considerava isso (novamente, como Smith) parte de um compromisso mais amplo com o internacionalismo e com a paz mundial. Ingenuamente ou não, Cobden acreditava sinceramente que intervenções governamentais quase sempre prejudicariam os pobres, e ele apoiou o auxílio governamental sempre que estivesse claro para ele que isso evitaria o sofrimento entre os pobres. Desse modo, ele sempre apoiou as *poor rates* (taxas impostas pelas *Poor Laws*), tratou com escárnio a dura *Poor Law* de 1834 (um ícone para muitos ideólogos do *laissez-faire*) e foi um enérgico defensor dos esforços para prover assistência governamental durante a Fome do Algodão de 1862-63[32]. Em 1910, a décima-primeira edição da *Encyclopedia Britannica* de fato colocou o socialismo e o livre-comércio, contrastando ambos com o nacionalismo econômico:

> O socialismo, como o livre-comércio, é cosmopolita em suas metas, e é indiferente ao patriotismo e hostil ao militarismo. O socialismo, como o livre-comércio, insiste no bem-estar material como o objeto primário que qualquer política deve ter por meta, e, como o livre-comércio, o socialismo avalia o bem-estar tendo por referência as possibilidades de consumo. Em um aspecto há uma diferença; ao longo de todo o ataque de Cobden às classes dirigentes, há sinais da inveja

que ele tinha do *status* superior da *gentry* (pequena nobreza) proprietária de terras, mas o socialismo tem uma concepção um tanto mais abrangente e reivindica "igualdade de oportunidades" também com os capitalistas.[33]

Em *um* aspecto, há uma diferença?! E o socialismo só faz reivindicações "um tanto" mais abrangentes do que Richard Cobden o fez? Quando a Revolução Russa eclodiu, sete anos depois que esse verbete foi escrito, tanto socialistas como capitalistas achariam extraordinária uma caracterização como essa. De modo que podemos não querer acompanhar esse autor até o fim quando ele coloca juntos o manchesterismo e o socialismo. Mas é certamente correto que, em meados do século XIX, a defesa do livre-comércio não vinha necessariamente acompanhada de uma oposição à legislação de bem-estar social. De fato, havia defensores radicais dos pobres que apoiavam o livre-comércio. William Thompson soa muito parecido com Cobden ao investir contra monopólios e privilégios ou ao defender a plena liberdade de trocas e o livre uso da força de trabalho[34]. Cobden e os liberais de Manchester não podem realmente ser agrupados sob a rubrica da "reação" à justiça distributiva e, por isso, realmente não são, de modo tão nítido quanto Spencer o foi, ancestrais do libertarismo do século XX, que praticamente se definiu por sua oposição a programas governamentais que redistribuem recursos aos pobres[35].

Precisamos, portanto, ter em mente o argumento de Spencer contra o distributivismo quando nos deparamos com versões posteriores da posição libertária. Recapitulando, Spencer acredita que o Estado deve evitar dar assistência aos pobres porque (1) os pobres pertencem a um grupo de pessoas inaptas para sobreviver e que de qualquer maneira não podem ser ajudadas o bastante; (2) o processo de evolução social, no qual os inaptos pereçam, acabará vencendo a pobreza se deixarmos que ele siga seu próprio curso; (3) a sociedade é incontrolável, razão pela qual as tentativas governamentais de solucionar o problema da pobreza provavelmente fracassarão; (4) essas tentativas governamentais corroerão a virtude da caridade; (5) tais tentativas resultarão em problemas legais de todos os tipos, uma vez que o objetivo dessas ações é necessariamente pouco claro; e (6) elas violarão direitos de propriedade, que o Estado tem por objetivo fundamental proteger. Os argumentos terceiro, quarto, quinto e sexto foram extraídos de Spencer por libertários posteriores, mais notavelmente por Ludwig von Mises e Friedrich Hayek (que enfatizaram o terceiro argumento) e por Milton Friedman e Robert Nozick (que enfatizaram o sexto argumento). Alguma noção de evolução social também é importante para a maioria desses pensadores mais recentes – Hayek em especial[36] –, mesmo que o seja apenas em virtude da noção de que a sociedade se desenvolve por meio de um processo evolutivo, e não por mudança consciente, noção esta que está subentendida na afirmação de que o planejamento social consciente provavelmente fracassará (argumento 3). No entanto, essa versão do evolucionismo social não envolve qualquer sugestão de que os pobres constituam uma classe inferior, ou especial, de pessoas, e muito menos a de que seria melhor se eles perecessem (nenhum dos autores que acabei de mencionar defende posições desse tipo)[37]. Contudo, quando se rejeitam essas proposições nada palatáveis, que justificação se teria para se sustentar que as dificuldades de definir com precisão a justiça distributiva (argumento 5) ou que as restrições à liberdade envolvidas na tributação da propriedade de uma pessoa em benefício de uma outra (argumento 6) são tão importantes que elas sempre trunfam o bem que pode ser propiciado pela assistência governamental aos pobres?

O uso de direitos de propriedade para descartar a justiça distributiva e a afirmação de que a justiça *proíbe* a utilização de recursos fiscais para dar assistência aos pobres são particularmente misteriosos sem o arcabouço spenceriano. A afirmação de que os direitos de propriedade são "sagrados", "invioláveis" ou "absolutos", em Locke, Hume, Smith e nos seus antecessores na tradição do direito natural, era sempre formulada de tal forma que podia ser trunfada por objetivos estatais importantes. A questão era simplesmente a de constatar se um objetivo específico era importante o suficiente para trunfar direitos de propriedade. Para Spencer, como vimos, o auxílio estatal aos pobres certamente não alcançava esse limiar porque não era de modo algum um bem. Libertários contemporâneos provavelmente dirão que o objetivo de tal auxílio é de fato um bem, mas que pode ser obtido de outras maneiras (por exemplo, por meio de um mercado inteiramente livre em combinação com a caridade privada), ou então que não é um bem *suficiente* para prevalecer sobre o direito que as pessoas têm de fazer o que quiserem com sua propriedade. Mas, se os pobres são verdadeiramente iguais a todos os demais, por que a liberdade que têm de exercer suas faculdades, para a qual precisam dispor de propriedade, jamais poderia se sobrepor à liberdade dos mais privilegiados de exercer suas próprias faculdades? E se não se pode confiar na evolução para resolver o problema da pobreza, não seria uma crueldade inaceitável uma sociedade dar as costas para os pobres, geração após geração? Spencer combinou uma visão extremamente pessimista dos pobres com uma visão extremamente otimista da evolução social, de modo que podia razoavelmente dizer que sua oposição às políticas de bem-estar era, no fundo, de natureza humanitária: se nos limitarmos a deixar que os pobres de hoje pereçam, no prazo de uma geração todos estarão em uma situação confortável. Caso não se acredite nisso, isto é, caso não se acredite que todos os processos evolutivos, incluindo os sofrimentos dos pobres, são "os decretos de uma providência maior e que enxerga longe", então é muito mais difícil fazer com que a abolição dos programas de bem-estar social pareça remotamente humanitária.

O ponto central de minha argumentação não é o de que todos os oponentes do distributivismo sejam spencerianos em segredo. Ao contrário, nem Hayek, nem Friedman e nem Nozick aceitaram a perspectiva não-igualitára de Spencer com respeito à natureza humana; em vez disso, todos partiram da suposição de que todos os seres humanos merecem igualmente a liberdade. Não obstante, algumas de suas posições mais importantes fazem mais sentido dentro do arcabouço spenceriano. Em particular, a concepção absolutista de direitos de propriedade, que é uma peculiaridade filosófica nada fácil de ser justificada por si própria e que só tem raízes débeis na tradição do direito natural, faz mais sentido no contexto do sistema evolucionista de Spencer do que em qualquer uma das suas encarnações posteriores, mais brandas e benévolas.

2. Positivistas

Obviamente, é de se esperar que as pessoas que se opõem à redistribuição estatal da riqueza não desenvolvessem uma teoria da justiça distributiva. Porém, muito mais surpreendente é o fato de que muitos pensadores que *apoiaram* a redistribuição da riqueza, com freqüência de modo bastante fervoroso, tenham se recusado a utilizar a expressão "justiça distributiva" para descrever suas metas. Para ao menos três escolas bastante importantes da filosofia do século XIX, havia razões para se evitar inteiramente a linguagem da justiça.

O primeiro obstáculo que a filosofia do século XIX colocou no caminho da noção emergente de justiça distributiva foi o positivismo, uma doutrina que coloca sob suspeita todos os tipos de discurso moral, inclusive o discurso da justiça. Mark Blaug, economista contemporâneo e historiador da ciência econômica, escreve que John Bates Clark, um grande economista do século XIX, considerava que sua teoria da produtividade marginal "oferecia um princípio normativo de justiça distributiva". Mas o próprio Clark não se expressou nesses termos. Ao contrário, em sua volumosa *Distribution of Wealth* (1899), ele se descreveu como alguém que se preocupava com a *"ciência da distribuição"*, e disse que a questão de se os Estados *deveriam* derrogar os direitos de propriedade para distribuir bens econômicos às pessoas de acordo com a necessidade "encontra-se fora de nossa investigação, pois é uma questão de ética pura". Ele preferia enfocar "questões que tratavam de fatos puros" – estabelecendo assim uma nítida distinção, característica do positivismo, entre questões "éticas" e "fatuais"[38].

"Positivismo" é um rótulo genérico para uma variedade de concepção, que têm em comum uma avaliação extremamente elevada da ciência e uma tendência correspondente a reduzir todos os demais modos de pensamento (ética, religião, metafísica) a um empreendimento científico, ou então para ridicularizá-los como irracionais ou vazios. O termo foi cunhado pelo conde de Saint-Simon e pelo seu seguidor, Auguste Comte, que se alinharam a críticas proto-socialistas da ênfase do capitalismo no indivíduo e o tratamento impiedoso dispensado aos pobres. Porém, tanto eles como os positivistas que vieram depois deles preferiram desenvolver uma ciência social que fosse capaz de dizer aos elaboradores de planos de ação política *como* transformar a sociedade que viam ao seu redor mais do que fazer um esforço para analisar exatamente *por que* tal sociedade era moralmente criticável.

Comte e Saint-Simon entenderam que a ciência estava fundamentada em fatos observáveis, não na metodologia idealista defendida pelo seu contemporâneo Hegel. Nisso, eles se voltavam para os empiristas britânicos, ainda que não necessariamente compartilhassem da concepção que esses empiristas tinham dos fatos como puras sensações. Eles diferiam muito acentuadamente dos hegelianos com respeito à *natureza separável* dos fatos: mesmo quando entendiam, como foi o caso de Comte, que uma ciência se construía a partir de outras, eles se mantinham atomistas, convictos de que peças elementares da ciência poderiam ser conhecidas cada uma por si própria, e não simplesmente como partes de um sistema abrangente de pensamento. Nisso, os positivistas do século XX foram seus genuínos herdeiros. O positivismo sempre foi atomista e sempre considerou a observação, e não o pensamento abstrato, como o modo paradigmático, talvez o único modo, de apreender cada fato individual.

No entanto, nem todos os positivistas acreditavam que a ética e a religião fossem irredimivelmente irracionais. Saint-Simon achava que os princípios morais do cristianismo mereciam incessante respeito e lealdade, ainda que se devesse abandonar a teologia e a metafísica cristãs[39]. Comte propôs uma nova religião positivista e aguardava com interesse o advento de uma ética científica. Jeremy Bentham e James e John Stuart Mill desenvolveram aquilo que consideravam ser exatamente uma tal ética científica. Somente no século XX, os chamados "positivistas lógicos", em particular Moritz Schlick e Alfred Ayer, viriam a sustentar que as afirmações éticas e religiosas são desprovidas de significado.

Ao mesmo tempo, os positivistas sempre sustentaram que se deveria abandonar a ética se não fosse possível colocá-la sobre fundamentos sólidos e científicos, e sempre viram com uma certa suspeita aquilo que os filósofos faziam sob a rubrica "teoria ética". Afinal, é difícil interpretar os princípios fundacionais da maior parte das teorias éticas como fatos observáveis. Nem as intuições sobre o *telos* dos seres humanos, que informou a ética de Platão e Aristóteles até Tomás de Aquino, nem as considerações de Kant sobre a vontade transcendental, nem mesmo as expressões de sentimento que governam a ética de Hutcheson, Hume e Smith são conjuntos de dados publicamente compartilháveis e testáveis do tipo que os positivistas tanto apreciam. Utilitaristas como Bentham sugeriram que se poderia interpretar a ética como um tipo de tecnologia a serviço de uma maximização da felicidade humana e reduzir todas as questões éticas a esta respeitável forma científica: "A ação X maximiza a felicidade humana mais do que qualquer uma das alternativas a ela?" Esta proposta, mesmo sujeita a uma crítica esvaziadora por parte de positivistas do século XX, foi suficiente para manter a ética dentro do domínio da ciência para a maior parte de seus predecessores. No entanto, tal abordagem da ética não encoraja um exame mais cuidadoso, por exemplo, das distinções sutis entre as várias virtudes – a diferença entre "justiça" e "caridade", para mencionar um exemplo não arbitrário – e não encoraja que se despendam muitas páginas em questões como a de se é moralmente aceitável que o Estado imponha coercitivamente a caridade. E nem é preciso dizer que as argumentações sobre se a justiça compreende propriamente um elemento "distributivo", assim como um elemento "comutativo", caíam na categoria dos debates sem razão de ser. Isso não se ajustava a um tratamento por parte da ciência positivista, nem conduzia ao progresso tecnológico e político que os positivistas queriam promover. Com efeito, era precisamente o tipo de questão que os positivistas esperavam ter deixado para trás. Mais uma vez, não deveríamos esquecer que tanto Saint-Simon como Comte, juntamente com muitos de seus seguidores, foram fundadores do socialismo: eles prefeririam fortemente uma redistribuição da riqueza pelo Estado. Mas apresentar essa proposta sob a rubrica da justiça não estava de acordo com suas predileções intelectuais.

3. Marx

Marx foi, de longe, a figura mais influente a condenar a distinção entre ricos e pobres. Ele também desenvolveu certas noções que se tornariam de grande importância para o florescimento pleno da concepção de justiça distributiva em seu sentido moderno – acima de tudo, uma concepção segundo a qual a natureza humana é, em grande medida, um produto das sociedades humanas, e que também afirmava que essas sociedades são capazes de mudança radical. Mas é um equívoco entender que o próprio Marx era um defensor da justiça distributiva. Ele não formulou sua crítica ao capitalismo nesses termos. Alguns dizem que isso se deve ao fato de ele acreditar que o comunismo traria uma abundância de bens e de reconhecer, como Hume, que questões de justiça surgem apenas onde há escassez[40]. Outros sustentam que para ele toda a linguagem da "justiça" não passava de uma relíquia histórica perniciosa, que mais provavelmente impediria do que ajudaria o proletariado em sua luta contra a burguesia. Discussões acaloradas sobre por que Marx evitou formular sua crítica ao capitalismo em termos de justiça vêm ocorrendo entre seus comentadores há anos[41]. Não precisamos tratar aqui dessa disputa – é suficiente para nossos propósitos observar que Marx não foi um proponente explícito da justiça distributiva. No entanto, vale a pena despender algum tempo elaborando algumas considerações a respeito das objeções formuladas por Marx à linguagem da justiça, tanto porque essas observações desempenharam um papel importante entre alguns dos seguidores de Marx como porque são interessantes em si mesmas[42].

Marx indica mais agudamente que a justiça é um instrumento inadequado para o pensamento socialista em "A questão judaica", que critica a noção de direitos individuais, e em sua crítica ao Programa de Gotha, que descreve os apelos a direitos como "expressões burguesas" e "absurdos ideológicos" (MER 526, 531). Nesse último texto, Marx também rejeita o clamor social-democrata por uma redistribuição de bens, e, com efeito, rejeita a "apresentação do socialismo como principalmente voltado para a distribuição" (532). Esses dois escritos são exemplos do impulso aparentemente irrefreável que levava Marx a atacar quem quer que ele tivesse conhecido ou com quem tivesse trabalhado (nesses dois textos, Bruno Bauer e Ferdinand Lassalle)[43], mas também contêm uma das mais perspicazes críticas da noção tradicional de justiça já escritas.

Deixemos em suspenso por um momento a crítica de Marx ao conceito de justiça em geral. Mesmo que ele quisesse continuar a se ater a alguns elementos desse conceito, é duvidoso que ele teria adotado a justiça *distributiva*. É o que se conclui da segunda de suas queixas contra Lassale: a de que o socialismo não deve ser concebido como "principalmente voltado para a distribuição". Marx sustentou que era um equívoco tratar a distribuição econômica separadamente da produção. Em primeiro lugar, porque entre os bens mais significativos a serem distribuídos estão os meios de produção. Tratar a distribuição puramente como "a distribuição dos produtos", ele diz, é ter uma visão superficial da atividade econômica. Antes que alimentos, roupas e moradias possam ser distribuídos, é preciso que a terra, ferramentas e outros bens de capital sejam distribuídos (MER 232-233). E o equilíbrio de poder em qualquer sociedade será determinado muito mais pela distribuição desses fatores de produção que pela distribuição de bens de consumo. Aqueles que são proprietários de terras ou de bens de capital terão um controle sobre a distribuição de bens de consumo que os que vivem do trabalho carecerão. Disto se segue que "a estrutura da distribuição é inteiramente determinada pela estrutura da produção" (232-233).

Além disso, o sofrimento e a desumanização dos trabalhadores que Marx vê no sistema capitalista são produzidos tanto pelo número escasso de bens de consumo que são capazes de comprar como, e pelo menos na mesma medida, pelas circunstâncias sob as quais eles realizam a produção desses bens. Uma passagem merecidamente célebre dos *Manuscritos econômicos filosóficos* de 1844 analisa as múltiplas formas de "alienação" a que os trabalhadores estão submetidos quando carecem de controle sobre seus produtos e condições de trabalho (MER 70-81). O trabalhador que tem seu trabalho adquirido pelo proprietário do capital, diz Marx, é alienado do produto de seu trabalho, de seu empregador, de seus companheiros de trabalho e, acima de tudo, da sua "própria atividade produtiva". Marx acredita que os seres humanos sintam um amor natural pela produção de coisas – eles são seres criativos, seres que encontram sua auto-realização fazendo coisas – e quando sua produção é controlada por outros, e se torna simplesmente um meio para uma vida que é vivida fora da produção, eles perdem uma parte essencial de sua humanidade. Sob o capitalismo, o trabalhador se sente em casa quando não está trabalhando, e, quando está trabalhando, não se sente em casa. Por isso, seu trabalho não é voluntário, e sim compulsório... Em conseqüência,... o homem (o trabalhador) não se sente mais como um ser livremente ativo, a não ser em suas funções animais – comer, beber, procriar; ou, no melhor dos casos, em sua maneira de morar e se vestir etc.; e em suas funções humanas ele não se sente mais como outra coisa além de um animal. O que é animal se torna humano e o que é humano se torna animal. (74)

Desse modo, o objetivo do socialismo consiste em humanizar tanto a produção como a distribuição – ou melhor, uma vez que as duas são inseparáveis, em humanizar a *atividade econômica*.

Trata-se de "humanizar" ou "socializar" (as duas coisas são praticamente idênticas para Marx, como veremos) a atividade econômica – e não de torná-la mais "eqüitativa" ou mais "justa". "Em que consiste 'uma distribuição justa' de bens?", Marx pergunta retoricamente (MER 528). Os capitalistas consideram "eqüitativo" seu modo de distribuição de bens, os socialistas têm muitas noções diferentes de "eqüidade", e não há uma boa maneira de solucionar essas diferenças. Também é um erro supor que noções jurídicas tais como as de eqüidade ou de justiça possam ser empregadas para determinar relações econômicas: antes, as relações jurídicas e as noções que as governam "surgem das econômicas". Allen Wood argumentou que Marx entendia que era justa a exploração dos trabalhadores sob o capitalismo, que para ele "justiça" era um termo que se aplicava a quaisquer relações legais que levassem à preservação de um modo específico de produção e que, sob tal definição, todas as instituições que contribuíssem para o florescimento do capitalismo mereceriam ser chamadas de "justas"[44].

Mas dizer isso não equivale a enaltecer o capitalismo; mas a desafiar a idéia de que "justiça" seja uma norma útil. A concepção de Marx da natureza humana era radicalmente avessa à pressuposição, básica para a justiça, de que os seres humanos deveriam ser considerados, antes de mais nada, como *indivíduos* e não como membros de um grupo social. Marx investe, com grande ira, contra a noção de direitos individuais, que é tão central para a justiça. Ele observa que a noção de que as pessoas têm direitos – tal como aparece na frase "o produto do trabalho pertence... por igual direito a todos os membros da sociedade" (primeira frase do programa de Gotha, e descendente claro das linhas iniciais do *Manifeste des égaux*, de Babeuf)[45] – é: (1) fortemente individualista; (2) fundamentalmente um produto de certos desenvolvimentos do pensamento europeu do século XVIII; e (3) elemento essencial de uma visão que exalta o indivíduo e na qual há uma clara distinção entre as esferas política e privada, sendo que a primeira tem o propósito de proteger a liberdade individual na segunda, e é somente na esfera privada que os seres humanos realizam suas aspirações mais elevadas.

Todas essas afirmações são bastante corretas. As várias declarações de direitos francesas e norte-americanas (Marx examina as declarações de diversas constituições estaduais norte-americanas, além da federal) de fato são fundadas, como Marx diz, "na separação que afasta o homem do homem", e elas realmente tentam estabelecer e proteger uma maneira de considerar cada pessoa como "separada dos outros homens e da comunidade" (MER 42). E a noção de "indivíduo isolado" nessas declarações é realmente um produto do pensamento político e moral daqueles "profetas do século XVIII em cujas imaginações [o] indivíduo do século XVIII... surgiu como um ideal"[46].

Por fim, é verdade que os mesmos pensadores do século XVIII que exaltaram dessa forma o indivíduo concebiam que a natureza humana floresce melhor na esfera privada, na qual, além do comércio, eles também queriam colocar a prática religiosa (MER 34, 45). As proclamações de direitos constituíam parte de um movimento em direção àquilo que Marx denomina "decomposição" do ser humano (MER 35), ou o que hoje chamamos, mais moderadamente, de "compartimentalização" de nossas vidas. Desde o século XVIII, sobretudo no Ocidente, mas hoje cada vez mais pelo mundo todo, tornou-se cada vez mais possível a cada pessoa separar sua vida religiosa de sua vida política, e ambas de sua vida comercial e separar a vida recreacional, artística ou sexual das três anteriores. Uma pessoa pode ser hindu ao mesmo tempo em que mantém uma cidadania norte-americana, trabalha para uma corporação multinacional japonesa e dedica a maior parte de seu tempo livre a uma comunidade internacional – possivelmente com a ajuda da Internet – de jogadores de bridge ou de amantes de ópera. Isto significa, entre outras coisas, que a cidadania não precisa integrar ou permear o restante de nossas identidades e com certeza não precisa ser considerada como o era para Aristóteles (para o qual Marx se volta em muitos pontos), como a forma mais plena e elevada de nossa identidade. A esfera política, o âmbito no qual temos de atuar juntos e tentar entender as preocupações uns dos outros, era destinada pela maioria dos pensadores do século XVIII a ser um meio de proteger nossa capacidade de realizar nossas crenças e interesses na esfera privada – "um mero meio", como Marx diz com desprezo, "para preservar esses chamados direitos do homem" (43).

Conceder tudo isso a Marx não significa admitir que ele também estivesse correto em descrever todos esses desenvolvimentos do século XVIII como nocivos, ou em admitir que haja algo terrivelmente errado, algo corrosivo de nossa humanidade, na compartimentalização de nossas identidades e na subordinação da esfera política à realização de projetos individuais. Acontece que eu próprio tenho simpatia pela concepção liberal que Marx rejeita, e endosso a tentativa dessa concepção por estabelecer a esfera privada como a arena básica destinada à expressão de nossa humanidade e sua tendência a considerar a política como um mero meio de proteger essa esfera privada. No entanto, mesmo aqueles de nós que são simpáticos a essa concepção liberal podem aprender com a demonstração de Marx de que tal concepção não é simplesmente a maneira natural de olhar para o mundo, adotada por todas as pessoas racionais e sem preconceitos desde o início dos tempos, mas um produto de um período histórico particular e uma concepção que contrasta acentuadamente com muitas das concepções mais antigas da natureza humana, inclusive a de Aristóteles. O que Marx diz é proveitoso para nos mostrar que aquilo que o século XVIII denominou "direitos do homem" são tais direitos apenas no sentido de um entendimento específico, e bastante controverso, sobre o que é o "homem" – e essa humanidade pode ser definida, e muitas vezes o foi, de modo a que a própria noção de direitos seja desprezível ou impensável.

Marx sustenta precisamente um tal entendimento a respeito da humanidade. De acordo com ele, nós seres humanos somos "seres de espécie", o que significa duas coisas: que pensamos em termos de universais (de gêneros ou "espécies", em vez de objetos particulares) e que expressamos nossa natureza de maneira mais plena e livre agindo como membros de nossa espécie e não como indivíduos isolados. Esses dois pontos estão intimamente relacionados: uma vez que pensamos sobre tudo em termos universais, também pensamos sobre nós mesmos em termos universais, e por isso distorcemos a própria concepção que temos de nós mesmos quando nos tratamos como indivíduos isolados. Em vez disso, deveríamos ver a nós próprios como exemplos do *tipo* universal, "ser humano".[47] No mundo marxista ideal, não sacrificaríamos nossa individualidade pelo todo social maior – colocar a questão dessa maneira é prender-se a uma oposição entre indivíduo e sociedade. Em vez disso, a própria distinção entre indivíduo e sociedade desapareceria: as sociedades agiriam em prol de seus membros individuais, mesmo quando esses membros agissem para promover o bem da sociedade. Tal como os três mosqueteiros, seriam todos por um e um por todos[48].

Na prática, isso significa, no meu entender, que se tornaria natural para cada pessoa ter em mente o bem de outras pessoas até mesmo ao preparar comida, procurar parceiros para procriação ou cuidar da própria saúde – e, do mesmo modo, os vizinhos também se preocupariam o tempo todo com essa pessoa, com sua saúde e felicidade. Atos privados aparentemente essenciais, como, por exemplo, comer, beber ou procriar, são "funções genuinamente humanas", diz Marx, somente quando são integrados com todas as outras atividades humanas e quando essas atividades são realizadas de uma forma social, e não somente pela própria unidade biológica isolada, e em benefício dela (MER 74). Existe até mesmo uma maneira propriamente humana, vale dizer, social, de ter *sensações* – de "ver, ouvir, cheirar, saborear e sentir" (87). "Os sentidos do homem social são *distintos* dos do homem não-social" (88). Conseqüentemente, não somos capazes de alcançar nem a forma mais elevada de arte (gratificação sensual) nem a melhor ciência empírica enquanto permanecermos presos a modos de vida individualistas, em vez de modos de vida socializados (88-91). Por fim, modos de vida individualistas só podem ser adotados por pessoas que se tornam cegas à própria condição que torna possível tal adoção: só podemos adotar o individualismo, e de fato só o adotamos, se, e somente se, as normas de nossa sociedade nos encorajam a fazê-lo. Pois nós somos produtos de nossas relações sociais: nos é *impossível* ser qualquer outra coisa, e o próprio individualismo nada mais é do que uma doutrina gerada por uma certa história social. Na verdade, diz Marx, "a época que produz essa perspectiva, a do indivíduo isolado, também é precisamente aquela que até agora mais desenvolveu as relações sociais" (223).

Foi essa concepção completamente socializada dos seres humanos que exerceu o mais profundo impacto sobre a história subseqüente da justiça distributiva. Muitos pensadores que divergem vigorosamente de Marx em outros aspectos compartilham de sua crença em que praticamente todas as características daquilo que poderia parecer nossa natureza são, na realidade, instiladas em nós pela estrutura de nossa sociedade. A idéia de uma natureza humana imutável e substancial, subjacente à história humana, exerce pouca atração desde a época de Marx, e se considera pouco surpreendente o fato de que até mesmo um pensador liberal e claramente não-marxista como John Rawls trata os talentos e a disposição de uma pessoa para "fazer esforço" como, em grande medida, produto de influências sociais[49]. Mais do que qualquer outro antes dele, Marx trouxe à tona o imenso poder que a sociedade exerce sobre cada um de nós, a imensa medida em que as formas sociais, e não somente as leis ou os governos, modelam os indivíduos.

Mas se a sociedade tem esse poder sobre a natureza humana, então certamente ela também tem poder sobre si própria. A sociedade, na visão que Marx tem dela, parece uma força gigantesca, e é ela, e não cada um dos indivíduos, que parece o verdadeiro *locus* da liberdade humana. Para Marx, assim como para Rousseau, o que a sociedade fez, ela é capaz de desfazer[50]. Por isso, a sociedade deveria ser capaz de mudar aquelas características da natureza humana que, na opinião de pensadores anteriores, tornam impossível a igualdade socioeconômica. Um comunista, diz Marx, não precisa acreditar em todas as supostas evidências científicas contra a possibilidade do comunismo; essas evidências são apenas um produto da ciência capitalista. Marx acreditava enfaticamente que o comunismo é possível, e sua confiança na capacidade da sociedade para alterar a si própria ajudou a reforçar a quarta das premissas listadas na introdução deste livro, as quais são necessárias à moderna justiça distributiva.

No entanto, o próprio Marx não era um promotor da "justiça" em qualquer sentido da palavra. Tendo rejeitado o foco das noções tradicionais de justiça nos direitos, ele não fez esforço algum para desenvolver um significado novo para a noção, mais apropriado ao comunismo. De fato, ele via pouca utilidade para os termos morais em geral. Marx considerava desumanizadora a linguagem moral. Podemos dizer que Marx, embora rejeitasse essa maneira de formular seu ponto de vista, condenava a linguagem moral por razões morais. Se a arte, a ciência e o modo como realizamos nossas atividades cotidianas mais básicas podem ser corrompidos por sistemas sociais insalubres, a moralidade pode ser igualmente corrompida. Marx parece ter acreditado que toda moralidade é corrompida dessa maneira porque as normas só recebem o rótulo de "morais" quando aparecem para nós como coisas que vêm de fora, subscritas por Deus ou por algum ser sobrenatural semelhante ou princípio que está acima de nós. Até mesmo a justificação de Kant da moralidade por meio da liberdade remove, segundo Marx, as normas morais, para demasiadamente longe de nós, dado o caráter não-naturalista que Kant atribuía à liberdade. A distância aparente que nos separa das normas morais as torna instrumentos fáceis de dominação, e tendemos a usar a moralidade para martelar coisas na cabeça uns dos outros, para coagir ou para bajular outras pessoas levando-as a fazer o que queremos que façam[51]. Um conjunto de normas sociais adequadamente humanizado aparecerá para nós como nossas próprias normas, como algo que criamos e modelamos cotidianamente – cada um de nós, em conjunção com nossos vizinhos –, e não algo que vem de fora.

A justiça compartilha a forma alienada, ameaçadora e heterônoma característica da moralidade e, além disso, promove a força alienadora do individualismo. Por isso, na sociedade ideal não haveria justiça. Poderia haver normas que apresentassem algum tipo de semelhança de família com aquilo que hoje denominamos "eqüidade", mas elas seriam destituídas do peso inspirador de reverência que há na palavra "justiça"; elas não estariam voltadas para direitos; e não criariam, desta ou de qualquer outra maneira, uma oposição entre os indivíduos e sua sociedade. Para Marx, assim como para Platão e Rousseau, não haveria necessidade alguma de justiça na sociedade ideal. Em conseqüência, não haveria necessidade alguma de justiça distributiva.

4. Utilitaristas

O utilitarismo sempre demonstrou, desde o seu início, extrema preocupação pelo sofrimento dos pobres. Seu fundador, Jeremy Bentham, é conhecido por propor um dos primeiros programas de bem-estar social. Pouco depois, William Thompson se valeu de premissas utilitaristas para examinar em grande profundidade o que considerou uma alarmante "tendência à pobreza por parte da maioria, [e] à ostentação de riqueza excessiva por parte da minoria"[52]. John Stuart Mill foi um defensor proeminente dos programas governamentais de auxílio aos pobres, e Alfred Marshall, cujos pontos de vista filosóficos foram vigorosamente influenciados pelos de Mill, sustentou que a possibilidade de acabar com a pobreza era o que proporcionava à economia seu "interesse maior e mais elevado"[53]. Tanto no século XIX como no século XX, muitos utilitaristas sustentaram que o socialismo era a melhor maneira de se obter a maior felicidade para o maior número de pessoas, embora outros utilitaristas defendessem a economia de livre-mercado pelas mesmas razões. O princípio fundamental do utilitarismo está, naturalmente, aberto a esses variados usos, dependendo de como se vêem os fatos de uma dada situação. Não obstante, aventuro-me a especular que tenha existido mais utilitaristas socialistas do que utilitaristas partidários do livre-mercado – mesmo que seja apenas porque o critério utilitarista para a ação correta supera facilmente as alegações a respeito da inviolabilidade dos direitos de propriedade.

O utilitarismo não é uma doutrina simpática à idéia de que os indivíduos têm direitos absolutos. A ênfase na importância absoluta dos seres humanos individuais, e em sua liberdade, e não em sua felicidade, não combina bem com a ênfase utilitarista em espalhar a felicidade entre o maior número possível de pessoas. É célebre a suspeita de Bentham dos "direitos naturais"; ele não conseguia ver uma razão pela qual o bem de qualquer indivíduo devesse trunfar o bem maior de muitos outros[54]. Seus sucessores teriam problemas em dar um bom sentido à noção de que a justiça poderia se constituir em uma virtude separada e irredutível às demais virtudes de que ela poderia legitimamente nos fazer exigências contrárias à maior felicidade do maior número. O próprio ímpeto do utilitarismo, para muitos de seus partidários, estava no fato de que ele ofereceria uma abordagem compreensiva de todas as nossas diferentes virtudes e normas, de modo tal que já não se precisava mais tratar nenhuma virtude com veneração incondicional e nem cultuar nenhuma norma ética[55]. Em vez disso, podemos perguntar de qualquer pretensa virtude ou norma moral: "Será que essa virtude ou norma contribui para uma felicidade humana maior, ou será que ela perpetua o sofrimento?" E se concluirmos que a virtude ou norma perpetua o sofrimento, vemos de imediato que ela pode e deve ser alterada ou descartada. A reverência tradicional devotada a direitos de propriedade, e a uma concepção de justiça para a qual direitos de propriedade são centrais, é um exemplo perfeito de algo que os utilitaristas querem submeter a esse teste. Para os utilitaristas, é difícil tolerar um sofrimento profundo e de longa duração para qualquer segmento da sociedade, especialmente quando parece que esse sofrimento pode ser mitigado a um custo, em felicidade, relativamente pequeno para as pessoas que já são abastadas. À medida que uma insistência em direitos individuais preserva uma tal condição, essa insistência se afigura, para os utilitaristas, como um verniz moralista para a crueldade. Com base em razões dessa natureza, os utilitaristas encontraram pouca utilidade para as concepções tradicionais de justiça. Conseqüentemente, embora os utilitaristas tenham contribuído muito para o nexo de proposições que constituem a moderna justiça distributiva, eles tenderam a não formular suas propostas nesses termos.

Comecemos, no entanto, com suas contribuições positivas.

Talvez mais do que qualquer outra doutrina ética, o utilitarismo tem uma feição científica, e todos os seus expoentes, sem exceção, se preocuparam em resolver problemas morais em vez de apenas refletir sobre eles. Isso significa que os utilitaristas se empenharam em descobrir um procedimento de decisão de acordo com o qual conflitos morais manifestos pudessem ser resolvidos – daí a obsessão que tinham por um princípio único que estivesse na base de toda reflexão moral. Mas também significa que eles se empenharam em redirecionar a filosofia moral desviando-a do terreno elevado, mas improdutivo, da exploração de valores para o das atividades científicas e políticas por meio das quais as causas mais prementes do sofrimento humano poderiam ser mitigadas ou eliminadas. "Toda questão política ou moral deve ser [posta] como uma questão de fato", disse Bentham[56] no início da tradição utilitarista, e, dois séculos mais tarde, J. J. C. Smart elogiou o utilitarismo por sua "atitude empírica diante de questões de meios e fins" e por sua "congenial[idade] ao temperamento científico"[57]. As pessoas são atraídas para o utilitarismo quando querem parar de falar e passar a agir, quando percebem que a discussão sobre qual seria a exata justificação moral para o fim da escravidão ou do analfabetismo ou da guerra é cansativa e sem sentido, e prefeririam investir suas energias na pesquisa médica, em programas educacionais ou em movimentos políticos que podem resolver efetivamente o problema relevante.

Não devemos presumir que tal atitude fosse a regra, por mais comum que ela tenha se tornado ao longo dos dois últimos séculos. Aristóteles, Cícero, Agostinho e Aquino não dirigiram a maior parte de suas atenções para a solução de problemas humanos há muito estabelecidos. Eles não viam seu trabalho, ou qualquer outro esforço humano, como *capaz* de resolver a maior parte desses problemas e supunham, em vez disso, que viviam em um universo mais ou menos estático – ou então que somente Deus poderia realizar as grandes mudanças necessárias para melhorar a condição humana. A finalidade da filosofia moral era muito mais a de levar a pessoa empenhada na filosofia a alcançar algum tipo de autocompreensão do que a de mudar seu ambiente social. Essa visão da filosofia moral continua a dominar as obras de autores mais modernos, como, por exemplo, Hutcheson, Joseph Butler, Hume e Kant. Kant acreditava que a filosofia moral poderia ajudar a reduzir ou eliminar conflitos internacionais, e Locke, naturalmente, pensava que a filosofia moral poderia ajudar as pessoas a saber em que circunstâncias a resistência a um governo era justificada. Mas a idéia de que o mundo poderia ser radicalmente reformado, que praticamente qualquer problema humano poderia ser resolvido, desde que houvesse criatividade e boa vontade suficientes, é uma novidade, um produto do otimismo que acompanhou os desenvolvimentos científicos dos séculos XVII e XVIII, bem como a Revolução Francesa, na qual, pela primeira vez, pareceu possível que se poderia remodelar completamente o Estado, e que um Estado bem constituído poderia ser praticamente onipotente, capaz de curar qualquer enfermidade social.

Essa visão da sociedade como capaz de curar praticamente qualquer uma de suas próprias moléstias está implícita na maneira como Henry Sidgwick põe a questão fundamental da justiça: "Será que há quaisquer princípios claros a partir dos quais possamos planejar uma distribuição idealmente justa de direitos e privilégios, de fardos e sofrimentos, entre os seres humanos enquanto tais?"[58] Aqui se presume que nós podemos realizar, e de fato realizamos, tais distribuições e que temos necessidade de princípios que nos guiem no processo. Observe que Sidgwick claramente supõe que a justiça tem como preocupação central questões de distribuição, em vez da proteção a direitos de propriedade já distribuídos, ou a preservação de uma ordem social dada natural ou divinamente. Ainda que Sidgwick, como outros utilitaristas, não enfatize o indivíduo nem desenvolva muitas considerações sobre a justiça como uma virtude diferenciada, ele claramente considera que a justiça distributiva, e não a comutativa, é aquela que define o terreno coberto por tal virtude. No entanto, a pressuposição mais importante no momento é a de que todos os privilégios e todos os sofrimentos – na verdade, todo "bem" e todo "mal", de acordo com uma outra versão dessa questão, que aparece um pouco antes na mesma página – *podem* ser "distribuídos" entre os seres humanos, a de que é razoável conceber a sociedade como se ela fosse capaz de propiciar a cada indivíduo os componentes básicos da felicidade. Aristóteles perguntou sobre a distribuição apropriada do *status* político entre os cidadãos, assim como o fizeram seus seguidores na tradição do direito natural, mas não ocorreu a praticamente nenhum pensador político, pelo menos quando estavam fazendo propostas sérias e não imaginando utopias, conceber a sociedade como um agente que pudesse ter "a distribuição correta de bens e males" como seu fim.

É essa imensa impressão do poder que os seres humanos podem exercer sobre suas instituições que inspira os autores utilitaristas, e eles demonstram um otimismo ilimitado no que se refere à resolução de problemas até então irremediáveis. Os utilitaristas foram pioneiros no desenvolvimento de todas as ciências sociais e no esforço de utilizar essas ciências para aprimorar as políticas públicas. Eles foram líderes de movimentos pela educação e pela saúde públicas, pela redução da jornada de trabalho e por melhores condições de trabalho, por um maior acesso público à arte e às fontes de beleza natural e por muitas outras causas progressistas. A maximização da felicidade tinha para eles um significado bem concreto e isso inspirou movimentos reformistas um após o outro, muitos dos quais tiveram êxito duradouro.

Em particular, os utilitaristas têm estado entre os principais instigadores de movimentos em prol de um Estado de bem-estar social. Pode-se reconhecer a própria formulação do princípio utilitarista fundamental como uma forma de estimular a redistribuição de bens materiais. Hutcheson foi o primeiro a proclamar que o objetivo da ação moral era "a maior felicidade do maior número", mas, para ele, ter esse objetivo era algo sem sentido a menos que se fizesse isso com base na benevolência, e ele dedicou muito mais atenção à tarefa de descobrir como se poderia encorajar as pessoas a manifestar benevolência do que à de descobrir como o critério da maior felicidade poderia ser utilizado[59]. Em contraste com ele, quando Bentham se apropriou do critério, o que ele queria era utilizá-lo precisamente como base para um procedimento de decisão prático – um procedimento que serviria, acima de tudo, para testar leis. "Não se deve criar lei alguma", ele disse, "que não acrescente à massa geral de felicidade mais do que o que ela retira".[60] E, no contexto de sua época, em que a grande maioria das pessoas em quase todos os países eram pobres, acrescentar à "massa geral de felicidade" inevitavelmente significaria melhorar a situação dos pobres. Onde a imensa maioria de uma sociedade é pobre, redistribuir bens dos ricos para os pobres quase sempre aumentará tanto a felicidade total como a felicidade média da sociedade.

No entanto, em épocas mais recentes o princípio utilitarista passou a estar menos claramente no lado da redistribuição. Desde a década de 1940, a grande maioria das pessoas nas democracias ocidentais alcançou uma situação bastante confortável, e a questão da pobreza converteu-se em uma questão de como fazer com que a *maioria* aceite ceder parte de seus bens para uma *minoria* que passa por sofrimentos. Nessas circunstâncias, não é claro se a felicidade total ou a felicidade média na sociedade aumentaria com uma transferência de bens dos ricos para os pobres.

A essa objeção, os utilitaristas modernos que defendem a redistribuição têm a seguinte resposta: dada a utilidade marginal decrescente da maior parte dos bens, e do pacote total de bens que a maioria das pessoas procura ter, em geral ocorrerá que o incremento adicional em cada bem – especialmente daqueles que constituem necessidades ou que podem ser trocados para satisfazer uma necessidade – elevará mais a felicidade da pessoa que está na pior condição. Portanto, em qualquer ponto da distribuição de bens, deveríamos transferir recursos para a pessoa mais pobre, e deveríamos prosseguir essa transferência até que a utilidade marginal dessa pessoa se torne inferior à da pessoa mais pobre que vem imediatamente a seguir. Nesse ponto, qualquer que fosse essa pessoa mais pobre que viesse a seguir, seria ela o alvo da escolha, e assim por diante, até que todos tivessem aproximadamente a mesma utilidade marginal. Desse modo, o utilitarismo de fato tende para a igualdade[61].

Devemos notar que esse argumento depende da suposição de que a utilidade marginal é decrescente, o que não vale para todos os bens (se estou colecionando selos, o selo que completa uma determinada série pode muito bem ser *mais* valioso para mim do que seus predecessores). Esse argumento também supõe que os bens possam ser claramente individuados (Como decidir quanta educação distribuir a cada pessoa?) e que cada bem pode ser distribuído independentemente dos outros (Faz sentido distribuir uma assinatura das peças de Shakespeare a uma pessoa quase analfabeta, em vez de distribuí-la a um formando de um curso superior de inglês?); e supõe que a felicidade ou a "utilidade" possa ser correlacionada razoavelmente bem com bens materiais. Todas essas suposições são questionáveis, e esta é uma das razões pelas quais os proponentes contemporâneos da justiça distributiva muitas vezes preferem basear seus argumentos em uma filosofia moral diferente do utilitarismo.

Mas há uma razão mais profunda para essa preferência: a dificuldade, já mencionada, de abrir espaço para a justiça no arcabouço conceitual fundamental do utilitarismo. Mill dedicou um capítulo inteiro de *O utilitarismo* – mais de um terço do livro – ao problema de como explicar a justiça em termos utilitaristas, e J. J. C. Smart acrescentou uma seção sobre esse problema em sua monografia sobre o utilitarismo publicada em meados do século XX, pois passou a considerá-lo como o principal desafio que se apresentava a essa doutrina. Tal como Mill descreve o problema, "as pessoas acham difícil ver na justiça somente um tipo ou ramo particular de utilidade geral"[62]. A solução, diz ele, está em reconhecer que a justiça descreve um tipo particularmente *urgente* de utilidade, que quase sempre tem de ser satisfeito antes que quaisquer outros tipos de utilidade sejam endereçados. No entanto, Mill faz o problema parecer menor do que é. A justiça tem sido tradicionalmente *contrastada* com a utilidade, a tal ponto que uma frase famosa chega a afirmar que a justiça deve ser feita mesmo que para isso o mundo tenha de perecer (*fiat justitia et pereat mundus*), e mesmo aqueles que acham bizarro esse sentimento estão inclinados a descrever a justiça como uma virtude que protege certas coisas boas impedindo que sejam sacrificadas por conveniência. Em particular, como venho enfatizando desde do início deste livro, supõe-se que a justiça deva proteger *seres humanos individuais*, impedindo que sejam sacrificados em nome de um bem social maior. Mas esse enfoque nos indivíduos é algo que os utilitaristas, tipicamente, têm dificuldade de apreender. Que indivíduos devam merecer algo em detrimento do bem maior da sociedade simplesmente não faz sentido para Bentham – daí sua rejeição dos "direitos naturais" – e mesmo Mill, que colocou grande ênfase naquilo que ele chamou de "individualidade", teve de lutar para reconciliar essa ênfase com sua declarada lealdade ao cálculo utilitarista.

A dificuldade em reconhecer a importância dos indivíduos corre fundo nos utilitaristas. Em sua forma mais pura, benthamita, a que melhor conduz ao estabelecimento de um cálculo que poderia resolver todas as questões éticas, o utilitarismo tem por meta alcançar o prazer e evitar a dor, sendo que "prazer" e "dor" se referem, estrita e simplesmente, a sensações. Mas sensações são estados que existem por um momento, por um período de tempo limitado, após o qual são sucedidos por outras sensações. *Na condição* de seres que meramente vivenciam sensações – de seres "sensíveis" –, nós consistimos, portanto, apenas em momentos que se seguem uns aos outros; nós somos simplesmente coleções de tais momentos. Não é supreendente que Bentham tenha considerado Hume, para quem o eu era um "feixe de percepções", como seu principal precursor, e tampouco surpreende que Kant tenha resistido à teoria moral de Hume, bem como à sua concepção do eu [*self*], e que tenha desenvolvido, por sua vez, uma teoria moral cuja premissa fundamental era a de que nossos eus [*our selves*] são entidades duradouras que têm valor absoluto.

Considere-se o que significa, afinal, maximizar a felicidade em uma sociedade se a felicidade é apenas uma soma de momentos que contêm prazer ou que carecem de dor. Por que seria importante, neste caso, saber *quem* sente o prazer ou carece de dor? Podemos ao menos dar algum sentido a esse "quem" que pode ter um prazer ou carecer de uma dor? Estaríamos confiantes de sermos capazes de identificar consciências individuais se elas são simplesmente equivalentes às dores e prazeres que experimentam? Smart pergunta: "Se é racional para mim escolher a dor de uma visita ao dentista, a fim de evitar uma dor de dente, por que não seria racional para mim escolher uma dor para Jones, semelhante à de minha visita ao dentista, se essa for a única maneira de evitar que Robinson tenha uma dor semelhante à minha dor de dente?"[63] As consciências individuais se dissolvem nessa abordagem das questões éticas; nós nos preocupamos com a distribuição de certos estados sensoriais sem que precisemos nos preocupar com a quem esses estados "pertencem". Mas, neste caso, certamente não vamos nos preocupar com uma virtude que pretende proteger a capacidade de cada indivíduo para fazer escolhas, mesmo quando essas escolhas impõem um custo, em total líquido de prazer, para a sociedade como um todo. Os utilitaristas acham difícil aceitar a afirmacão de John Rawls segundo a qual "cada pessoa possui uma inviolabilidade fundada na justiça, a qual nem mesmo o bem-estar da sociedade como um todo pode sobrepujar" (TJ 3), mas isso acontece porque, como Rawls também afirma, "o utilitarismo não leva a sério a distinção entre pessoas" (TJ 27).

Como enfatizei, esse problema teórico não deve nos levar a subestimar as muitas contribuições que os utilitaristas fizeram a programas efetivos de redistribuição de recursos sociais. Além disso, John Stuart Mill, que tentou mitigar de várias maneiras o utilitarismo de Bentham, conseguiu articular uma doutrina da justiça que, em muitos aspectos, parece com a doutrina tradicional. Ele e os seus seguidores, que incluem Marshall e Sidgwick, viram a distribuição de recursos sociais para auxiliar os pobres como uma questão, em grande medida, de justiça. Mas a filosofia ética que adotaram não era muito adequada à idéia de justiça – ou, em conseqüência, ao desenvolvimento da idéia de justiça distributiva.

5. Rawls

Já examinamos quatro importantes movimentos políticos e filosóficos que, por várias razões, rejeitaram ou mitigaram a noção de justiça distributiva. Os reacionários que descrevi se opunham à assistência estatal aos pobres e acreditavam que a justiça não tinha propriamente um componente distributivo. Os positivistas queriam eliminar todo tipo de linguagem moral da ciência social e, tanto quanto possível, lidar com problemas sociais de uma perspectiva puramente científica. Marx também queria abolir a linguagem da "moralidade", e especialmente da "justiça", embora não por razões científicas. Os utilitaristas estavam satisfeitos com a linguagem moral, mas reduziram toda a moralidade a um único princípio, segundo o qual o bem da sociedade deveria trunfar o bem dos indivíduos; por isso, deixaram pouco espaço para a virtude especial da justiça.

Para se ter uma idéia clara da importância de John Rawls, é útil ter em mente que quase todos os trabalhos sérios em filosofia política produzidos desde o início do século XIX até a publicação de *Uma teoria da justiça*, em 1971, podem ser incluídos em uma dessas quatro categorias[64]. Quando Rawls começou a escrever, quase que *exclusivamente* marxistas e utilitaristas se dispunham a desenvolver teorias normativas de questões políticas, e mesmo eles se encontravam sob um cerco constante por parte dos defensores do paradigma positivista dominante, para os quais todas as declarações normativas eram expressões de emoção, e não pertenciam à análise científica ou filosófica. O que Rawls fez foi tornar novamente respeitável a filosofia moral não-utilitarista. A revolução que ele conseguiu realizar foi verdadeiramente espantosa: dez anos depois da publicação de *Uma teoria da justiça*, o utilitarismo entrou em declínio e um grande número de sistemas morais estava novamente em campo. Em grande medida, Rawls conseguiu fazer isso tomando emprestado muito daquilo que tornara atraente o utilitarismo, e aceitando grande parte da crítica à teoria moral tradicional que se encontrava entre marxistas e positivistas, ao mesmo tempo em que demonstrava que seu próprio kantismo despojado poderia satisfazer às exigências dessas críticas.

Para ser mais preciso: Rawls compartilha da aversão de seus rivais às visões quase-místicas da moralidade, de acordo com as quais os sistemas morais parecem pairar sobre nós como se emanassem de um ser divino. Para ele, como para os marxistas, os positivistas e os utilitaristas, sistemas morais são criações de sociedades humanas, concebidos para resolver problemas que surgem quando as pessoas vivem juntas. Além disso, para ele, como também (e em especial) para os utilitaristas, um sistema moral é inútil a não ser que possa resultar em propostas concretas para solucionar questões controversas: isto é, a não ser que apresente algum tipo de procedimento de decisão. Rawls insere em sua obra advertências judiciosas contra a expectativa de que os filósofos morais serão capazes de oferecer soluções para todos os problemas específicos que surgem entre as pessoas; ele diz que "resolver a questão da justiça social, entendida como a justiça da estrutura básica [da sociedade]" será mais fácil do que "resolver os casos difíceis da vida cotidiana" (DJ 156). Contudo, uma vez que a justiça da estrutura básica tenha sido equacionada, Rawls, ao que parece, pensa que a vida cotidiana estará bem menos inclinada a apresentar uma torrente de casos difíceis. Desse modo, seu objeto não é afinal muito diferente daquele de que se ocupavam os utilitaristas com respeito a regras, tais como Mill.* De qualquer maneira, ele expressa admiração pelo utilitarismo e se propõe a "desenvolver uma alternativa contratualista" que tenha "virtudes comparáveis, senão todas as mesmas virtudes" [do utilitarismo] (DJ 132; cf. TJ 52). Podemos dizer que seu mote é "tudo o que Mill é capaz de fazer, eu posso fazer melhor".

Onde Rawls diverge acentuadamente do utilitarismo, e dos outros paradigmas da filosofia moral e política de sua época, é em sua vigorosa ênfase na importância do indivíduo. Logo na primeira página de *Uma teoria da justiça* ele declara que "cada pessoa possui uma inviolabilidade fundada na justiça, a qual nem mesmo o bem-estar da sociedade como um todo pode sobrepujar" (3; veja também DJ 131)[65], e esse argumento é utilizado ao longo do livro todo contra o utilitarismo. O utilitarismo, diz Rawls, emprega uma metodologia pela qual "muitas pessoas são fundidas em uma só" (TJ 27). Ao contrário disso, devemos começar pela suposição "de que a pluralidade de pessoas distintas, com sistemas separados de fins, constitui uma característica essencial das sociedades humanas" (TJ 29). Observe a conexão que há, nesta última citação, entre "pessoas distintas" e "sistemas separados de fins": pois Rawls leva tão a sério a distinção entre as pessoas, que ele também resiste à tendência utilitarista de reduzir todos os fins humanos a um tipo homogêneo de coisa (o prazer). Isso leva a uma das sugestões mais interessantes de Rawls: a de que a justiça só deve se ocupar da distribuição de "bens primários" – bens necessá-

---

* De acordo com um "utilitarismo com respeito a regras", o critério utilitarista não se aplica diretamente à avaliação de escolhas e decisões individuais, mas apenas à avaliação moral das regras e instituições da sociedade. Um utilitarista com respeito a regras não se pergunta se devemos obedecer às regras de nossa sociedade (digamos, a norma segundo a qual temos um dever de honrar os contratos que livremente realizamos); certamente, ele supõe que, independentemente do fato de isso maximizar ou não a utilidade da sociedade, temos de obedecê-las. O que ele se pergunta é se as regras e instituições de nossa sociedade podem ou não ser justificadas pelo critério de utilidade. (N. do T.)

rios à busca de praticamente qualquer fim humano – e deve deixar de lado a questão de o que constitui o bem humano supremo.

Desse modo, a intuição mais básica de Rawls resgata precisamente aquilo que identificamos como a principal dificuldade com a qual o utilitarismo se defronta ao tentar dar sentido à justiça. Ao afirmar enfaticamente a importância da individualidade humana e, conseqüentemente, a necessidade de a sociedade proteger os indivíduos até mesmo contra os interesses maiores dela própria, Rawls parte assim do lugar correto para definir, finalmente, a noção moderna de justiça distributiva. Ao longo de quase dois séculos, o conceito havia desempenhando um papel proeminente, mas amorfo, no debate político. Agora, finalmente, ele receberia uma formulação clara.

A explicação mais concisa do projeto que viria a resultar em *Uma teoria da justiça* pode ser encontrada em um artigo que ele publicou alguns anos antes, intitulado "Distributive justice". O artigo começa ecoando Sidgwick: "Uma concepção de justiça é um conjunto de princípios que nos permitem escolher entre os arranjos sociais que determinam [a] divisão [dos benefícios produzidos por uma sociedade] e subescrever um consenso com relação aos quinhões distributivos apropriados." (DJ 130) Para Rawls, assim como para Sidgwick, a distribuição de benefícios ocupa todo o espaço descrito pela virtude da justiça; a justiça distributiva já não tem mais necessidade de mendigar por algum lugar que ela possa chamar de seu em meio a uma virtude devotada primariamente a outras tarefas (preservar a ordem, proteger as pessoas contra danos, impor punições pelos danos cometidos, e coisas semelhantes)[66]. E para Rawls, assim como para Sidgwick, a sociedade como um todo é um empreendimento coletivo, com regras e maneiras de agir que seus membros podem controlar. Rawls torna essa concepção de sociedade bastante explícita: "A sociedade é um empreendimento cooperativo para o benefício mútuo." (TJ 4; ver também 11, 13)

Além dos ecos de Sidgwick, também há ecos de Marx. Para Rawls, assim como para Marx, a natureza humana é mais um produto do que um determinante da sociedade. O sistema social sempre "infuenciará as aspirações e preferências que as pessoas venham a ter", de modo que "é preciso escolher entre sistemas sociais que, em parte, estejam de acordo com os desejos e necessidades que eles geram e encorajam" (DJ 157; cf. TJ 259, que cita Marx a respeito desse ponto). Nossas "perspectivas de vida" também serão, em grande medida, modeladas pela estrutura política e social que habitamos (DJ 134), e nossos talentos e habilidades serão significativamente moldados por nossa sociedade. "Condições sociais e atitudes de classe de todos os tipos" afetarão o grau em que nossas aptidões naturais irão "se desenvolver e alcançar fruição", a um tal ponto que "mesmo a disposição de fazer um esforço, de tentar e de ser merecedor no sentido ordinário... dependem de circunstâncias familiares e sociais afortunadas" (DJ 162; cf. TJ 103-104, 311-312). E devido ao fato de que nossas "características pessoais" são assim modeladas pela sociedade, porque temos tão pouco controle sobre elas, é preciso que sejam colocadas de lado quando estamos considerando princípios para uma distribuição eqüitativa de bens. O mérito, que para Aristóteles definia a justiça distributiva e a distinguia da justiça corretiva, agora desapareceu inteiramente desse conceito[67]. Na justiça distributiva, diz Rawls, por oposição à justiça retributiva, "o preceito da necessidade é enfatizado" e "o mérito moral é ignorado" (TJ 312; ver também 314-315). Isso chega a ser quase uma inversão exata da maneira como Aristóteles entendia os dois tipos de justiça. E, embora esse passo já esteja implicitamente presente na concepção de Kant do valor humano e atribuição de valor absoluto, e por isso igual, a todos, é na verdade o argumento de Marx, segundo o qual o caráter é, em sua maior parte, um produto da sociedade, que encerra o assunto para Rawls. Se nossos talentos e energia moral são realmente apenas produtos de nossa sociedade, então é tolice sustentar que sejamos, como indivíduos, responsáveis por tê-los ou não tê-los.

Mas, se Rawls incorpora em sua obra algumas idéias de Marx, ele está muito mais preocupado em demonstrar a positivistas e utilitaristas que seu enfoque individualista pode ser tão rigoroso e tão cientificamente respeitável quanto o deles. Os utilitaristas haviam conseguido conquistar um certo respeito relutante até mesmo de positivistas ao fazer uso de um número mínimo de suposições normativas, proclamando a compatibilidade tanto das suas suposições normativas como da sua abordagem da tomada de decisões com a descrição da natureza humana que prevalecia na ciência social – a imagem dos seres humanos como "escolhedores racionais" preocupados em maximizar a satisfação de seus desejos – e conferindo a seu procedimento de decisão uma forma matemática aparentemente rigorosa. O utilitarismo recomenda-se a pessoas que tenham "uma estrutura mental... científica", como diz Smart: "ele é congenial ao temperamento científico"[68]. A abordagem da moralidade por Rawls difere de um modo fundamental do enfoque utilitarista, mas, na época em que ele escreveu *Uma teoria da justiça*, ele admirava essas características quase-científicas do utilitarismo. Ele então afirmou que "a teoria da justiça, e, com efeito, a própria ética, é parte da teoria geral da escolha racional" (DJ 132; cf. TJ 16) e tentou trabalhar, como os utilitaristas, com um conjunto mínimo de suposições normativas e com uma descrição cientificamente aceitável da natureza humana. Ele também estava muito preocupado em mostrar que sua moralidade mais individualista poderia responder ao desafio de oferecer um procedimento de decisão claro e rigoroso. "O atrativo filosófico do utilitarismo", ele disse, "está no fato de que ele parece oferecer um princípio único com base no qual se pode desenvolver uma concepção coerente (*consistent*) e completa do direito. O problema consiste em desenvolver uma alternativa contratualista de tal modo que ela tenha virtudes comparáveis, senão todas as mesmas virtudes" (DJ 132). Tanto o argumento para a seleção dos dois princípios de justiça na posição original como a ordenação lexical desses princípios de tal modo que produzam resultados coerentes e plausíveis são tentativas de Rawls para mostrar como uma filosofia não-utilitarista pode determinar uma resposta a escolhas éticas difíceis com o mesmo rigor que o utilitarismo[69].

Nessa mesma linha de raciocínio, Rawls quer mostrar que seus princípios básicos são eles próprios "bem definidos", mais ou menos no mesmo sentido em que os matemáticos usam essa expressão. O ensaio "Distributive justice" mostra essa inclinação matemática de maneira particularmente clara, embora se possa dizer o mesmo de *Uma teoria da justiça*. Rawls nos diz que está em busca de uma concepção de justiça "coerente e completa". Esses são termos usualmente empregados para descrever sistemas lógicos. É essencial que tais sistemas sejam coerentes e, tanto quanto possível, procuram ser "completos", de tal modo que se possa demonstrar que são verdadeiras ou falsas todas as afirmações que sejam bem formuladas nos termos dos sistemas. Rawls, além disso, define seus princípios e delineia com precisão matemática o seu domínio de aplicação (DJ 133-134). Em seguida, ele adota uma definição de bem-estar social que já havia recebido uma definição matemática – o otimalidade de Pareto – e, ao discuti-la, faz uso de noções familiares de teoria dos conjuntos, tais como "classes", e diferentes tipos de "ordenações" (134-137). É contra esse pano de fundo que ele introduz seu próprio critério (standard) para avaliar sociedades (137-138), segundo o qual uma sociedade é justa se, e somente se, ela é aquela sociedade Pareto-optimal que maximiza as expectativas de um indivíduo representativo de seu grupo em pior situação. Ao longo de sua defesa desse critério, Rawls introduz outras expressões matemáticas: "conectividade em cadeia"*, "com-

---

* *Chain-connectedness*. Rawls define essa suposição da seguinte forma: "Se um benefício tem o efeito de elevar as expectativas da posição mais baixa, ele também elevará as expectativas de todas as posições intermediárias. Por exemplo, se as vantagens mais elevadas propiciadas para os empresários beneficiam os trabalhadores não-qualificados, elas também beneficiarão os trabalhadores semiqualificados." (TJ 80) [N. do T.]

parações par-a-par", "conexão estreita"* (139). Com base nelas, ele refina seu critério e demonstra como fornece uma interpretação do que significa uma sociedade funcionar em benefício de "todos". Esse processo é repetido de modo mais minucioso em *Uma teoria da justiça*, onde Rawls oferece várias versões de seus célebres dois princípios de justiça até chegar ao que ele considera a formulação plena desses princípios:

1. Cada pessoa deve ter um direito igual ao sistema total mais extenso de liberdades básicas iguais compatível com um sistema semelhante de liberdade para todos.

2. As desigualdades sociais e econômicas devem ser arranjadas de modo que ambas:
   (a) sejam para o benefício máximo dos menos favorecidos, consistente com o princípio de poupança justa, e
   (b) estejam vinculadas a cargos e posições abertos a todos sob condições de igualdade eqüitativa de oportunidades [o Princípio da Diferença]. (TJ 302)[70]

Como sugere a volumosa literatura sobre Rawls, há muito a se dizer tanto sobre o conteúdo desses princípios como sobre a argumentação que levaria a eles. O que eu quero enfatizar aqui é somente o fato de que eles equivalem, como um todo, a uma *definição* notavelmente precisa de "justiça distributiva" em seu sentido moderno e que antes disso a expressão carecia de qualquer definição semelhante. O próprio Rawls enfatiza esse aspecto de seu projeto. Em diversas passagens, ele observa que máximas muito citadas de justiça distributiva, tais como o *slogan* "de cada um se-

---

* *Close-knitness.* Essa suposição é assim definida: "É impossível elevar ou diminuir as expectativas de qualquer indivíduo representativo sem elevar ou diminuir as expectativas de todos os demais indivíduos representativos." (TJ 80) [N. do T.]

gundo suas capacidades; a cada um segundo suas necessidades", são, enquanto tais, apenas intuições injustificadas que não podem servir como uma teoria completa da justiça, e que não temos uma maneira de pesá-las racionalmente quando conflitam umas com as outras (TJ 304-309). Uma das principais razões de Rawls para oferecer uma "teoria" da justiça está precisamente em contribuir para resolver tais disputas, e integrar máximas de senso comum sobre a justiça em um arcabouço intelectual mais rigoroso.

Podemos esclarecer esse ponto enfocando o *slogan* sobre a distribuição de acordo com as necessidades. Um problema com esse *slogan* em particular é que ele compete, mesmo entre socialistas, com um *slogan* muito diferente: "de cada um segundo suas capacidades; a cada um segundo sua contribuição"[71], e poucas razões são oferecidas para se preferir um *slogan* ao outro. Um outro problema é que a palavra "necessidades" não é definida no primeiro *slogan*. Também não está claro *o que* estamos distribuindo "a cada um". Por fim, nenhuma explicação é oferecida, nesse *slogan* ou em seus competidores, a respeito do conflito potencial entre a liberdade e tais distribuições, a respeito do risco potencial que um Estado distributivo representa para a liberdade. Os dois princípios de Rawls, em contraste, juntamente com a argumentação a seu favor, fornecem uma explicação compreensiva de (1) quais bens devem ser distribuídos, (2) que necessidades esses bens satisfazem, (3) por que se devem favorecer as necessidades sobre a contribuição, e (4) como se deve equilibrar a distribuição com a liberdade (de tal modo que a "distribuição" de liberdade tenha prioridade sobre toda distribuição de bens econômicos e sociais). Rawls *organiza* e *explica* as intuições discrepantes e conflitantes que as pessoas tiveram ao longo de mais de um século a respeito da distribuição justa de bens, e desse modo fornece, pela primeira vez, uma definição precisa de justiça distributiva. Trata-se de uma realização filosófica de primeira grandeza, comparável à obra de Giuseppe Peano, Richard Dedekind e Georg Cantor em nos ajudar a definir números naturais, reais e transfinitos, ou à de Cantor em nos ajudar a definir conjuntos. Em cada um desses casos, intuições ordinárias sobre uma noção foram articuladas por um modo de construção que nos permitiu dar conta cada um dos elementos dessas intuições e esclareceu as principais propriedades que mantêm juntas essas intuições. O experimento de pensamento que Rawls propõe, no qual princípios de justiça são escolhidos em uma "Posição Original", é um exemplo de tal modo de construção, e ele organiza e dá conta das intuições que temos sobre justiça distributiva, intuições essas que de outro modo permaneceriam vagas e conflitantes.

Essa percepção de Rawls, que o aproxima de Dedekind ou Cantor, é bem diferente da percepção mais comum, que o aproxima de Platão ou Locke. Platão e Locke forneceram defesas muito originais de uma noção controversa de justiça; Rawls, como eu o entendo, estava mais preocupado em explicar uma noção de justiça que, em seus fundamentos, não é particularmente controversa. Isso foi certamente o efeito de sua obra, quer tenha sido essa a intenção ou não. Rawls tem sido tremendamente influente, mesmo que se tenha, em geral, considerado mal-sucedida sua tentativa de defender os dois princípios de justiça. Acredito que a influência venha do fato de ele ter fornecido uma definição muito clara daquilo sobre o que as pessoas já vinham falando nos dois últimos séculos, quando falavam de "justiça distributiva".

O que Rawls não fez foi fornecer uma caracterização daquilo que "justiça" tem sempre e por toda parte significado. O próprio Rawls obscurece esse ponto ao afirmar que "é um dos pontos fixos de nossos julgamentos morais o fato de que ninguém merece seu lugar na distribuição de bens naturais [ou]... seu ponto de partida inicial na sociedade" (TJ 311; ver também 74, 104). Se "nossos" refere-se a "ocidentais modernos", a frase pode ser verdadeira (embora nem mesmo isso seja muito claro). Mas se o "nossos" é supostamente atemporal, como parece ser, e supondo-se também que qualquer grupo racional de seres humanos possa instanciá-lo em qualquer ponto da história, então a frase é falsa. O que tentei fazer neste livro foi apresentar a história no decorrer da qual a crença de que as pessoas não merecem sua posição socioeconômica *tornou-se* um "ponto fixo" nas convicções morais da maior parte das pessoas da atualidade, isto é, a história que está por trás de uma intuição moral que Rawls parece tomar como simplesmente dada a qualquer ser racional. Rawls foi extraordinário ao definir claramente uma noção que, até a publicação de seus trabalhos, se apoiava, em grande medida, em intuições vagas. O que ele não fez tão bem foi mostrar como essas intuições surgiram – ou mostrar que elas surgiram e que, afinal, elas têm uma história.

6. Depois de Rawls

Nos últimos trinta anos, houve uma enxurrada de escritos sobre justiça distributiva, a maior parte deles respondendo de alguma forma a Rawls. Mesmo Robert Nozick, cuja obra sobre esse assunto destinava-se a solapar *Uma teoria da justiça*, disse que "os filósofos políticos são agora obrigados a trabalhar dentro da teoria de Rawls ou a explicar por que não o fazem" (ASU 183). Finalizarei esta história com um breve exame de algumas das principais direções ao longo das quais a contribuição de Rawls foi levada adiante.

O ALCANCE DA DISTRIBUIÇÃO (I): QUAIS BENS, EM QUAL QUANTIDADE? As duas questões que mais têm preocupado os teóricos políticos que trabalham em justiça distributiva desde Rawls são: (1) Que bens devem ser distribuídos?; e (2) Quanto desses bens todos devem ter? Estas questões estão ligadas. É bastante óbvio que todos devem ter um quinhão igual de *alguns* bens (por exemplo, direitos civis) e que não faz sentido almejar uma distribuição igual de alguns outros bens (por exemplo, barras de chocolate).

No entanto, uma vez que os bens a serem distribuídos tenham sido especificados de algum modo – como unidades de utilidade, bens primários, e assim por diante –, ainda resta uma questão: O Princípio da Diferença capta adequadamente as exigências da justiça distributiva? Talvez devêssemos, em vez disso, almejar uma igualdade mais estrita, ou então algum tipo de "mínimo garantido" desses bens, de acordo com o qual ninguém cairia abaixo de determinado nível, mas que permitiria desigualdades maiores na sociedade do que aquelas admitidas pelo Princípio de Diferença[72]. Pensadores que estão à esquerda de Rawls argumentaram que somente uma igualdade estrita permite uma cidadania igual em uma democracia ou reflete de maneira apropriada o valor igual de cada ser humano, ao passo que pensadores à direita de Rawls argumentaram que o respeito igual por todos os seres humanos exige somente um mínimo garantido, e que as desigualdades que estão acima desse patamar têm várias vantagens sociais e morais a favor delas. Outras posições a respeito do nível apropriado de distribuição também foram defendidas, incluindo a sugestão de Ronald Dworkin de que o ideal seria um mundo no qual ninguém invejasse o "pacote de recursos" que qualquer outra pessoa possua ao longo de toda a sua vida[73].

Um debate ainda mais animado prossegue a respeito do *que* deveria ser distribuído. Deveríamos distribuir aquilo que Dworkin chama de "recursos", ou os bens primários de Rawls, ou deveríamos voltar à noção mais antiga de que o objeto apropriado de distribuição é a felicidade (hoje muitas vezes chamada de "bem-estar" ou "utilidade")? Reconhecendo, com Rawls, que a tentativa de distribuir felicidade (ou bem-estar ou utilidade) está repleta de questões definitórias (O que *é* exatamente o bem-estar? Em que medida ele depende daquilo que as pessoas pensam que querem?), a maior parte dos teóricos tenta identificar algum conjunto de meios políticos e materiais a cujo respeito todos concordam que necessitam, quaisquer que sejam seus objetivos últimos. Até aqui, esses teóricos estão, é claro, de acordo com Rawls;

a principal razão de Rawls para introduzir os bens primários foi a de mudar o enfoque da preocupação distributivista da felicidade ou bem-estar para as coisas que pessoas racionais queiram, independente do que mais queiram (TJ 62, 92). Mas os teóricos pós-rawlsianos não estão convencidos de que "bens primários" sejam o substituto correto para a felicidade ou o bem-estar. Gerald Cohen argumenta que as sociedades deveriam ter por meta igualar o "acesso à vantagem"* que todos têm[74]. Amartya Sen e Martha Nussbaum sustentam que as sociedades devem voltar sua política distributivista para uma igualação das "capacidades" básicas das pessoas.

Pode-se descrever os trabalhos de Dworkin, Cohen, Sen e Nussbaum como estando todos engajados no projeto de Rawls, concebido num sentido amplo, mas Sen e Nussbaum estão mais intimamente engajados que os demais. Em uma conferência proferida em 1979 e intitulada "Equality of What?" (Igualdade de Quê?), Sen lançou uma crítica aguda a Rawls por não ir suficientemente longe no reconhecimento das diferenças entre as pessoas: "Se as pessoas fossem basicamente muito semelhantes umas às outras, então uma lista de bens primários poderia ser uma forma bastante boa de avaliar vantagem. Mas, na realidade, as pessoas parecem ter necessidades muito diferentes, que variam com o estado de saúde, a longevidade, as condições climáticas, a localização da moradia, as condições de trabalho, o temperamento e até mesmo o tamanho do corpo (que afeta as exigências alimentares e de vestuário)."[75] Sen concorda com Rawls sobre a importância de reconhecer a heterogeneidade dos fins humanos, mas argumenta que o enfoque em bens primários não faz isso de maneira adequada. Além disso, diz Sen, um enfoque em bens de qualquer natureza

---

* A palavra "vantagem", nesse tipo de literatura, é empregada para se referir ao conjunto de benefícios, recursos, capacidades, oportunidades ou serviços aos quais os membros de uma sociedade democrática têm ou deveriam ter acesso. [N. do T.]

nos desvia da questão central: "O que as pessoas *fazem* com esses bens?" Segundo Sen, "pode-se argumentar que há, de fato, um elemento de 'fetichismo' no arcabouço teórico rawlsiano. Rawls considera os bens primários como a materialização da vantagem, em vez de tomar a vantagem como uma *relação* entre pessoas e bens"[76]. Para um pensador kantiano como Rawls, esse é, em especial, uma interpretação surpreendentemente passiva de "vantagem". Se queremos enfatizar a agência humana, como Rawls o faz, não precisamos nos preocupar tanto com os bens que as pessoas têm, mas sim com suas capacidades para agir. Para isso, o fato de elas possuírem determinados bens pode ser relevante, mas é apenas parte da história. Em vez de buscarmos uma igualdade de bens, Sen sugere que procuremos o que ele denomina "igualdade de capacidades básicas"[77]. Alguns anos mais tarde, Martha Nussbaum mostrou como a concepção de Aristóteles a respeito da natureza humana – com algumas alterações para contornar os aspectos não-liberais do pensamento de Aristóteles – poderia ser utilizada para corroborar e enriquecer essa abordagem[78], e desde essa ocasião ela vem criando uma lista de capacidades humanas que a justiça distributiva deveria ter por objetivo desenvolver[79]. Entre outras coisas, ela usou essa lista para combater o relativismo cultural e demonstrou como o enfoque nas capacidades que as pessoas devem ter pode permitir que se endereçem certas formas profundamente arraigadas de opressão cultural, que distorcem até mesmo a concepção que os indivíduos podem ter de suas próprias necessidades. Dessa forma, Nussbaum submete as culturas, e não somente os Estados, às normas da justiça[80].

A ênfase de Sen e Nussbaum na capacidade de agir, como a de Rawls, obviamente deve muito a Kant, e sobretudo em Nussbaum podemos reconhecer grande parte da concepção, que remontei a Kant, dos seres humanos como repletos de potencialidade. A própria Nussbaum reconhece um débito para com Marx e sua concepção de natureza humana como algo que requer mais do que a satisfação de nossas necessidades animais[81], e eu sugeriria que ela utiliza e estende Marx ao reconhecer as múltiplas maneiras pelas quais a cultura, e não somente os arranjos políticos e socioeconômicos, podem modelar a natureza humana. No entanto, ao contrário de outros que seguiram Marx nesse ponto, Nussbaum não tem inclinação alguma para *dissolver* o indivíduo nas suas circunstâncias sociais e culturais; a ênfase dela na capacidade individual para agir a impede de fazer isso. Por essa razão, ela é capaz de desenvolver sua posição normativa confortavelmente na linguagem da "justiça", e utilizar noções marxistas como ferramentas para o desenvolvimento da justiça distributiva.

O ALCANCE DA DISTRIBUIÇÃO (II): SOMOS RESPONSÁVEIS PELAS NECESSIDADES DE QUEM? Uma terceira questão relativa ao alcance da distribuição diz respeito ao conjunto de pessoas aos quais os bens, quaisquer que sejam, devem ser distribuídos. Rawls supõe que os deveres de justiça distributiva são aqueles que um Estado tem para com seus próprios cidadãos. Esse enfoque deixa em aberto questões complexas a respeito de como os Estados devem lidar com as necessidades de residentes estrangeiros, ou se um Estado que disponha de um programa generoso de bem-estar social pode restringir a imigração, e implicitamente nega a existência de deveres de ajudar pessoas pelo mundo afora. Alguns teóricos preferem entender que os deveres de justiça distributiva são intrinsecamente internacionais, de modo que cada um de nós tem o dever de ajudar os pobres em toda parte, e censuram Rawls por sua disposição de considerar o Estado-nação como o objeto básico da justiça distributiva[82].

O DESAFIO LIBERTÁRIO. Em *Anarchy, State and Utopia*, que aparecem pouco mais de três anos depois de *Uma teoria da justiça*, Robert Nozick propôs uma concepção de justiça diametralmente oposta à de Rawls. Ninguém tem um direito a quaisquer bens materiais além daqueles que adquiriu como propriedade privada, sustentou Nozick. Ninguém tem qualquer direito, em particular, a bens que se destinam a colocar essa pessoa em uma determinada condição material:

> A principal objeção a se falar de um direito de todos *a* coisas diversas tais como a igualdade de oportunidades, a vida, e assim por diante, e a que esse direito se torne coercitivo, é que tais "direitos" exigem uma subestrutura de coisas, bens materiais e ações; e *outras* pessoas podem ter direitos ou estarem entituladas a essas coisas. Ninguém tem um direito a alguma coisa cuja realização exige determinados usos de coisas e atividades sobre as quais outras pessoas têm direitos e titularidades... Direitos não existem em conflito com essa subestrutura de direitos particulares... Os direitos particulares sobre as coisas preenchem todo o espaço dos direitos, não deixando lugar para direitos gerais de se estar em uma certa condição material. (ASU 238)

Nozick ofereceu uma bateria de argumentos contra o conceito de justiça distributiva em geral, e contra a concepção de Rawls de justiça distributiva, em particular[83]. Interessa-nos, em especial, o fato de ele identificar e colocar em questão, com acuidade, a suposição que vimos estar presente em pensadores como Marx, Sidgwick e Rawls: a de que a sociedade deve ser concebida como "um esquema de cooperação", em vez de ser entendida como um ajuntamento não-planejado, e que não chega a ser plenamente voluntário, de diferentes indivíduos (ASU 149-150, 183-197, 223). Por que se deve entender que os indivíduos "compartilham a sorte uns dos outros" (TJ 102) – e, ou ainda, que são responsáveis pelo que acontece a todos os demais à sua volta? O fato de que a pessoa A seja abastada e de que a pessoa B esteja em má situação não precisa significar, sustenta Nozick, que A seja abastada *porque* B está em má situação, e muito menos que A tenha feito alguma coisa para *fazer* com que B ficasse em má situação (ASU 191). Desse modo, não é claro por que A deve qualquer coisa a B – por que A teria um dever de justiça de conceder alguns de seus bens a B –, embora, é claro, A possa livremente se dispor a ajudar B por razões de generosidade ou caridade.

Nozick também argumenta incisivamente que qualquer plano redistributivo será constantemente perturbado por doações e trocas livres, e portanto essa redistribuição será impossível sem que haja uma interferência constante na capacidade das pessoas para doar ou trocar bens. A tensão entre redistribuição e liberdade não é, para Nozick, apenas uma questão empírica, como o era para Hayek e Friedman, surgindo da necessidade de os governos redistributivistas concederem poder excessivo a burocratas. Para Nozick, essa tensão é algo que está arraigado nos próprios objetivos que a justiça distributiva estabelece para si própria. Nozick distingue entre princípios "históricos" e princípios "padronizados" de justiça: estes últimos tentam fazer com que a sociedade se ajuste a algum padrão, a algum estado final ideal, em vez de deixar que os indivíduos que a compõem encontrem seu próprio caminho para chegar a seus diferentes estados finais. É melhor, caso realmente se valorize a liberdade, adotar princípios históricos de justiça, isto é, princípios que governam somente os meios que as pessoas empregam para atingir seus vários fins. Porém, como "quase todos princípios de justiça distributiva propostos são padronizados", isso, por si só, nos dá uma razão para evitarmos tais princípios (ASU 156).

Os argumentos de Nozick são de qualidade variável, mas alguns, incluindo aqueles que mencionei, são muito fortes. O que ele não nos fornece é uma argumentação positiva forte a favor de sua própria noção de justiça, que nos atribui direitos a determinadas coisas com base naquilo que originalmente adquirimos de um modo lockiano ou que recebemos por meio de troca legítima, doação, e assim por diante. Ele não defende diretamente a afirmação, incluída na passagem citada acima, segundo a qual o direito que uma pessoa tem sobre a propriedade que ela já possui deverá ter sempre precedência sobre os direitos de outras pessoas de possuir algum nível mínimo de propriedade, e segundo a qual direitos históricos de propriedade "preenchem todo o espaço dos direitos". O que dá à "subestrutura de direitos específicos" de Nozick uma tal prioridade absoluta sobre todas as reivindicações *de* coisas diversas – sendo que algumas delas talvez sejam essenciais à liberdade daquele que as pleiteia? Por que a justiça exigiria uma tal concepção estrita de direitos de propriedade – muito mais estrita do que qualquer coisa que teóricos tradicionais do direito natural jamais sustentaram?

É claro que Nozick está dando continuidade a uma linha de pensamento cujas raízes remontam há mais de um século antes de seus próprios escritos. Examinei, antes, as obras de Herbert Spencer, o primeiro porta-voz filosófico do libertarismo, e, depois de Spencer, os economistas Mises, Hayek e Friedman expressaram idéias muito semelhantes às de Nozick. Mas Nozick foi para o libertarismo que o precedeu aquilo que, até certo ponto, Rawls representa com relação aos defensores da justiça distributiva que o precederam: o primeiro a fornecer uma articulação clara da posição em questão e de suas implicações. Ele simplesmente não fornece uma argumentação muito boa para convencer qualquer pessoa da posição libertária, a não ser que essa pessoa já estivesse convencida por ela antes de lê-lo. Os libertários foram imensamente inspirados pela obra de Nozick, mas às vezes eles próprios se queixam de que Nozick não forneceu uma argumentação a favor da importância fundamental dos direitos de propriedade para a justiça e a liberdade[84]. No entanto, até o momento, nenhum outro libertário conseguiu ir muito além de Nozick nesse aspecto. Com efeito, nenhum outro libertário conseguiu chegar perto de ser tão persuasivo quanto Nozick para não-libertários.

EXTENSÕES DA JUSTIÇA DISTRIBUTIVA. Rawls, seus seguidores e seus críticos sempre estiveram primariamente preocupados com a distribuição de direitos e de bens materiais. Em anos recentes, pensadores de inclinações variadas começaram a se perguntar se a justiça não poderia exigir algum tipo de distribuição eqüitativa de bens muito diferente de direitos ou coisas materiais. Inspirados, talvez, pela sugestão intrigante de Rawls de que o bem primário mais importante é "a base social de auto-respeito" (TJ 62, 440), algumas pessoas sugeriram que também temos de considerar, juntamente com a distribuição de bens políticos e materiais, a distribuição de bens *simbólicos*. Se, afinal, a razão de acreditarmos na justiça distributiva está no fato de que julgamos que cada indivíduo precisa ter os meios para realizar sua capacidade para a ação, então talvez tenhamos de nos preocupar em saber, digamos, se um agente que se identifica com uma cultura específica tem formação lingüística suficiente para expressar sua identificação cultural, ou se uma agente que se identifica como lésbica tem acesso a um espaço público no qual ela possa exprimir livremente sua orientação sexual. Ainda mais importante, se levamos a sério a noção de que a capacidade psicológica que as pessoas têm para fazer escolhas pode ser obstruída quando a sociedade desaprova com vigor algumas de suas opções, é o grau em que instituições educacionais e de lazer criam um ambiente público que permite às minorias se sentirem seguras e à vontade em suas identidades culturais ou grupais. Por isso, a distribuição de recursos educacionais e mediáticos pode se constituir em uma séria questão de justiça.

É isso, ao menos, o que várias pessoas argumentaram. Will Kymlicka tem chamado de "bem primário" o pertencer a um grupo cultural e apresentou um argumento rawlsiano em favor de Estados liberais ajudarem a preservar minorias culturais que se encontram em desvantagem[85]. Yael Tamir recomendou, com razões igualmente rawlsianas, que os Estados distribuam recursos culturais igualmente entre seus cidadãos[86]. James Tully observa que, quando as lutas por reconhecimento político são bem-sucedidas, a mudança na maneira pela qual o Estado trata o grupo em questão "se constituirá em uma redistribuição de 'capital de reconhecimento' (*status*, respeito e estima)"[87]. Os membros de tal grupo vivenciarão um aumento de seu bem-estar psicológico, algo que, por si mesmo, os ajudará em sua busca por poder político e econômico. Eles encontrarão, além disso, novas oportunidades econômicas e políticas abertas a eles:

> Por exemplo, as lutas por políticas eqüitativas, nos setores público e privado, para mulheres, minorias visíveis, pessoas com deficiências, aborígenes e imigrantes, ao longo dos últimos 30 anos, quando bem-sucedidas, propiciaram a esses cidadãos não apenas uma forma de reconhecimento público. Ao colocar em questão normas sociais de reconhecimento racistas, sexistas e xenófobas profundamente sedimentadas, elas também redistribuem o acesso a universidades, empregos, promoções e às correspondentes relações de poder econômico.[88]

O argumento segundo o qual indivíduos podem realizar sua liberdade somente quando suas sociedades lhes proporcionam condições favoráveis ao desenvolvimento de suas capacidades pode justificar a demanda por uma redistribuição de "capital de reconhecimento", do mesmo modo como justifica uma demanda por redistribuição de terra, renda, capital ou bens primários.

Em certa literatura recente, esse mesmo argumento foi utilizado para sugerir que até mesmo nossos *genes* poderiam vir a ser objeto da justiça distributiva. Conforme nos aproximamos cada vez mais da capacidade de clonar pessoas e conforme nossa engenharia genética alimenta a promessa de remédios pré-natais para muitas moléstias, tanto físicas como mentais, surge a questão que indaga se haveria algo injusto no fato de que as pessoas abastadas serão capazes de criar crianças melhores para elas, permanecendo aqueles que têm menos recursos presos à sorte. Norman Daniels argumentou que a justiça distributiva faz fortes exigências no que se refere ao acesso à assistência à saúde, e ele e outros sustentam que os benefícios da engenharia genética são, a esse respeito, exatamente iguais a outros aspectos da assistência à saúde[89]. Se vamos ter engenharia genética, dizem esses teóricos, teremos igualmente de distribuir seus benefícios com igualdade, ou ao menos de acordo com o Princípio da Diferença de Rawls. De outro modo, teremos uma sociedade na qual haverá injustiça na distribuição da própria "natureza" humana.

Relato todos esses desenvolvimentos sem comentá-los; não é minha intenção endossá-los. Mas acredito que cada um deles deriva do complexo básico de argumentos que permitiram a formulação de Rawls da justiça distributiva. Se (como Smith, Rousseau e Kant enfatizaram) todos os seres humanos são igualmente merecedores de respeito, e se (como Kant argumentou) respeitar os seres humanos significa promover sua capacidade de agência livre, e se (como Kant também argumentou) todos os seres humanos têm capacidades para a agência que precisam ser desenvolvidas, e se (como Marx sustentou) a sociedade modela o grau até onde os seres humanos podem desenvolver essas capacidades e o faz, em particular, tornando os recursos disponíveis a eles, e se, por fim (como Marx, Sidgwick e muitos outros sustentaram), a sociedade é um empreendimento cooperativo que podemos modelar e remodelar se assim o quisermos, então nós *podemos* refazer a distribuição de recursos em nossa sociedade de modo que ela ajude melhor todos os seus membros a desenvolver suas capacidades, e nossa obrigação de respeitar outros seres humanos implica que *devemos* fazê-lo. Mas uma vez que aceitemos essa linha de argumentação, então a escolha dos recursos que redistribuiremos dependerá simplesmente de que capacidades consideramos essenciais para a agência humana. Se pensamos que a identificação cultural é essencial para se fazer escolhas, então precisaremos assegurar que todos os cidadãos disponham dos recursos que os capacitem a formar uma identidade cultural. Se consideramos que a expressão sexual é um exercício de agência de importância crucial, então distribuir os recursos necessários para a escolha entre opções sexuais será uma questão de justiça. Se pensamos que qualquer uma das coisas que a engenharia genética promete realizar (melhorar a saúde, melhorar a aparência, melhorar as habilidades atléticas ou musicais) são essenciais à liberdade plena, então distribuir os recursos que permitirão que todos obtenham um bom conjunto de genes também se tornará uma tarefa para a justiça. Se, por outro lado, pensamos que os direitos liberais básicos, a educação e a proteção contra a pobreza são tudo aquilo de que os indivíduos necessitam para serem livres – como estou inclinado a pensar[90] –, então não estenderemos a justiça distributiva a bens simbólicos, e muito menos a genes.

No entanto, não será fácil, de modo algum, resolver o debate entre aqueles que querem uma noção mais restrita de justiça distributiva e aqueles que querem uma noção mais expansiva, pois esse debate envolve questões fundamentais sobre a natureza da agência e da humanidade que não têm se mostrado muito passivos à resolução filosófica. Além disso, a noção de justiça distributiva que Rawls finalmente colheu das sementes plantadas por Babeuf é suficientemente flexível para se prestar tanto àqueles que querem limitá-la como àqueles que querem que cresça e se torne sempre maior e mais compreensiva. A tarefa deste livro foi mostrar que esse último debate, como os muitos que o precederam, não pode ser resolvido olhando-se apenas para o conteúdo da "justiça distributiva" despida de sua história.

EPÍLOGO

O que ganhamos com este breve estudo da história da justiça distributiva? Bem, antes de mais nada, é sempre interessante conhecer a própria história. É especialmente interessante – ou assim me parece – se dar conta de que há, na verdade, *duas* noções de justiça distributiva na filosofia política ocidental, e não somente uma, e de que aquela que começa com Aristóteles e definha no final do século XVIII contrasta bem acentuadamente com a que foi formulada, com base em um conjunto de intuições que surgiram no século XIX e no início do século XX, por John Rawls. Porém, mais precisamente, o que ganhamos do ponto de vista *filosófico* com este exame da história da justiça distributiva? De que modo, se é que isso ocorre, a história de uma idéia pode nos ajudar a entender essa idéia e a defendê-la ou criticá-la?

Acredito que realmente ganhamos alguma coisa do ponto de vista filosófico examinando a história das idéias. Em primeiro lugar, estudando o desenvolvimento da noção de justiça distributiva, tivemos a oportunidade de reconhecer como essa noção é complexa, e quantas idéias diferentes tiveram de ser articuladas para que ela pudesse se constituir plenamente. Até começar a estudar a história da noção, não havia me ocorrido que, para crer na justiça distributiva, é preciso ser um individualista *e* ver os pobres como merecedores do mesmo *status* econômico e social que todas as outras pessoas *e* ver a sociedade como responsável pela condição dos pobres e capaz de alterá-la radicalmente *e* ter justificativas seculares, e não religiosas, para tudo isso. Hoje, creio que todas essas peças fazem parte da idéia de justiça distributiva, e, embora esteja disposto a admitir que alguns dos pensadores cujas crenças discuti poderiam se revelar, à luz de considerações ulteriores, mais próximos ou mais distantes da noção moderna de justiça distributiva do que sustentei que fossem, estou bastante confiante de que aquilo que, em linhas gerais, precisamos ter em mente quando perguntamos pelo compromisso de uma pessoa com a justiça distributiva corresponde mais ou menos ao que descrevi. Espero que isto venha a ser útil a futuras pesquisas históricas, e que também contribua para esclarecer a idéia de justiça distributiva que temos atualmente.

Em segundo lugar, obtivemos alguma compreensão (*insight*) sobre a natureza dos debates atuais a respeito da justificação da justiça distributiva quando descobrimos que o principal obstáculo à emergência da noção moderna não foi, como se poderia supor, uma crença no absolutismo dos direitos de propriedade, mas sim uma crença no valor de se manter os pobres na pobreza. Esse é um fato historicamente útil, mas também é útil à medida que exerce pressão sobre aqueles que supõem que o argumento a favor de direitos absolutos de propriedade – em face das políticas de bem-estar social, em particular – foi estabelecido há muito tempo e já não precisa ser defendido por aqueles que herdam a tradição liberal. Podemos perceber mais claramente os ônus dos argumentos nessa arena, em particular a de que a concepção estrita de direitos de propriedade não é óbvia e precisa receber mais defesa do que usualmente recebe.

Em terceiro lugar, vimos que em certos aspectos cruciais o desenvolvimento que levou à noção moderna de justiça distributiva foi uma mudança nas sensibilidades das pessoas, e não uma mudança no que elas sabiam, na maneira como argumentavam ou nas teorias morais que adotavam. Não foram novos argumentos ou descobertas fatuais que levaram as pessoas a ter uma atitude mais simpática em relação às dificuldades dos pobres. Foram, isto sim, novas maneiras de apresentar as circunstâncias da pobreza, o que começou com os escritos de Adam Smith e prosseguiu com a explosão da literatura sobre os pobres no século XIX. Aqui, a importância da literatura de imaginação e a prioridade de mudanças de sensibilidade com relação a mudanças de crença sugerem um modelo intrigante a respeito de como ocorre o progresso em questões éticas. E esse modelo poderia nos levar a pensar duas vezes sobre o quanto é realmente proveitoso para a solução de problemas éticos o tipo de coisa que hoje se considera "ética aplicada".

Finalmente, e de maneira um pouco mais controversa, acredito que, ao aprender a história de uma idéia moral, adquirimos um entendimento melhor da razão pela qual nós mesmos a endossamos ou rejeitamos. Argumentei num outro trabalho que para a maioria de nós, na maior parte do tempo – mesmo àqueles que fazem vênia a si mesmos chamando-se de "filósofos" –, as intuições morais chegam até nós vindos de nosso passado com uma aura de autoridade, e nós não as questionamos ativamente[1]. Outros sustentaram quase que a mesma coisa, mas de maneira mais perniciosa: é um problema terrível, eles pensam, o fato de que não examinamos nossas vidas mais detalhadamente e não sujeitamos todas as nossas crenças, especialmente nossas crenças morais, à prova da razão. Eles enxergam preconceitos odiosos ocultando-se por trás dessa aceitação de atitudes morais transmitidas pela autoridade; vêem nisso intolerância e estreiteza de espírito. Acredito que a transmissão de crenças morais pela autoridade não seja normalmente uma coisa perniciosa, e de qualquer maneira ela é necessária ao pensamento moral – ela é inevitável e sem ela o discurso moral seria, até mesmo em princípio, impossível. No entanto, é preciso realmente tomar cuidado com a intolerância e a estreiteza de espírito, e uma das melhores formas de se fazer isso consiste em examinar a história de nossas crenças.

Argumentos morais sistemáticos, quer sejam de variedade utilitarista, kantiana ou intuicionista, normalmente provêm *de* alguns preconceitos favoritos do autor e vão *até* alguns outros preconceitos do autor (ou até uma posição contra-intuitiva que – o leitor pode suspeitar – o autor sustenta apenas por exibicionismo acadêmico). Ao deixar de confrontar as raízes que as crenças morais têm na autoridade, esses argumentos tendem meramente a reforçá-las. Em contraste com isso, conhecer a história de nossas idéias as afasta de nós e, por meio disso, nos dá algum grau de distanciamento crítico da autoridade com a qual elas se apresentam a nós. Isto significa, por um lado, que a descoberta de que uma idéia particular tem raízes em alguma coisa moralmente repulsiva pode nos levar a suspeitar dela – uma boa parte do desconforto que sentimos atualmente em relação a propostas eugênicas provém, creio que de forma justificável, do grau em que a eugenia se originou em programas desenvolvidos por darwinistas sociais nos Estados Unidos e por nazistas na Europa – e, por outro lado, que a descoberta das origens nobres ou admiráveis de uma idéia pode aumentar o nosso apego com ela. Queremos saber quão plenamente podemos endossar o processo pelo qual uma idéia chegou até nós; e a descoberta de que suas raízes se encontram em uma luta particularmente heróica contra a opressão, digamos, normalmente reforça nossa adesão a ela.

No caso específico da justiça distributiva, parece-me que há momentos em sua história com os quais devemos nos identificar e há também momentos sobre os quais deveríamos refletir melhor. Considero um bem inequívoco o movimento da cultura ocidental que levou de uma atitude de desprezo pelos pobres até o reconhecimento de que eles são "exatamente iguais a todos os demais". A noção de que as pessoas precisam de certos meios materiais para desenvolver suas capacidades também me parece sábia, além de ter se tornado cada vez mais verdadeira conforme a sociedade e a tecnologia ficam mais complexas. A noção de que todos têm uma infinidade de capacidades que devem se empenhar em realizar me parece mais problemática, contudo, constituindo parte de uma concepção excessivamente exigente de uma individualidade livre e feliz. Este aspecto da história da justiça distributiva também levou a reivindicações cada vez mais amplas referentes àquilo que o Estado precisa fazer para ajudar as pessoas, o que, por sua vez, pode ajudar a explicar o crescente descrédito com que até mesmo versões mínimas de justiça distributiva vêm sendo recebidas em anos recentes. Por fim, a noção de que a sociedade e o governo são responsáveis por todos os sofrimentos, e são capazes de eliminar todos eles, é uma das que creio deveríamos rejeitar. Com certeza, alguns aspectos de nossas vidas se devem simplesmente à sorte, e outros aspectos, a nossos vícios e virtudes individuais. Além disso, não é claro em que medida se pode, razoavelmente, considerar a "sociedade" como um agente consciente capaz de corrigir seus erros de maneira deliberada ou de almejar coerentemente qualquer objetivo que seja. A crítica, já implícita em Adam Smith, e desenvolvida por Hayek, à própria idéia de que a sociedade se move por meio de ações deliberadas, e à idéia de que os estados futuros de qualquer sociedade podem ser previstos, para não dizer controlados, com qualquer nível de detalhe, é uma crítica poderosa e tem de ser levada em conta por aqueles de nós que queiram ajudar os pobres.

É claro que aqueles que acreditam na justiça distributiva não endossam necessariamente cada uma de suas conotações históricas. O significado de uma idéia jamais coincide com sua genealogia. Mas idéias tendem a ser expressas em termos que veiculam conotações vindas de seu passado, além de, e independentemente da, maneira como são "oficialmente" definidas em cada período de sua história. As idéias políticas também se prestam a muitas funções ao mesmo tempo. As pessoas são atraídas para uma causa – um *slogan*, um candidato, um partido ou um movimento – por várias diferentes preocupações e experiências. Elas podem se tornar socialistas porque se sentem indignadas com a condição dos pobres, mas também podem se tornar socialistas porque lhes desagrada o consumismo que associam ao capitalismo; ou porque são pacifistas, e os socialistas que elas conhecem descrevem o capitalismo como uma fonte de guerras; ou porque vêem o socialismo como um aliado de movimentos que lutam por igualdade racial e sexual ou por amor livre; ou simplesmente porque os socialistas que conhecem lhes parecem "modernos", ou "esclarecidos" ou "profundos". De fato, o socialismo tem sido um movimento crítico do consumismo, da guerra, da desigualdade racial e sexual, do casamento e da cultura burguesa, em parte porque muitos movimentos socialistas diferentes existiram, e em parte porque os pensadores que tentaram desenvolver mais exaustivamente uma teoria completa do socialismo argumentaram, corretamente ou não, que todas essas causas aparentemente distintas tinham um fundo comum. Quando uma pessoa hoje se proclama socialista, ou, conversamente, quando ataca o socialismo ou determinadas políticas socialistas, é um erro avaliar o que ela está propondo com base apenas em alguma suposta doutrina essencial, alguma "essência" do socialismo. Antes, a palavra é propriamente utilizada para designar um aglomerado de projetos que estão relacionados uns com os outros por aquilo que Wittgenstein denominou "semelhança de família" e que não estão encerrados em nenhuma fronteira definida[2]. Algo similar acontece com as doutrinas do livre-comércio e com quaisquer outros movimentos políticos. As idéias que esses movimentos sustentam estão ligadas entre si por vias complexas, e nunca é inteiramente claro que pontos de vista específicos constituem "as" razões para a crença que uma dada pessoa tem no movimento, mesmo para a própria pessoa que tem essa crença. O socialismo "é" a totalidade de idéias diferentes que se acomodam mais ou menos sob essa denominação, embora algumas delas sejam claramente mais importantes do que outras (ajudar os pobres é mais importante que o amor livre, por exemplo). Além disso, qualquer debate específico entre socialistas e seus oponentes pode enfatizar mais uma questão do que outra, e em semelhantes contextos "socialismo" pode significar alguma coisa que é periférica àquilo que significa em outro contexto; pode, por exemplo, significar amor livre em alguns contextos, mesmo que algures existam muitos socialistas que rejeitam o amor livre. De modo que os debates efetivos nos quais as pessoas recorrem a uma determinada doutrina política têm importância crucial para aquilo que essa doutrina significa. (Pode-se formular um argumento wittgensteiniano afirmando-se que o debate traz à tona o que *qualquer* idéia significa, e que *todas* as reivindicações somente ganham significado graças àquilo que, na prática, elas excluem.) Desse modo, sem conhecer os debates específicos nos quais tenham sido utilizados de fato, não conhecemos nossos termos políticos.

Poder-se-ia objetar que o termo "socialismo" é um exemplo fraco para o argumento que estou tentando desenvolver, uma vez que é o nome de um movimento e é natural que movimentos reúnam alianças de causas distintas. Entretanto, a mesma coisa vale, *mutatis mutandis*, para todos os termos políticos, entre os quais nosso termo predileto neste livro, "justiça distributiva". O significado de tais termos (novamente, um wittgensteiniano poderia razoavelmente sustentar: "o significado de *todos* os termos") está inextricavelmente vinculado a seu uso, e, na política, o uso está estreitamente ligado a um conjunto de polêmicas que estão sempre mudando, a favor ou contra várias leis ou instituições. Uma pessoa acaba por concluir, freqüentemente quando ainda jovem, que ela acredita com muita firmeza na justiça distributiva – ou então, por ter ficado muito impressionada por Spencer, ou Friedman, ou Nozick, que ela *não* acredita na justiça distributiva – e então arquiva esta crença em algum lugar de seu repertório avaliativo, para só tirá-la dali, normalmente sem refletir muito a respeito, quando precisa tomar decisões sobre sua participação em atividades políticas de um determinado tipo. Pode ser que ela precise tomar decisões como essas o tempo todo, caso se torne uma ativista política ou uma política profissional trabalhando em tempo integral – e mesmo em casos assim é provável que se encontre ocupada em demasia com a tarefa de conseguir votos ou com manifestações para que lhe sobre muito mais tempo para pensar mais a fundo a respeito de suas idéias básicas – ou talvez questões como estas só muito ocasionalmente se apresentem a ela, por exemplo no caso em que a maior parte de sua vida é ocupada, digamos, pelos negócios ou pela ciência experimental. Em qualquer desses casos, é improvável que ela examine ou reexamine a natureza ou a justificação da justiça distributiva. A não ser que se dedique à filosofia política como profissão, é provável que ela só considere mais detidamente a idéia nesse primeiro momento, quando ela a aceita ou a rejeita.

E o que poderia ela pensar nesse momento decisivo? Que a justiça distributiva só faz sentido caso se acredite na igualdade moral de todos os seres humanos, na necessidade que todos os seres humanos têm de liberdade individual, no fato de que tal liberdade depende de determinados bens materiais e na viabilidade de o Estado garantir a distribuição desses bens? É pouco provável. A maioria das pessoas se sentirá tocada, por exemplo, pelas circunstâncias opressivas sofridas pelos pobres nas áreas mais antigas e decadentes das metrópoles norte-americanas, e, em sua empatia, descobrem na "justiça distributiva" uma boa maneira de expressar aquilo que gostariam que fosse feito por eles. Ou então se sentirão indignadas diante de fotos de crianças sem-teto ou de histórias nos jornais sobre pessoas que morrem de doenças que seriam facilmente curáveis se tivessem assistência médica. Ou ainda, elas se sentirão indignadas diante da ultrajante riqueza ostentada por algumas pessoas em Beverly Hills ou em Manhattan. E o que elas *querem dizer*, então, com a "justiça distributiva" que apóiam? Podem não saber exatamente. Com certeza, querem dizer que ninguém deveria viver, geração após geração, nas condições que os pobres têm de enfrentar nas metrópoles norte-americanas, que todas as crianças deveriam ter um teto sobre suas cabeças, ou que o luxo desmesurado é injustificável quando outros mal conseguem sobreviver, mas não é preciso que disponham de uma teoria elaborada para explicar como os males que vêem se conectam uns aos outros ou deveriam ser curados. Conforme cada pessoa se junta à corrente histórica daqueles que acreditaram na justiça distributiva (ou que desacreditaram dela), essa pessoa não precisa saber exatamente o que é aquilo a que se vinculou. A história da idéia, assim como seu uso mais amplo no momento em que tal pessoa se agarra a ela, lhe confere conotações de que ela não precisa compartilhar conscientemente.

Eu não pretendo com isso endossar uma concepção plenamente emotiva de nossos compromissos morais, mas grande parte da verdade a respeito daquilo em que acreditamos moralmente está, com certeza, no fato de que *sentimos* que certos objetivos, ou ações ou princípios são bons e que outros são maléficos. No entanto, não consideramos moralmente bom algo com respeito ao qual temos apenas um sentimento positivo em algum momento; nós condenamos alguns de nossos próprios sentimentos de aprovação como equivocados. Para aprovar algo moralmente, precisamos, por um lado, sentir que é uma coisa boa e, por outro lado, endossar nosso próprio sentimento, com base na reflexão, como um sentimento esclarecido e decente. É aqui que a história de nossos sentimentos individuais, e também dos sentimentos que produziram um valor que se difundiu pela nossa sociedade, pode ser muito importante. Se reflito sobre o meu amor por uma pessoa, por um movimento ou por uma idéia e sinto que ele é fruto da aversão que sinto por mim mesmo, do meu alcoolismo ou da minha ignorância, então é provável que eu me volte contra os sentimentos que me levaram a atribuir valor a essa pessoa, movimento ou idéia. Posso ter a capacidade de identificar com razoável facilidade esses equívocos emotivos em minha própria vida individual. Muito mais sutis são os sentimentos que eu *desaprovaria* se conhecesse sua genealogia, e que são tais que os problemas associados à fonte que os gerou se encontram no passado de minha sociedade. Meus sentimentos são, em grande parte, modelados pelos sentimentos das pessoas que estão à minha volta, de modo que, mesmo quando imagino que adotei um determinado valor de maneira perspicaz e saudável, é possível que eu tenha apenas absorvido os preconceitos e patologias de meus amigos e vizinhos. Se descubro que os sentimentos que levam a maioria das pessoas em minha sociedade, e que também me levam, pela influência que os outros exercem sobre mim, a endossar um determinado valor – por exemplo, uma condenação da homossexualidade, ou dos muçulmanos, ou dos judeus –, são sentimentos mal informados ou modelados por um medo estreito, então é provável que eu deixe de nutri-los. É provável que eu sinta que esses sentimentos não são dignos de mim e que eu deveria tentar me livrar deles. Se, ao contrário, descubro que a história de um sentimento adotado por minha sociedade é admirável, minha própria adesão a ele provavelmente será reforçada.

É claro que é sempre possível acontecer de um valor que começou exprimindo um sentimento e adotando um tipo de ação, venha posteriormente a exprimir e adotar alguma coisa muito distinta. Os valores, como as instituições, podem mudar de papel social depois de se estabelecerem. A sobrevivência de valores e de instituições é sobredeterminada, e podem facilmente subsistir para além de suas funções originais. Mas pelo menos queremos saber como um dado valor veio a significar aquilo que pensamos ter aceito ao adotá-lo. Se, ao estudar sua história, constatamos que tal valor expressa coerentemente sentimentos ou serve a objetivos diferentes daqueles que supúnhamos que tivesse, então poderemos ter de concluir que o interpretamos erroneamente – que se trata de um valor distinto daquele que imaginávamos, ou então que se trata de um tabu cego que hoje sobrevive na consciência de nossa sociedade, não obstante o fato de não desempenhar qualquer função moralmente útil. Na minha interpretação da maneira como os valores são transmitidos – segundo a qual o processo de transmissão em geral é cego, e não racional – os valores são, bem freqüentemente, levados à deriva para longe de sua função original sem que a maioria de nós sequer se dê conta disso. A história oferece uma boa maneira de corrigir essa cegueira, pois nos permite saber o que aconteceu com nossos valores enquanto estávamos de costas para eles. Despertamos da obediência semiconsciente que devotamos em nossas vidas cotidianas à importância da justiça distributiva – ou à sua desimportância, se somos libertários semicegos, em vez de liberais do bem-estar social semicegos – quando examinamos a história da noção, quando vemos como esse valor chegou até nós. Aprendemos alguma coisa a respeito de quem somos enquanto seres avaliadores e também a respeito de que fatores ingressaram, sem que estivéssemos plenamente cientes disso, em nosso esquema avaliativo. E então, quer comecemos a questionar a idéia, quer a afirmemos com mais vigor, adquirimos maior clareza a respeito *daquilo* em que acreditamos.

No entanto, se tudo isso é correto, os filósofos morais sistemáticos cometerão um sério erro se ignorarem a história da filosofia moral. Tomo como certa a idéia de que todos os filósofos morais precisam, de algum modo, mesclar suas teorias com nossas intuições morais pré-teóricas. Mas, nesse caso, quando um filósofo se propõe a delinear, por exemplo, uma teoria rigorosa da justiça distributiva a partir das intuições de que já temos a respeito desse assunto, ele está sujeito a duas importantes dificuldades, caso se limite a aceitar essas intuições do modo como se apresentam a ele. Em primeiro lugar, pode se equivocar sobre o *conteúdo* da idéia que está tentando explicar: a história da idéia poderia levá-lo a saber que intuições um tanto diferentes daquelas que ele imaginou entram nessa idéia, e também que ele, assim como o restante da sociedade da qual ele absorveu a idéia, acolheu pensamentos e atitudes dos quais, no melhor dos casos, só está consciente de maneira vaga. Em segundo lugar, esse filósofo pode se equivocar quanto ao modo como a idéia *funciona*, quanto à perspectiva moral mais abrangente à qual esse valor específico se ajusta. Desse modo, se invocamos a "justiça distributiva" para exprimir o desânimo que sentimos ao ver herdeiros indolentes vivendo no luxo enquanto pessoas que trabalham duro vivem na penúria, certamente é verdadeiro, como Rawls supõe, que implicitamente temos um princípio geral de acordo com o qual o acaso não deveria determinar as oportunidades da vida de uma pessoa. Mas pode ou não ser verdadeiro que por isso devamos considerar, como Rawls também supõe, os talentos das pessoas e a disposição delas para realizar trabalhos árduos, sob a mesma ótica que sua riqueza herdada. Podemos ou não estender dessa maneira as nossas intuições, podemos ou não considerar a herança genética do mesmo modo como consideramos a herança de capital.

Um exame da história a partir da qual viemos a rejeitar a noção de que os herdeiros dos ricos e poderosos tenham automaticamente um direito à riqueza e ao poder não sustenta a extensão rawlsiana dessa intuição. Aqueles que, como Smith, Kant e Beaumarchais, mais se opuseram ao *status* social herdado, foram ao mesmo tempo entusiastas de uma sociedade na qual "talento, diligência e sorte" seriam as bases primárias do progresso social e econômico[3]. Isso não demonstra que Rawls está *errado* ao considerar o talento e o impulso para a diligência como características arbitrárias e moralmente irrelevantes, mas certamente sugere que ele precisa fornecer uma argumentação que nos convença a passar de nossas intuições compartilhadas a respeito da arbitrariedade da riqueza herdada para sua própria intuição sobre a arbitrariedade das habilidades herdadas. Ele não deveria simplesmente supor, como o faz, que nós já compartilhamos de sua intuição.

O filósofo moral sistemático e o historiador da filosofia moral precisam trabalhar juntos. Uma história de boa qualidade precisa prestar cuidadosa atenção aos argumentos que estão em ação no desenvolvimento de idéias morais, e um pensamento moral sistemático de boa qualidade precisa apreender com firmeza aquilo que, precisamente, ingressa nas intuições com as quais esse pensamento começa. Este livro esteve, primeiramente, devotado à maneira como as idéias surgem e se modificam, mas isso não à custa, espero, das preocupações sistemáticas. A história da justiça distributiva é incompreensível sem os argumentos que a circundaram. Mas os argumentos que a circundam, hoje e no passado, ficarão igualmente obscurecidos se não entendermos sua história de maneira apropriada.

NOTAS

Introdução

1. John Roemer, *Theories of Distributive Justice*, p. 1.
2. Bronislaw Geremek, *Poverty*, p. 20 (citação extraída de *Life of St Eligius*).
3. Sobre *haqq*, ver Clifford Geertz, *Local Knowledge*, parte 3. *Tzedek* é um dos vários termos hebreus para "justiça" (*mishpat* e *din* são dois outros termos importantes), todos eles usualmente associados, nas literaturas bíblica e rabínica, primariamente com a prevenção do roubo e da fraude, em particular quando isso afeta os pobres, e com a eqüidade nos procedimentos forenses. Todos os termos listados dizem respeito à proteção de indivíduos contra o dano físico e o roubo, quer das mãos de outros indivíduos, quer das de juízes corruptos, mas seus sentidos diferem em muitos outros aspectos.
4. Pode-se interpretar a premissa 2 como dizendo que a justiça requer alguma distribuição de acordo com as necessidades, e não somente de acordo com os méritos. Esta é uma forma bastante comum de exprimir a idéia, e são poucos os que reconhecem a novidade da idéia segundo a qual as necessidades podem originar uma exigência de justiça ou que reconhecem quão estranho isso teria soado para a tradição de filosofia moral e política que começa com Aristóteles. Um filósofo que reconhece a novidade dessa idéia é D. D. Raphael, em *Concepts of Justice*, pp. 235-8. (Penso, no entanto, que Raphael exagerou o grau em que essa idéia foi antecipada por autores bíblicos e medievais; tanto a palavra hebraica *tzedakah* como a palavra *ius* em textos específicos que ele cita são mais bem entendidas como aquilo que Aristóteles denomina "justiça universal" – a retidão, correção moral,

em sentido amplo –, e não no sentido estrito de justiça legal e política.) Um filósofo que enfrentou conceitualmente a peculiaridade da noção de que a necessidade poderia constituir um fundamento de exigências de justiça é David Miller, em *Social Justice*, capítulo 4. A interpretação de Miller é sábia e perspicaz, mas algumas das perplexidades com as quais ele e seus interlocutores se defrontam poderiam ser esclarecidas, creio eu, por uma pesquisa histórica sobre a maneira como a necessidade foi incorporada à noção de justiça.

5. Uma argumentação em defesa da idéia de que a república de Platão orientava-se fundamentalmente para o bem de seus cidadãos individuais pode ser encontrada em Rachana Kamtekar, "Social Justice".

6. Aristotle, *Politics*, I.5, 1.254b20-1.254b21. Sobre Platão, ver Plato, *Republic* 420b-421c, 463a-463b e Kamtekar, "Social Justice".

7. Uma nota de cautela sobre atitudes em sociedades não-ocidentais. Certamente existiram sociedades muito menos comprometidas com a hierarquia social do que as sociedades ocidentais cristãs da Idade Média, nas quais (nas primeiras) os pobres recebiam tratamento melhor e mais respeitoso. No mundo judaico, por exemplo, reconhecia-se que os pobres tinham um direito legal a pelo menos algumas formas de auxílio (ver *Matanot Aniyim* I.8, IV.12, VII.8 no Livro Sétimo de *Mishneh Torah* de Maimônides), e se desencorajava a investigação sobre se os pobres eram "merecedores" ou não (P. T. *Peah* 37b [traduzido em Brooks, *Peah*, p. 327], ainda que Maimônides, *Mishneh Torah,* VII.6 seja um pouco menos generoso; compare isso com as práticas cristãs descritas no capítulo 1, seção 5), e Maimônides disse, em uma frase célebre, que ajudar uma pessoa pobre somente com base na necessidade constituía a forma mais elevada de caridade (ibid., X.7; compare isso com as atitudes em relação aos pobres descritas no capítulo 2, seção 2). Essas práticas não significam que os judeus acreditassem em alguma coisa que se parecesse com a necessidade de o Estado abolir a pobreza, mas sugeriam, efetivamente, que seria preciso contar uma história diferente caso se estivesse olhando para um outro mundo que não fosse o do cristianismo europeu e de seus antepassados greco-romanos. Não farei isso; este livro é uma história da justiça distributiva no Ocidente, tanto porque eu a conheço melhor como porque a noção que a maior parte das pessoas hoje denomina "justiça distributiva", onde quer que vivam e qualquer que seja a cultura que afirmem, é a ocidental, aquela que se originou, de acordo com a interpretação que apresentarei aqui, na França do final do século XVIII.

8. Richard Kraut considera que até mesmo a caracterização que Aristóteles faz da "justiça universal" está voltada contra Platão, e oferece formas nuançadas e profundas de distinguir a justiça universal de Aristóteles daquilo que na *República* é denominado "justiça" (Kraut, *Aristotle*, pp. 121-2; ver também pp. 102-25 como um todo, que constitui a melhor análise que conheço da justiça universal). No entanto, penso que ele exagera a distinção. É correto mas enganoso dizer que, para Platão, a justiça "no fundo... existe inteiramente dentro de cada pessoa" (121, 100) ou sugerir que para Aristóteles, mas não para Platão, a justiça "é uma virtude que por sua natureza afeta as relações de cada pessoa com as outras" (121). Na *República*, a justiça está arraigada em um estado de alma individual, e é com base nisso que Platão pode responder à objeção de Glauco e Adeimanto de que agir de forma injusta poderia ser bom para o agente injusto. Mas Platão se esforça para justificar sua definição intrapessoal de justiça argumentando que é precisamente, e exclusivamente, um agente com o estado interno que ele descreve que se comportará com relação aos outros de maneira coerente com o sentido mais comum, interpessoal de "justiça" (442e-444a). Portanto, para Platão, assim como para Aristóteles, a justiça, por sua natureza, afeta as relações entre o indivíduo e os outros, e para Aristóteles, assim como para Platão, um estado interno de virtude plena é a melhor garantia de que as relações de um indivíduo com os outros serão justas. Por isso, parece-me razoável considerar que a caracterização que Aristóteles faz da justiça universal como "virtude completa" (NE V.1, 1.129b26-1.130a13) – expressão que aparece em um parágrafo onde ele faz alusão à *República* – é muito mais um aceno em direção a Platão do que uma crítica a ele. O começo da *Ética a Nicômaco* vol. 2 marca, em seguida, uma forte ruptura com Platão, quando Aristóteles anuncia que aquilo que em geral se entende por "justiça" não é a virtude completa, mas sim um elemento particular dela, e prossegue na investigação dessa justiça "particular" no restante do Livro V sem praticamente fazer qualquer outra menção à justiça universal (ela volta a ser brevemente considerada no capítulo 11).

Além disso, mesmo que Kraut estivesse inteiramente correto, a "justiça universal" de Aristóteles seria ampla o suficiente para incluir a caridade entre seus constituintes. Assim, quando os seguidores cristãos de Aristóteles dizem que a justiça universal requer que se garanta a subsistência dos pobres, eles querem dizer apenas que a *caridade* requer que se proporcione a eles tal subsistência.

9. Augustine, *City of God*, Livro XIX, capítulo 21, pp. 951-2.
10. Vitoria, "On the American Indians", Questão 2, Artigo 4, Questão 3, Artigo 5 (pp. 265-72, 287-8).
11. *Metaphysics of Morals*, Parte 1, Introdução, parágrafo C; Rawls, *Political Liberalism*, sobretudo as Conferências I, IV e VI.
12. Para uma discussão sobre esses *slogans*, ver o capítulo 3, seções 3 e 5.
13. Terence Irwin, que traduz *axia* por "valor" (*worth*), comenta: "Eu posso merecer e ter direito a um auxílio-desemprego porque não estou trabalhando, mas o fato de não estar trabalhando dificilmente pode ser considerado parte do meu valor." (Irwin, *Nicomachean Ethics*, p. 326.)
14. Capítulo 2, parágrafo 3. Para o uso que Kant faz da linguagem do "mérito" ou "valor", ver sua *Foundations of the Metaphysics of Morals*, pp. 435-6.
15. Wittgenstein, *Philosophical Investigations*, parágrafo 69.
16. "...os homens que lutam e morrem pela Itália desfrutam efetivamente do ar e da luz comuns, e de pouco mais que isso; destituídos de casas e de lares, eles vagam sem rumo com suas mulheres e seus filhos... eles lutam e morrem em benefício de outros que vivem na riqueza e no luxo, e, apesar de serem vistos como senhores do mundo, não têm sequer um pedaço de terra que lhes pertença" (Plutarch, *Tiberius Gracchus*, pp. 165-6). É claro que esse argumento de Graco pode ser facilmente formulado na linguagem da justiça distributiva aristotélica – os soldados merecem a terra em virtude dos serviços que prestam ao Estado; somente sua condição de necessidade não lhes daria uma pretensão legítima a isso. Ainda assim, esse reconhecimento de méritos nos pobres, e o apelo à eqüidade como um fundamento para a distribuição de recursos materiais pelo Estado, é muito pouco usual no mundo pré-moderno. (Agradeço a Dan Brudney por ter chamado minha atenção para a importância dessa citação.)

A respeito de Morus, ver o capítulo 1, seção 4.

17. Wittgenstein, *Philosophical Investigations*, parágrafo 67.

1. De Aristóteles a Adam Smith

1. Ver *Theory of Moral Sentiments*, p. 269 e a nota de rodapé nessa mesma página.
2. Winch, *Riches and Poverty*, p. 100.
3. Griswold, *Adam Smith and the Virtues of Enlightenment*, p. 250.

4. Em termos estritos, esse primeiro sentido de justiça para Aristóteles incorpora todas as ações virtuosas relacionadas a *outras pessoas*. Isso inclui os atos de coragem e de moderação, à medida que afetam outras pessoas, mas exclui todos aqueles atos e também outras virtudes que simplesmente objetivem nosso próprio desenvolvimento. Mas aqui não iremos abordar esse refinamento.

Para uma argumentação que desenvolve a idéia de que a "justiça universal" de Aristóteles é significativamente distinta daquilo que Platão denomina "justiça", ver Kraut, *Aristotle*.

5. É possível que Aristóteles quisesse especificar ainda um terceiro tipo de justiça particular: aquilo que ele denomina "justiça recíproca" no Livro V, capítulo 5. A justiça recíproca deveria ser aplicada a transações de mercado e, de fato, foi sob esse nome que a noção medieval de "preço justo" se desenvolveu. Mas os pensadores medievais tenderam a assimilá-la à justiça corretiva, denominando-as conjuntamente "justiça comutativa" (a justiça nos intercâmbios comerciais, entendendo-se a atividade de mercado como um intercâmbio voluntário, ao passo que o crime era entendido – para uma das partes o era com certeza – como um intercâmbio não-voluntário). De qualquer maneira, a justiça recíproca não faria parte da justiça distributiva: ela seria *sui generis* ou cairia no âmbito da justiça corretiva. Ver as excelentes discussões apresentadas em J. W. Baldwin, *Medieval Theories of the Just Price*, pp. 11-12, 63-4; em D. D. Raphael, *Concepts of Justice*, pp. 57-8; e em Sarah Broadie e Christopher Rowe, *Aristotle*, pp. 339, 343.

6. Nos termos de Rawls (ver a Introdução), o conceito aristotélico de justiça distributiva requer que a distribuição se faça de acordo com o mérito, e as concepções que estão sob esse conceito diferem quanto ao tipo de mérito que é relevante, por exemplo, para distribuições políticas.

Kraut afirma que "Aristóteles ...ignora o fato de que, por vezes, as distribuições não se baseiam no mérito, mas em algum outro critério" (Kraut, *Aristotle*, p. 146). De acordo com Kraut, "se há comida e outros recursos disponíveis para serem distribuídos entre os necessitados, então a justiça exige que parcelas maiores sejam concebidas àqueles que têm necessidades maiores". Mas não é de todo correto dizer que Aristóteles simplesmente ignora esse ponto, como se ele necessariamente a tivesse aceito caso pensasse em discuti-la. Em vez disso, os textos de Aristóteles sugerem fortemente que ele não a teria aceito, pois a justiça distributiva, para ele, estava *essencialmente* vinculada ao mérito e não à necessidade. Os seguidores cristãos de Aristóteles certamente consideraram que a justiça distributiva é governada por uma norma de mérito, não de necessidade: se A precisasse muito mais de sapatos do que B, mas se B fosse mais virtuoso do que A, então era B, e não A, quem se considerava "merecedor" dos sapatos. E uma interpretação fiel do que Aristóteles diz a respeito de justiça distributiva sugere que ele teria endossado essa posição.

7. Ver, por exemplo, *Politics* III.6-13 e VI.2-3.

8. Ele discute outras propostas de distribuição de propriedade em II.7, e uma vez mais não as coloca sob a rubrica da justiça.

9. Pode parecer que há tensão entre aquilo que estou dizendo aqui e o argumento de Martha Nussbaum, segundo o qual, para Aristóteles, "o objetivo do planejamento político consiste na distribuição aos indivíduos da cidade das condições para que uma boa vida humana possa ser escolhida e vivida" (Nussbaum, "Nature, Function, and Capability", p. 145). Mas a ênfase de Nussbaum ao explicar Aristóteles (em contraste com sua própria concepção de justiça distributiva), está nas afirmações: (1) que uma concepção da boa vida humana é necessária para a política e (2) que Aristóteles muitas vezes, e talvez mesmo em geral, sustenta que os Estados deveriam ter o objetivo de ajudar cada indivíduo e não a sociedade entendida como algum tipo de totalidade orgânica (ibid., pp. 155-60). Ela não quer dizer que Aristóteles fosse a favor de uma redistribuição da propriedade, e de fato adverte para que não se faça uma leitura de sua própria interpretação de Aristóteles com base em qualquer agenda moderna. Defendendo o uso que faz da expressão "concepção distributiva" em sua interpretação de Aristóteles, ela afirma:

"Portanto, parece que 'distributiva' é a melhor palavra que se pode empregar. Mas certamente não é a ideal; entre outras coisas, poder-se-ia supor que contenha sugestão de que os bens a serem dispostos pertençam, previamente, ao governo, ou ao legislador, que, em conseqüência, desempenha o papel do doador beneficente. Também se poderia entender que essa expressão sugere que o resultado final será algum tipo de propriedade privada dos bens em questão. Ambas as sugestões seriam equivocadas no que se refere à teoria de Aristóteles. Sua opinião sobre a situação prévia dos bens é muito pouco clara, mas com certeza ele não os considera pertencentes ao 'Estado', e examina como alternativas possíveis numerosas formas de arranjo que envolvem pelo menos alguma propriedade comum e/ou uso comum" (ibid., p. 147, nota 2).

10. Cicero, *De officiis*, I.20-59, III.21-28.

11. Nussbaum, "Duties of Justice, Duties of Material Aid", que agora se tornou um capítulo de *The Cosmopolitan Tradition*.
12. Nussbaum, "Duties", pp. 189-91.
13. *De officiis*, 1.20.
14. *De officiis*, 1.51-52 e *De finibus*, II.117, III.62-63.
15. *Summa theologiae*, II-II, Q 61, A2; ver também A1 e A3.
16. Tanto Jerome Schneewind (*Invention of Autonomy,* pp. 78-80) como Knud Haakonssen (*Natural Law and Moral Philosophy*, pp. 26-30) afirmam que Grócio introduziu a distinção entre direitos "perfeitos" e "imperfeitos". É verdade que Grócio assentou a base para essa distinção (LWP 35-36), mas ele nunca utiliza as expressões "direito perfeito" e "direito imperfeito". Em vez disso, ele fala de "um direito legal em sentido próprio ou estrito" e de algo que é menos do que isso, que ele chama de "aptidão". Será que algo que é menos deveria também ser concebido como um direito, embora não se trate de um direito legal ou não "própria ou estritamente" legal? Ou será que deveria ser concebido como algo de uma natureza diferente – uma exigência moral que, em princípio, não poderia fazer parte do âmbito legal? Grócio nada diz a respeito, e não utiliza a palavra "direito" para suas aptidões. Estas últimas, no entanto, não parecem ser direitos em sentido algum, mas apenas um tipo de qualidade moral que, *se fosse aperfeiçoada*, contaria como uma "faculdade" e portanto como um direito (I.I.iv-v). Podemos dizer que, para Grócio, há somente direitos perfeitos, juntamente com exigências morais que não chegam a alcançar o *status* de um direito. Por isso, é equivocado dar a estas últimas o nome de "direitos imperfeitos": isso nos deixa com uma impressão muito forte de que tais exigências tenham algum tipo de *status* legal, que é precisamente aquilo que Grócio quer negar a elas. Para Grócio, uma exigência é ou não é um "direito"; a expressão "direito perfeito" é redundante, e ele não a emprega. Foi Pufendorf quem primeiro utilizou as expressões "direito perfeito" e "direito imperfeito" – e ele pretendia dar a este último um *status* quase-legal (veja a discussão que faço mais adiante neste capítulo).
17. Schneewind, *Invention*, pp. 79-80.
18. *Law of War and Peace*, I:3, 37; II.xii.ix.2, 347-348; II.xxv.ii.3, 579; III.xiii.iv.1, 759-760.
19. Ibid., I.ii.viii.2-10, 71-75; II.i.xiii.1, 182.
20. *Law of Nature and Nations*, I.i.3-4, 5-6. Todas as "entidades morais", para Pufendorf, devem ser impostas à realidade, embora algumas o sejam por seres humanos e outras por Deus. Ver também Schneewind, *Invention*, 121-122.

21. Pufendorf foi o primeiro a interpretar o chamado "direito de necessidade" mais como uma extensão da beneficência do que como uma questão de justiça estrita. Hont e Ignatieff chamam corretamente a atenção para esse ponto em "Needs and Justice", pp. 30-1. Mas o que eles não observam é que Pufendorf também aproximou da justiça a beneficência em geral – entendendo-a mais como uma virtude governada por leis – do que seus predecessores haviam feito. Por isso, ele não enfraquece o direito de necessidade tanto quanto poderia parecer.

22. A abordagem de Locke dos direitos de propriedade, segundo a qual o trabalho constitui a base primária e original de todas as reivindicações de propriedade, viria a ser fervorosamente adotada por defensores dos trabalhadores nos séculos XVIII e XIX. A afirmação segundo a qual é o trabalho que constitui a propriedade se presta a reforçar argumentos em defesa do fato de que os trabalhadores pobres merecem mais do que ganham. O próprio Locke, que estava bem mais interessado nos direitos dos proprietários de terras do que nos direitos dos trabalhadores, argumentou no sentido oposto: qualquer um que recebesse bens de quaisquer tipos, do Estado ou de indivíduos caridosos, deveria ser obrigado a trabalhar. A idéia que ele tinha para uma solução do problema da pobreza era tornar as *Poor Laws* da Inglaterra ainda mais rígidas e punitivas do que já eram, por exemplo pela criação de instituições que obrigassem todos os que estivessem recebendo ajuda a trabalhar, inclusive crianças com mais de três anos de idade; ver o seu "Draft of a Representation Containing a Scheme of Methods for the Employment of the Poor". (A. J. Simmons discute cuidadosamente, e com mais empatia do que eu, a concepção que Locke tinha da caridade, em *Lockean Theory of Rights*, capítulo 6.)

Ainda assim, Locke contribuiu, mesmo que involuntariamente, para uma importante mudança na noção de mérito. O tipo de mérito que Aristóteles tinha em mente ao discutir a distribuição de bens era o mérito aristocrático: a realização virtuosa, graças à qual se poderia merecer honra, ou a habilidade política (*phrónesis*), que permitiria à pessoa merecer um cargo político. Em um grau menor de importância, ele também pode ter considerado os méritos de acordo com os quais os artistas fazem jus a honrarias e o "mérito" que deve ser atribuído a um sócio de uma parceria comercial quando ele coloca mais capital ou mais esforço no empreendimento conjunto em questão. No entanto, os tipos de coisas que os trabalhadores faziam eram, na visão aristotélica, depreciadores e não meritórios, e certamente não eram a base primária, e muito menos a única, a partir da qual demandas de *status* social e bens materiais pudessem ser feitas. Locke, ao menos implicitamente, derruba essa concepção aristocrática de mérito.

Observe que o mérito lockiano ainda se limita a dar aos trabalhadores pobres um direito a uma certa parcela de bens materiais. Que qualquer pessoa, simplesmente em virtude de ser humana, pudesse merecer apoio material é uma noção que só viria a ser amplamente aceita no século XX. Somente então se passou a aceitar que as crianças, os deficientes e os desempregados tivessem um direito a receber auxílio. (Ver também Introdução, página 22.)

23. Como Dan Brudney me mostrou, Locke fala aqui de um "título" à caridade individualizado e, algumas frases antes, ele chega mesmo a mencionar "um direito" dos necessitados ao "excedente" dos bens das pessoas mais abastadas. Mas parece claro, a partir do contexto, que o "título" ou o "direito" em questão é, em primeiro lugar, um direito moral e não legal e, em segundo lugar, um direito somente àquilo de que a pessoa necessita para livrá-la da inanição. Dessa maneira, Locke está falando sobre o direito de necessidade, e por isso é mais surpreendente que ele trate até mesmo disso como uma questão de "caridade", e não como um direito (embora sua afirmação de que se trate de uma questão de "caridade" esteja de acordo com o ponto de vista de Pufendorf; ver a nota 21).

Portanto, mal-entendidos a respeito dessa passagem de Locke surgem se não se leva em conta que ele está falando daquilo que os teóricos do direito natural denominam "direito de necessidade" (ver a seção 2 deste capítulo). Uma confusão semelhante pode surgir com outros dos primeiros pensadores modernos. Thomas Hobbes declara que é contrário à lei da natureza "empenhar-se em reter aquelas coisas que são supérfluas para si próprio, mas necessárias para outros" (*Leviathan*, capítulo 15, parágrafo 17), mas deixa claro na frase seguinte que por "necessário" ele entende apenas aquilo que uma pessoa precisa "para sua conservação". Não é uma lei da natureza, para Hobbes, que os ricos devem em geral dar apoio aos pobres, mas simplesmente que os ricos devem abrir mão de parte de sua abundância nos casos em que um pobre não sobreviveria sem esse auxílio. (Os pontos de vista de Hobbes sobre o apoio do Estado aos pobres são muito semelhantes aos de Locke: ver *Leviathan*, capítulo 30, parágrafos 18 e 19.)

De modo semelhante, Thomas Reid sustenta que o direito natural à propriedade deve ser limitado pelo "direito de um homem inocente às coisas indispensáveis da vida", àquilo de que precisa para "necessidade presente e certa". Reid defende essa afirmação dizendo que "assim como, em uma família, a justiça exige que as crianças, que não são capazes de trabalhar, e que aqueles que são incapacitados em virtude de doença, tenham suas necessidades satisfeitas com recursos tirados do estoque comum, assim também na grande família de Deus, na qual a humanidade em seu conjunto são as crianças de uma família comum, penso que a justiça, bem como a caridade, exige que as necessidades daqueles que, pela providência de Deus, são incapacitados para suprirem a si próprios, devem ser sustentados com aquilo que de outra forma poderia ser reservado para necessidades futuras" (*Active Powers*, V.5, pp. 423-4). D. D. Raphael considera isso, em *Concepts of Justice*, p. 236, como uma antecipação de argumentos modernos a favor da justiça do Estado de bem-estar social. No entanto, embora possa ser útil recorrer à analogia de Reid para esclarecer ou defender o que hoje denominamos justiça distributiva, o próprio Reid nada mais pretendeu defender exceto o tradicional direito de necessidade (isto fica especialmente claro quando se lê a passagem em seu contexto, no qual se argumenta a favor de outras características classicamente aceitas da interpretação que o direito natural oferecia para os direitos de propriedade).

24. George Clarke (org.), *John Bellers*, pp. 55, 86, 88. Nascido em 1654, Bellers é o responsável pelo "mais minucioso conjunto de ensaios sobre reforma educacional, social e econômica que seria escrito por uma única pessoa durante o século XVII" (Clarke, *John Bellers*, p. 80), e sua proposta para a criação de "colégios de industriosidade" (*"colleges of industry"*) – pequenas vilas nas quais os pobres encontrariam alojamento, emprego, educação, companheirismo e proteção contra calamidades legais e médicas – estava muito além dos albergues e da ajuda aos pobres existentes em seu tempo. A idéia dessas vilas antecipava as comunidades utópicas de Robert Owen no início do século XIX e as "Cidades-Jardins" (*"Garden Cities"*) de Ebenezer Howard no começo do século XX. Em muitos sentidos, Bellers foi um precursor da noção de que a sociedade poderia e deveria se reorganizar para eliminar totalmente a condição da pobreza. No entanto, nem mesmo ele formulou suas propostas na linguagem da justiça, nem apelou a qualquer direito que os pobres pudessem ter à abolição da pobreza. Ao contrário, ele se referia às suas propostas, freqüentemente como uma forma superior (*better*) de caridade (48-49, 55, 88), observando, ao falar aos seus companheiros quacres, que obras de caridade destes lhes permitiam "demonstrar a cristandade de [nossa] fé" (48). Bellers também manifestou a preocupação de que "os cor-

pos de muitos pobres, que poderiam e deveriam ser templos para o Espírito Santo habitar, são os receptáculos de tanto vício e pestilência" (88) e recomendou suas propostas dizendo que elas poderiam acabar com "a profanidade da blasfêmia, da embriaguez etc., juntamente com a ociosidade e a penúria de muitos no país; alguns vêem nessas qualidades nocivas dos pobres uma objeção a esse empreendimento, ainda que outros vejam nisso justamente uma forte razão a favor dele: pois quanto mais viciosos os pobres são, maior é a necessidade de esforços para corrigi-los" (55; ver também 52). Longe de proclamar a ajuda aos pobres como algo que merecessem, Bellers só estava disposto a admitir que, apesar de serem desmerecedores nas condições vigentes, propiciar-lhes auxílio poderia ajudá-los a se tornarem mais merecedores. De uma forma muito cristã, para Bellers a salvação precede as exigências da justiça. Programas de bem-estar podem expressar a abundância de amor que os cristãos recebem de Deus, e essa abundância é concedida da mesma maneira que um ser abençoado distribui bondade a inferiores indignos, e não da maneira como um grupo de seres humanos o faria para ajudar seus iguais a conseguir aquilo que lhes é devido.

25. Hutcheson, *Short Introduction*, II.iv.v.
26. Ibid., II.ii.iii.
27. Ibid.
28. Hont e Ignatieff associam o direito de necessidade à justiça distributiva em "Needs and Justice", p. 29. É a justiça comutativa, não a distributiva, que lida com questões de propriedade na tradição do direito natural (ver, por exemplo, ST II-II Q61 A1, A3, Q62A1).
29. Nesse ponto, Aquino de fato sugere, e diz explicitamente em *Summa theologiae*, II-II Q66 A2, que um dos objetivos do direito de propriedade é o de permitir que cada pessoa atenda às necessidades de outras. Ele cita Ambrósio e *I Timóteo* 6:17-18 em A2, no sentido de que as pessoas ricas devem dar pão aos famintos e roupas aos desnudos. No entanto, esse "dever" não chega a ser uma obrigação de justiça: os ricos são os administradores (*stewards*) dos bens do mundo, e uma das obrigações dessa administração é a de ajudar os pobres a satisfazerem suas necessidades. Mas, uma vez que "os que sofrem carências são extremamente numerosos" (A7), fica por conta do julgamento e da vontade de cada pessoa rica determinar para quem e quanto doar. Não há um sentido em que qualquer pessoa pobre específica, ou grupo específico de pessoas pobres, em condições normais tenha um direito à propriedade da pessoa rica, tal que possam exigir o uso dessa propriedade ou determinar de que maneira a pes-

soa rica deve empregá-la. O dever que Ambrósio e Timóteo impõem aos ricos é um dever de caridade, pelo qual eles podem ser chamados a prestar contas perante Deus e a lei de Deus, mas não perante os seres humanos e a lei humana.

30. Aquino trata esse direito, estruturalmente, de maneira muito semelhante ao modo como trata um direito de derrubar o governo. Este último é inserido na resposta a uma objeção, no final de um artigo cuja tônica geral é a de que "a sedição sempre é um pecado mortal" – e essa resposta argumenta que a tirania, por contradizer o propósito de qualquer governo, na verdade não é, em absoluto, um governo, e por isso derrubá-la não constitui sedição (ST II-II, Q42, A2, R3). De novo, para Aquino é preciso que toda a ordem normal da justiça entre em colapso antes que se possa dispensar as normas que ele acredita devem vigorar de forma absoluta, e, novamente, ele não reconhece que esteja abrindo mão dessas normas, uma vez que, no caso da tirania, elas já perderam seus fundamentos e seu domínio de aplicação apropriados.

31. Aqui eu revisei ligeiramente a tradução de Blackfriars, que traz "sofrendo de inanição" ("*starving*"), em vez de "faminta" (a palavra latina é *famis*). Essa alteração está de acordo com a tradução que se pode encontrar em *The Political Ideas of St. Thomas Aquinas*, uma vez que "*starving*" significa, em inglês corrente, "estar sob risco de morrer de fome", que é precisamente o caso ao qual Aquino pensa que o direito de necessidade *realmente* se aplica.

32. Não é inteiramente claro que justificativa ele oferece para essa afirmação, uma vez que também não está inteiramente claro que justificativa ele oferece para a ordem da propriedade como um todo. Às vezes, ele dá a entender, como Aquino, que aquilo que justifica a propriedade individual é sua efetividade na satisfação de necessidades humanas, daí que tal propriedade possa ser trunfada quando necessidades urgentes e desesperadas não podem ser satisfeitas por meio de bens regularmente possuídos. Mas também há fortes sugestões de uma justificação hobbesiana da propriedade, como uma forma de concessão à ambição e ao egoísmo humanos criada para impedir conflitos constantes (II.ii.3-5, 188-189). Neste caso, a exceção que se aplica aos casos de necessidade tem origem, presumivelmente, no fato de que se alguém insistisse em seus direitos de propriedade em casos assim, isso geraria violência. "Com respeito a todas as leis humanas – incluindo a lei que regula a propriedade", diz Grócio, "parece que a necessidade suprema é excetuada." E ele cita Sêneca: "A necessidade, a grande fonte da fraqueza humana, rompe toda lei

[humana]" (LWP II.vi.2, 4, 193-194). No entanto, nessa linha de raciocínio, a justificação do direito de necessidade não se apóia em nada que seja peculiar às leis da propriedade.

33. Pufendorf incorpora condições do mesmo tipo ao direito de necessidade: "Uma vez que somente uma necessidade inevitável permite que alguém faça uso da força para pleitear aquilo que lhe é devido em virtude de uma obrigação imperfeita, é óbvio que todos os esforços deveriam ser feitos para se verificar se não há alguma maneira de impedir a ocorrência de tal estado de necessidade... por exemplo, procurando um juiz, prometendo restituição uma vez que a maré de nossa sorte comece a se mostrar mais favorável, ou oferecendo nossos serviços em troca." (LNN II.vi.6, p. 305)

34. MacIntyre, *Whose Justice? Which Rationality?*, p. 307.

35. Na maior parte desses casos, uma sociedade inteira é ameaçada por uma crise que torna sem sentido seu sistema de justiça, de modo que se pode supor que esses casos nada dizem quanto à possibilidade de um *indivíduo* ter alguma vez um motivo moral para colocar de lado as normas de justiça de sua sociedade. Mas há uma passagem em que Hume (E 187) fala de um "homem virtuoso" que se vê sozinho entre "rufiões" e que nesse caso tem, pensa Hume, um direito de fazer o que for preciso para sobreviver. De modo que Hume realmente endossa o direito de necessidade em sua forma tradicional, individualizada, embora por razões que poderiam deixá-lo relutante em descrever essa permissão moral como um "direito", estritamente falando. Mas seu ponto de vista não está muito distante do de Grócio, que cita Sêneca quando este diz que "a necessidade... rompe toda lei humana" e defende o direito de necessidade com base no fato de que aqueles que originalmente estabeleceram o sistema de propriedade teriam concordado que tal sistema não deveria vigir em tempos de grave necessidade. (LWP 193-194; ver nota 32) Podemos dizer que, para Grócio, a suspensão da propriedade em tempos de necessidade é justa, ao passo que, para Hume, é moralmente correto que a própria justiça seja suspensa; no entanto, dado o forte vínculo que há entre propriedade e justiça para esses dois autores, isso não chega a ser uma distinção importante.

36. Novamente, utilizo aqui a tradução que está em *Political Ideas of St. Thomas Aquinas*. Apesar de a tradução de Blackfriars não utilizar a palavra "transmitir" ("*communicate*"), ela aparece no texto em latim e propicia a ligação que Aquino quer fazer com *I Timóteo*.

37. O primeiro caso diz respeito ao homicídio numa situação de naufrágio, e o terceiro, ao dano causado a cidadãos inocentes duran-

te uma guerra – mas esses são casos padrão nos quais se considerava, nos escritos de Grócio e seus seguidores, que o direito de necessidade se aplica. Smith claramente conhecia e aceitava o direito de necessidade da tradição jurisprudencial.

38. Hont e Ignatieff dizem que, para os pensadores pós-grocianos, o direito de necessidade era entendido como uma "exceção" às normas de propriedade, e não como uma característica estrutural e vigente dessas normas (NJ 25-26, 29), ao passo que, para Aquino, esse direito constituía uma característica permanente e estrutural da justiça. Mas isso não é verdadeiro. Também para Aquino a necessidade constituía uma exceção às normas de propriedade.

39. Naturalmente, Smith propôs que um mercado livre de cereais seria mais efetivo para prevenir a ocorrência de fomes epidêmicas do que leis que policiassem o mercado de grãos. No entanto, é falso dizer, como fazem Hont e Ignatieff, que Smith discorda de James Steuart e do Abade Galiani quanto à questão de se o preço dos alimentos "deveria ser regulado pelo governo, [mesmo] em tempos de grave necessidade" (NJ 14), e que Smith, diferentemente de Galiani, insistia que qualquer tentativa de estabilizar os preços dos alimentos no curto prazo viria a "pôr em risco... uma solução de longo prazo para as crises recorrentes na produtividade agrícola" (NJ 17, 14-18). Na verdade, ele aceitou explicitamente o controle dos preços do pão em alguns casos: "Onde há uma corporação exclusiva [de padeiros], talvez seja apropriado regular o preço dessa necessidade básica da vida." (WN 158) De maneira semelhante, ele afirmou que um pequeno país em condições de escassez pode legitimamente proibir a exportação de cereais (WN 539; ver a discussão em Fleischacker, *On Adam Smith's Wealth of Nations*).

40. "Afirma-se que a comunidade de bens é parte do direito natural, não porque esse direito exija que tudo seja possuído em comum...: mas porque a distribuição de propriedade é uma questão... [para] o acordo entre os homens, que é aquilo de que trata a lei positiva." (ST II-II, Q66, A2, R1) Isto é, o direito natural permite a propriedade individual de bens, mas deixa que a lei positiva determine exatamente como essa propriedade deve se estabelecer. Do ponto de vista apenas do direito natural, os bens são destituídos de proprietários, em vez de serem possuídos em comum: Aquino sustenta uma concepção que na literatura posterior foi denominada "comunidade negativa", em vez de uma "comunidade positiva", dos bens no estado de natureza (e Grócio, Pufendorf e Locke o seguiram nisso). Ver Richard Tuck, *Natural Rights Theories*, pp. 20-2. De acordo com Tuck,

foi um membro da ordem franciscana (rival da ordem de Aquino), Duns Scotus, quem formulou de maneira mais poderosa a concepção segundo a qual o direito natural se opõe a direitos individuais de propriedade para pessoas que se encontram em um estado de inocência (presumivelmente, é a nossa condição corrompida – nosso irremediável estado de egoísmo e inveja uns dos outros – que requer que dividamos o mundo dessa forma). Mesmo Scotus, segundo a interpretação de Tuck, não afirma que o mundo, originalmente, era tido em comunidade positiva, como uma posse coletiva de todos os seres humanos: "O uso comum, para Scotus, não era *dominium* comum: não era verdade que a raça humana tivesse coletivamente o tipo de direito sobre o mundo que, digamos, um mosteiro beneditino tinha sobre suas propriedades. Em vez disso, cada ser humano era simplesmente capaz de tomar para si aquilo de que necessitasse, e não tinha nenhum direito de excluir outra pessoa daquilo que a ela fosse necessário." (21). Portanto, nem mesmo Scotus sustenta que os seres humanos tivessem originalmente vivido em uma "comunidade positiva" e, de fato, Pufendorf, que faz um grande esforço para explicitar as fontes de concepções de "comunidade positiva", as atribui a Virgílio, Sêneca, Ovídio, e outros poetas, mas não a Scotus (LNN IV.iv.8-9; 542-547).

41. Tuck, *Natural Rights Theories*, p. 20.

42. De maneira semelhante, Hont e Ignatieff dizem, na p. 29, que Grócio "reduziu de tal modo o âmbito da justiça distributiva que o direito ao roubo em caso de necessidade ou o direito a comprar cereais a um preço justo – que são direitos de merecimento e exigências da necessidade – foram teorizados como exceções, e não como regras, como o haviam sido na jurisprudência tomista". Tanto no que se refere ao preço justo como no que se refere ao direito de roubo em estado de necessidade, eles novamente interpretam Tomás de forma inteiramente errada. Aquino teorizou o direito de necessidade precisamente como uma exceção, e não como uma regra, e certamente ele não o incluiu no âmbito da justiça distributiva. Para Tomás, tanto o direito de necessidade como o preço justo estão incluídos sob o nome de justiça comutativa (sobre "preços justos", ver ST II-II, Q61, A2, A3, Q77, A1, e Baldwin, *Medieval Theories*, pp. 62-3, 71-80).

43. Hont e Ignatieff observam que essa frase aparece com palavras quase idênticas em panfletos econômicos da época de Locke, mas que "em nenhum desses panfletos econômicos o paradoxo da reconciliação de direitos de propriedade com direitos de necessidade foi posto como um problema de justiça" (42). Mas também para Locke isso não se constituía em um problema de justiça.

44. Vale a pena notar que isso foi publicado quatro anos antes do *Segundo Discurso* de Rousseau. Na verdade, quando Rousseau escreveu o *Segundo Discurso*, ele ainda era um grande admirador de Hume e pode ter empregado alguns dos termos de Hume para formular sua crítica da propriedade.

45. A passagem não diz que é "injusta" a distribuição desigual de bens, pela qual aqueles que trabalham mais são os que ganham o mínimo. No entanto, em uma versão anterior de *A riqueza das nações*, Smith realmente afirma: "Supondo-se... que o produto do trabalho da multidão fosse dividido de maneira igual e eqüitativa, deveríamos esperar que cada indivíduo poderia ser mais bem provido do que o seria uma única pessoa trabalhando sozinha. Mas, com relação ao produto do trabalho de uma grande sociedade, nunca há tal coisa como uma divisão eqüitativa e igual. Em uma sociedade de cem mil famílias, haverá talvez uma centena de famílias que não trabalham de modo algum, mas que, a despeito disso, seja por meio da violência, seja recorrendo a uma forma mais ordenada de opressão imposta pela lei, fazem uso de uma parte maior do trabalho da sociedade do que quaisquer outras dez mil famílias nela existentes." (ED 563-564)

46. Às vezes, em troca, Smith se refere a um rei "africano", como no final de *A riqueza das nações* I.i, mas nas *Lectures on Jurisprudence*, p. 339, encontramos a menção a um "príncipe indígena", e em "Early Draft", p. 563, a um "chefe de uma nação selvagem da América do Norte".

47. William Herzog, por exemplo: "[a expulsão de camponeses pobres]... oferece um contexto para entender a observação de Jesus: 'Na verdade, sempre tereis os pobres convosco e, quando quiserdes, podeis fazer-lhes o bem.' (Marcos 14:7) Por que há sempre pobres? Porque sempre há opressores provenientes das classes dominantes que despojam o povo. Longe de ser um dito sobre a inevitabilidade de haver pobres, é um dito amargo sobre a onipresença da opressão e da exploração." *Jesus, Justice, and the Reign of God*, p. 142. Ver também John Dominic Crossan e Richard Watts, *Who Is Jesus?*: "Jesus e seus companheiros camponeses viram-se em um sistema de injustiça estruturado. Em situações de opressão, sobretudo nos casos em que a injustiça está tão entranhada no sistema que ela parece normal, ou mesmo necessária, os únicos que são inocentes ou abençoados são aqueles que foram deliberadamente expelidos, como lixo humano, do funcionamento do sistema. Se Jesus tivesse de difundir essa mensagem entre nós hoje, ela poderia se apresentar da seguinte forma: 'Somente os que não têm onde morar são inocentes'... Enquanto

participantes de sistemas sociais injustos, nenhum de nós tem as mãos limpas ou uma consciência limpa." (p. 50)

48. Compare com A. Gray, *Socialist Tradition*, pp. 39-40.

49. Não obstante, a exaltação dos pobres nos Evangelhos e os arranjos comunais nos *Atos dos Apóstolos* viriam a inspirar alguns programas políticos protocomunistas muitos séculos mais tarde; ver Gregory Claeys (org.), *Utopias of the British Enlightenment*, p. xviii, e A. S. P. Woodhouse (org.), *Puritanism and Liberty*, p. 384 (para um uso que os Diggers fizeram dos *Atos dos Apóstolos* 4:32); ver também Desroche, *American Shakers*, citado na nota 53.

50. Conforme Bertrand de Jouvenel escreve: "Deve-se... observar que [em comunidades monásticas] os bens são compartilhados sem que isso seja questionado porque eles são desprezados. Os membros da comunidade não anseiam aumentar seu bem-estar individual à custa uns dos outros, mas isso ocorre porque eles não têm nenhuma ambição por esse aumento. Seus apetites não estão dirigidos para bens materiais escassos, pelos quais há competição; eles estão voltados para Deus, que é infinito." (*Ethics of Redistribution*, pp. 14-15).

51. Em 1534, um grupo de anabatistas, primeiro sob a liderança de Jan Matthias e depois de Jan Bockelson (conhecido como Jan de Leyden), acabou por controlar o conselho municipal de Münster. Matthias proclamou uma comunidade de propriedade por toda a cidade – em nome, é importante observar, do "amor", e não da justiça (a propriedade privada "ofende o amor", dizia ele, e deveria ser abolida entre os cidadãos de Münster "pelo poder do amor e da comunidade") – e Jan de Leyden acrescentou a isso a comunidade de mulheres (de que ele próprio tirou proveito, tomando para si quinze esposas durante seu reinado de um ano). Ambos também conclamaram que fossem mortos todos os que estivessem fora da fé verdadeira; o segundo Jan decapitou uma de suas novas esposas com suas próprias mãos, e por fim instituiu a execução para qualquer um que discordasse dele. Depois de um cerco que durou um ano, a cidade foi capturada por forças católicas, e Jan de Leyden e muitos outros foram torturados e executados. Os corpos de Jan de Leyden e de dois outros líderes foram colocados em gaiolas dependuradas na ponta da torre de uma igreja, de onde pedaços e fragmentos caíram ao longo de meio século; as gaiolas ainda podem ser vistas hoje. Em anos posteriores, os dois Jans foram por vezes vistos como heróis visionários da luta de classes, que anteciparam o comunismo. Na verdade, eles parecem ter sido em parte visionários religiosos, e em parte megalomaníacos cruéis sem nenhum interesse especial pelo bem-estar dos pobres.

Para uma descrição vívida desses eventos, ver Anthony Arthur, *The Taylor-King*. Arthur discute a abolição da propriedade nas pp. 53-4.

52. Também conhecidos como os "Verdadeiros Niveladores" ("True Levellers"), os Diggers constituíam um pequeno grupo de protestantes radicais que acreditavam na completa igualdade de todos os seres humanos; dessa crença, eles derivaram compromissos com o pacifismo e com a noção de que a Terra como um todo era uma propriedade comunal de todos. Seguindo esta última crença, cinqüenta deles se propuseram a cultivar ("*dig*") a St. George's Hill em 1649; daí o nome do grupo. Seu líder ideológico, Gerard Winstanley, foi um um dos primeiros quacres.

É importante observar que a forma de argumentação dos Diggers era quase que inteiramente religiosa. Para os Diggers, todas as reivindicações de propriedade da terra constituíam violações do oitavo mandamento, "não roubarás". O espírito de Jacó, que segundo eles fora morto por Esaú e revivido por Cristo, é de mansidão e partilha, um espírito que reconhece que a razão e o espírito – que são apenas aspectos do "Grande Criador, que é o Espírito Razão" – deixam claro que a verdadeira comunidade só é possível onde ninguém governa ninguém e ninguém exclui ninguém de qualquer porção da Terra. Cristo exige que todos os indivíduos tenham uma completa liberdade para seguir os comandos do espírito e da razão que há dentro deles. Era preciso que os "israelitas ingleses" fossem libertados da escravidão dos normandos malvados, mas logo chegaria o dia em que "o espírito de Cristo, que é o espírito da comunidade e da liberdade universais, se erguerá, e... [as] águas puras de Siloé... [irão] cobrir... aquelas ribanceiras de servidão, blasfêmia e escravidão" (Woodhouse, *Puritanism and Liberty*, p. 384).

Quase nem é necessário assinalar que essa visão não é adequadamente caracterizada como uma expressão de justiça. Trata-se de uma visão escatológica, que tem raízes em premissas que não são seculares, mas teológicas, e que, apesar do uso que faz da palavra "razão", se exprime em uma linguagem concebida para atrair somente aqueles que compartilham de uma certa fé religiosa. A justiça, a virtude que expressa a lei natural, e não a divina, a virtude que pode ser universalmente apreendida, mesmo por aqueles que não têm fé, não aparece em lugar algum em tal visão. É de presumir que os Diggers considerassem essa virtude desprovida de fé como uma obra de Esaú e daqueles que erroneamente acreditam que o domínio dos homens é compatível com o domínio de Deus.

53. Sobre os Shakers, ver Edward Derning Andrews e Faith Andrews, *Work and Worship*, e Desroche, *American Shakers*, pp. 185-210; sobre Oneida, ver Mark Rosen, "The Outer Limits of Community Self-Governance in Residential Associations, Municipalities, and Indian Country", pp. 1.074-77 e a literatura que é citada nesse artigo.

Desroche tem uma introdução curta excelente da história toda do milenarismo cristão (57-64), assim como boas discussões, ao longo de seu livro, sobre a relação entre essa vertente do pensamento religioso e o socialismo secular.

54. Ver J. G. A. Pocock, *The Machiavellian Moment*.

55. Woodhouse, *Puritanism and Liberty*, p. 53.

56. Até mesmo os Diggers se preocupavam com os direitos políticos, pelo menos tanto quanto se preocupavam com os direitos econômicos. Seu manifesto, *The True Levellers' Standard Advanced*, reclama do fato de as pessoas estão sujeitas ao "poder de mando" (*rule*) de outras pessoas e descreve as divisões econômicas entre proprietários de terras e trabalhadores como apenas uma manifestação dessa desigualdade de "poder de mando" ou de "domínio" (*em* Woodhouse, *Puritanism and Liberty*, pp. 379-80). O que mais diferenciava os Diggers dos outros Levellers é que eles pareciam ser a favor da anarquia: "A carne do homem, estando sujeita à Razão, sua Criadora, a tem como sua professora e governanta dentro de si, e portanto ele não precisa correr à procura de qualquer professor e governante." Foram as "imaginações egoístas", e os descendentes de Esaú, carnais e ambiciosos, que "realmente fizeram com que um homem ensinasse e governasse outro homem. E desse modo matou-se o Espírito" (379-380). Para os Levellers mais convencionais, essa condenação da autoridade política era anátema. Eles abjuravam a anarquia e reagiam indignados à sugestão de que seu movimento pudesse promover idéias parecidas (Woodhouse, *Puritanism and Liberty*, 59-60; também rejeitavam qualquer sugestão de que se opusessem à propriedade privada). O que distinguia os Diggers, portanto, era primariamente uma atitude com relação à política, e não à economia.

Naturalmente, os Diggers também requeriam que todos tivessem uma parcela igual de toda a riqueza, ou pelo menos de toda a terra (382-383), mas, novamente, uma das principais razões para essa reivindicação era a de que consideravam que a desigualdade na distribuição da terra fomentava a desigualdade no poder político.

57. More, *Utopy*, pp. 129-30.

58. Ibid., pp. 131, 86-98.

59. Thomaso Campanella, "City of the Sun" (1623), em Henry Morley (org.), *Ideal Commonwealths*, p. 148.
60. George Clarke (org.), *John Bellers*, p. 84.
61. Ibid., pp. 85, 88.
62. Traduzido como "Nature's Domain", em Manuel e Manuel (orgs.), *French Utopias*, pp. 93-4.
63. Os habitantes do Taiti de Diderot fazem o mesmo; ver "Love in Tahiti", em Manuel e Manuel (orgs.), *French Utopias*.
64. Claeys (org.), *Utopias*, p. xvii.
65. Ibid., pp. 3-4; ver também "An Account of the Cessares", em ibid., p. 121, e "Memoirs of the Planets", ibid., p. 184.
66. Manuel and Manuel (orgs.), *French Utopias*, p. 93.
67. Ibid., p. 93.
68. Morley (org.), *Ideal Commonwealths*, p. 148.
69. Ibid., p. 149.
70. More, *Utopia*, pp. 75-6, 83-4.
71. Manuel e Manuel (orgs.), *French Utopias*, pp. 106-7.
72. O artigo 3 do sumário dos pontos de vista de Babeuf diz que "a natureza impôs a cada homem o dever de trabalhar; ninguém pode, sem cometer um crime, abster-se de trabalhar" (David Thomson, *Babeuf Plot*, p. 33).
73. Furet, *Revolutionary France, 1770-1880*, p. 176.
74. Trattner, *From Poor Law to Welfare State*, p. 4. A interpretação de Trattner da prática pré-moderna em relação aos pobres parece-me mal orientada, mas ele nos oferece um belo resumo da história dessa prática; ver também Brian Tierney, *Medieval Poor Law*, e F. R. Salter (org.), *Some Early Tracts on Poor Relief*.
75. E onde isso era suplementado, digamos, pelo apoio que as guildas propiciavam a seus membros, esse apoio também estava intimamente vinculado a princípios e afiliações religiosas. Até a Reforma, as guildas "participavam de festas e procissões religiosas e mantinham suas próprias capelas e altares nas igrejas da paróquia" (Jonathan Israel, *Dutch Republic*, p. 120). As guildas podiam ser muito generosas com seus membros, fornecendo não somente dinheiro e alimentos para os seus membros idosos e doentes, mas até mesmo "pequenas habitações [gratuitas]... para certas categorias de pobres incapacitados de sair de casa". Mas elas representavam um modelo de assistência a outras pessoas que lembra um moderno esquema de seguro compartilhado ou, no melhor dos casos, uma família que cuida de seus próprios membros. Nada havia em seus sistemas de assistên-

cia que sugerisse que todas as pessoas merecessem uma assistência, e muito menos uma participação na distribuição da riqueza.

76. Jan de Vries e Ad van der Woude, *First Modern Economy*, p. 654.

77. Tierney, *Medieval Poor Law*, p. 53.

78. A concepção de Agostinho sobre o pobre de corpo saudável era amplamente compartilhada: "A Igreja não deve prover o sustento de um homem que é capaz de trabalhar,... pois homens fortes, que estejam certos de obter sua comida sem trabalhar, muitas vezes negligenciam a justiça." (Tierney, *Medieval Poor Law*, p. 58) "Se alguém que pede for desonesto", diz Rufinus em seu comentário sobre o *Decretum*, "e especialmente se ele for capaz de obter seu alimento por meio de seu próprio trabalho e deixar de fazê-lo, de modo a optar por pedir esmolas ou roubar, em vez de trabalhar, não há dúvida de que nada lhe deve ser dado, mas ele deve ser corrigido... a não ser que esteja a ponto de perecer em virtude da necessidade" (ibid., p. 59).

79. É claro que, alternativamente, se poderia ver na condenação à "ociosidade" e à "embriaguês" que perpassa o discurso político sobre os pobres nos séculos XVIII e XIX uma reminiscência de crenças cristãs mais antigas.

80. Tierney, *Medieval Poor Law*, pp. 55-7, 61.

81. Ibid., p. 151, nota 46.

82. "Inicialmente, a Igreja Reformada, como sucessora da Igreja Católica Romana, definiu suas responsabilidades de uma maneira ampla, de modo a incluir a assistência a quase todos os cristãos. ... no curso da primeira metade do século XVII, [no entanto],... todas as denominações religiosas [vieram] a estabelecer seus próprios diaconados e a manter orfanatos e asilos para os idosos. No caso extremo de Amsterdam, agências paralelas de ajuda aos pobres existiram para os Reformados, Reformados Valões, Católicos Romanos, Anabatistas, Luteranos e Judeus sefardins e asquenazes. Em certa medida, essa estrutura surgiu do temor de que a Igreja Reformada atraísse convertidos em virtude de seus maiores recursos de caridade. Mas sua longevidade – essa estrutura durou até o século XX – reflete a crença difundida de que cada denominação formava um grupo natural de afinidade, uma "nação" dentro do Estado, que tinha como uma de suas responsabilidades primárias a de cuidar de seus membros" (de Vries e van der Woude, *First Modern Economy*, p. 656).

83. Ibid., *First Modern Economy*, p. 655.

84. Sobre Hamburgo, o Império Germânico e a Suécia, ver T. W. Fowle, *Poor Law*, p. 23.

85. Em 1531, a Inglaterra impôs a exigência de que "prefeitos, juízes de paz e outras autoridades locais" prestassem assistência aos pobres. Ao mesmo tempo, essa norma restringiu de várias maneiras os movimentos dos pobres e determinou a punição de mendigos de corpo saudável. Tanto os aspectos construtivos como os punitivos dessa medida têm antecedentes que remontam a 1349 (Trattner, *From Poor Law to Welfare State*, pp. 8-12).

86. "O problema era o de colocar os pobres em uma posição em que não fossem capazes de infligir nenhum dano", diz Ferdinand Braudel. "Em Paris, os doentes e inválidos sempre eram enviados aos hospitais, ao passo que os aptos eram acorrentados uns aos outros, em pares, e empregados na tarefa pesada, exigente e interminável de limpar os esgotos da cidade. Na Inglaterra, as *Poor Laws*... eram, na verdade, leis *contra* os pobres. ... Abrigos para os pobres e os indesejáveis gradualmente surgiram por todo o Ocidente, condenando seus ocupantes ao trabalho forçado em *workhouses*, *Zuchthäuser* ou *Maisons de force*" (Braudel, *Capitalism and Material Life*, p. 40). Ver também Trattner, *From Poor Law to Welfare State*, que cita a recomendação do estatuto de 1531 de que os mendigos de corpo saudável "fossem amarrados nus à extremidade de uma carroça e castigados com açoites por todo o corpo... até que ficassem ensangüentados" (p. 8), e observa que tanto a *Poor Law* de 1536, do reinado de Henrique VIII, como a *Poor Law* elisabetiana de 1601 autorizavam a marcação a ferro, a escravização e até mesmo a execução por transgressões repetidas de mendicância (pp. 9-11). Apesar disso, Trattner entende que essas *Poor Laws* reconheciam que algumas pessoas pobres "mereciam" auxílio e lhes garantiam um "direito legal" genuíno a tal auxílio (p. 11). É mais apropriado entendê-las como uma forma de *administrar* a pobreza, por meio de uma combinação de punições e incentivos, no interesse da sociedade mais ampla; muito pouco ou nada a respeito delas sustenta a alegação de que propiciassem aos pobres um direito a receber auxílio.

87. As *Poor Laws* inglesas operavam substancialmente por meio de representantes (*wardens*) da Igreja até meados do século XVIII. Os juízes de paz também desempenhavam um papel, já em 1531, e cada vez mais com o passar do tempo, mas foi somente no final do século XVIII que a lei, ao que parece, colocou toda a administração do sistema nas mãos de autoridades seculares. Ver a lista de estatutos em Paul Slack, *English Poor Law*, pp. 59-64.

88. Lynn Lees escreve que a "'cidadania social' com um direito à subsistência chegou à Inglaterra e ao País de Gales com as *Poor*

Laws, e não com o governo trabalhista de 1945" (*Solidarities of Strangers*, p. 39). As pessoas de uma paróquia, ela diz, "tinham um direito a receber ajuda e sabiam disso". Mas a interpretação de Lees é anacrônica. As *Poor Laws* certamente não tinham semelhança alguma com o moderno estado de bem-estar social, mesmo porque estavam mais preocupadas em manter os pobres em seu lugar, e em punir aqueles que estivessem em boas condições físicas, mas optassem pela mendicância, do que em lhes garantir auxílio.

Além disso, há problemas metodológicos com as afirmações de Lees. Ela diz que "boa parte das evidências para a noção de que os pobres reivindicavam um direito de subsistência de sua paróquia precisa ser inferida do comportamento deles" (p. 79), mencionando um motim de 1765 contra uma nova lei que objetivava substituir o auxílio recebido em liberdade por *workhouses* como uma evidência da crença dos pobres em tal direito. Porém, temos de ser cuidadosos com tais evidências. Em primeiro lugar, o exemplo de Lees não demonstra exatamente aquilo que ela diz que o exemplo demonstra. Os manifestantes que, em 1765, diziam que iriam "lutar por suas liberdades" protestavam contra uma lei que os condenaria às *workhouses* – as "liberdades" em questão eram, claramente, "liberdades" no sentido corrente: liberdades para trabalhar, viver e se movimentar de acordo com a própria vontade. Não há a necessidade de supor uma "liberdade" ou direito adicional de ser resgatado da penúria.

Em segundo lugar, um "direito à subsistência" não é a mesma coisa que o "direito à manutenção social" que o Partido Trabalhista de 1945 tentou instituir por meio de um programa de bem-estar social compreensivos. O máximo que as *Poor Laws* garantiam era o *alívio* de necessidades que pusessem em risco a vida da pessoa – e isso, também, somente para as pessoas que não fossem capazes de trabalhar, e não para pessoas fisicamente saudáveis, mas que tinham dificuldade para encontrar um trabalho.

Em terceiro lugar, mesmo se as pessoas sujeitas à *Poor Law* realmente reconhecessem o auxílio que lhes era propiciado como um direito *legal*, isso não nos diz se elas acreditavam que a *justiça* exige que os países estabeleçam sistemas de auxílio aos pobres. É crucial distinguir entre direitos legais e direitos morais. O fato de algo ser reconhecido como um direito legal não é suficiente para se poder dizer que essa coisa é também reconhecida como uma exigência de justiça. Segundo muitas concepções da política, o Estado pode legitimamente perseguir outros fins que não a justiça. O Estado pode, por exemplo, perseguir a glória nacional e, no curso de fazê-lo, oferecer certas gratificações para as pessoas que se alistam nas forças armadas. Assim, se você se alista, terá um direito àquelas gratificações estabelecidas pela lei, sem que se possa dizer que a *justiça* exija que você tenha tais privilégios. De maneira semelhante, uma Igreja estabelecida pode acabar investindo seu clero de muitos direitos legais, mas até mesmo os membros desse clero poderiam admitir que não é em virtude da justiça que eles têm tais direitos.

Dizer que as pessoas têm um direito moral, por oposição a um direito meramente legal, a alguma coisa é o mesmo que dizer que se a lei não lhes garante essa coisa, ela deveria garanti-la. Se você tem um direito moral a X, então você também deveria ter um direito legal a X. Um Estado que não garante tal direito legal de decretar as leis relevantes será injusto nesse aspecto. Talvez a injustiça seja grande o suficiente para justificar a desobediência civil ou mesmo a rebelião; talvez seja pequena demais para justificar isso. Se, ao contrário, você tem um direito legal a X, você pode ou não ter também um direito moral a X. O direito legal pode ser independente de direitos morais, como nos casos dos privilégios militares e clericais; pode refletir um direito moral, como no caso do direito à liberdade de culto, ou pode *violar* direitos morais, os direitos garantidos pela justiça, como é exemplificado pelos direitos que os Estados Unidos pré-Guerra Civil garantiam aos senhores sobre seus escravos.

Esse é um ponto importante a ser esclarecido porque é característico de evidências extraídas do comportamento de pessoas que não têm nenhuma formação em teoria legal e moral, como é o caso das pessoas cujo comportamento Lees discute, que não sabem dizer se são direitos legais ou direitos morais os que estão em questão – e, por isso, se as evidências comprovam se há ou não uma concepção de justiça guiando tal comportamento. Com base no fato de que as pessoas pobres tentavam com freqüência obter tudo que lhes era possível das *Poor Laws*, não podemos dizer que elas considerariam seu país injusto se tais leis não existissem. De maneira semelhante, quando E. P. Thompson mostra como multidões de pobres no século XVIII impunham coercitivamente o cumprimento de antigas tradições contra a exportação de cereais da província que os cultivava, ou exigiam a abertura dos depósitos de cereais em tempos de escassez, parece plausível supor, na interpretação que Thompson apresenta desses fatos, que a razão pela qual essas multidões supunham que tivessem um "direito" a fazer isso é que elas se lembravam de *leis* que lhes concediam um tal direito, e não que elas tivessem uma concepção de justiça de acordo com a qual esse direito deveria ser a lei, quer ele o fosse efetivamente ou não ("The Moral Economy of the English Crowd", em Thompson, *Customs in Common*). No entanto, é difícil dizer, já que os pobres não escreveram tratados explicando a base teórica de suas ações. Como Thompson acidamente observa, "eles não eram filósofos" ("Moral Economy Reviewed", em *Customs in Common*, p. 275).

Portanto, a evidência comportamental que Lees aduz é insuficiente para sustentar a afirmação que ela quer fazer – a de que uma noção de justiça social existia entre pessoas do povo na Inglaterra, pelo menos de forma embrionária, desde o início do século XVII. O que bastaria para mostrar isso? Ora, ela relata que nas manifestações anti-*Poor Laws* de 1837 e 1838, as pessoas carregavam cartazes dizendo que "os pobres têm um direito a obter subsistência de seu país" e que "Deus, a Natureza e as Leis dizem que os homens não morrerão de necessidade em meio à fartura" (*Solidarities of Strangers*, p. 164). Essas pessoas claramente consideravam o auxílio aos pobres como um direito moral, e não meramente legal, e entendiam que pelo menos uma garantia de subsistência era algo que a justiça exigia de cada Estado. Se tivéssemos evidências de pessoas expressando pontos de vista semelhantes a estes nos séculos XVI, XVII e início do século XVIII, então poderíamos razoavelmente concluir que uma noção genuína de justiça social "chegou [à Inglaterra e ao País de Gales] com as *Poor Laws*, e não com o governo trabalhista de 1945" (p. 39). Mas Lees não nos oferece tais evidências.

89. Edith Abbott, *Public Assistance*, vol. 1, pp. 6, 74; grifo meu.

90. T. H. Marshall, *Right to Welfare*, p. 84. Ver também Mary Ann Glendon, "Rights in Twentieth-Century Constitutions".

2. O século XVIII

1. Neil McKendrick, "Home Demand and Economic Growth", pp. 191-4. As citações foram extraídas de uma peça de Henry Fielding de 1750 e de uma peça de J. Hanway de 1756, respectivamente, e podem ser encontradas em McKendrick, pp. 191-2.

2. Gordon Wood, *Radicalism of the American Revolution,* pp. 32, 235-41.

3. Ver Benedict Anderson, *Imagined Communities*, e Thomas Laqueur, "Bodies, Details, and the Humanitarian Narrative".

4. John Wood, introdução do editor a *Barber of Seville and the Marriage of Figaro*, de Beaumarchais, p. 23.

5. Ak 20:44, tal como foi traduzido [no original em inglês – N. do T.] em Immanuel Kant, *Practical Philosophy*, p. xvii.

6. Essa foi a contribuição de Rousseau para o grande debate sobre a natureza do mal que resultou do terremoto em Lisboa, debate esse para o qual Voltaire fez uma célebre contribuição em *Cândido*.

7. Smith ridicularizou a noção de que o direito à propriedade privada pudesse de alguma forma levantar suspeita sobre o direito que o Estado tem de tributar seus súditos. Ver as *Lectures on Jurisprudence*, p. 324, e minha discussão relativa a Smith e Hume sobre os direitos de propriedade em *On Adam Smith's Wealth of Nations*, Parte IV.

8. Kant percebeu isso claramente: sobre os dois primeiros *Discursos* e *A nova Heloísa*, ele disse "que apresentam o estado de natureza como um estado de inocência... deveriam servir somente como um prelúdio a *O contrato social*, ao *Emílio* e ao *Profession de foi du vicaire Savoyard*, [de Rousseau] de modo que possamos encontrar uma saída do labirinto de mal onde nossa espécie se enredou por sua própria culpa. Rousseau não queria que o homem realmente voltasse ao estado de natureza, mas sim que ele o examinasse, retrospectivamente, a partir do estágio que já havia alcançado" (Kant, *Anthropology*, p. 244 [Ak 326]).

É muito pouco provável que Kant tenha sido o único a fazer essa leitura: ela é agora uma interpretação-padrão de Rousseau. No entanto, vários entusiastas de Rousseau no final do século XVIII não perceberam a distinção entre o estado de natureza e o estado de sociedade na obra de seu mestre – com resultados desastrosos.

9. Ver a nota "o" (a décima quinta das notas de Rousseau) do segundo *Discurso* (FSD 221-222).

10. Uma qualificação. No seu sentido antigo, a "política" podia abranger nossas vidas sociais como um todo, e não somente a natureza de nossos governos, e Rousseau, em sua preocupação com o que significa ser um "cidadão", continua a conceber a política dessa forma. Mas isto significa que pode ser um pouco equivocado dizer, numa linguagem moderna, que Rousseau se preocupava com a desigualdade e com a pobreza somente em relação à "política". Para Rousseau, o *amour propre* pode corromper ampla e profundamente a maneira como o *status* social é conferido. No entanto, uma vez que vivemos em sociedade, grande parte de nossa atenção privada inevitavelmente se preocupará com nosso *status* social, e, se somos erroneamente admirados ou desprezados e, em particular, se somos colocados em relações de dependência psicológica ou de dominação relativamente a outras pessoas, nossas vidas privadas, e não somen-

te nossa relação com o governo, serão seriamente prejudicadas. De modo que não é inteiramente correto dizer que Rousseau estivesse desinteressado da "vida privada" dos pobres, mas é certamente correto afirmar que suas preocupações não se estendiam muito adentro desse âmbito, *exceto* no que se refere ao *status* social deles. Ele diz muito pouco ou nada sobre as dificuldades que resultam simplesmente de se viver em estado de necessidade, de ter de realizar trabalho demais, de ter recebido uma instrução inadequada, e assim por diante. Isso contrasta fortemente com o retrato que Smith faz dos pobres, como veremos adiante, e com as preocupações de distributivistas dos séculos XIX e XX.

Agradeço a Dan Brudney por ter me apontado a necessidade de tratar desse ponto, e também agradeço a ele, assim como à obra recente e muito instigante de Fred Neuhouser sobre Rousseau, por terem me indicado a melhor maneira de abordar a questão.

11. DPE 133; compare com *O contrato social*, Livro 1, capítulo 8. Kant, é claro, viria a converter de político em moral esse *insight* sobre a relação entre a liberdade e a lei.

12. *Discourse on Political Economy*, p. 147; compare com *O contrato social*, Livro 2, capítulo 11.

13. Himmelfarb, *Idea of Poverty*, p. 61.

14. Ibid., p. 62.

15. Ibid., p. 46.

16. Trattner, *From Poor Law to Welfare State*, p. 18.

17. Ver o texto da Introdução, nota 2.

18. Daniel A. Baugh, "Poverty, Protestantism and Political Economy", p. 80.

19. Ibid., p. 83.

20. Ibid., p. 85.

21. *Wealth of Nations*, p. 29. Observe que aqui Smith identifica a *si próprio* com uma pessoa que em geral é considerada como aquela que está na posição mais baixa do estrato social mais baixo.

22. As pessoas do estrato social mais baixo, disse Bernard de Mandeville, "não têm nada que as motive a ser prestativas a não ser suas necessidades, que é prudente mitigar, mas estupidez curar" (*Fable of the Bees*, volume 1, p. 194). É preciso que haja necessidade para motivar os pobres: "Se ninguém tivesse necessidades, ninguém trabalharia." Aqui, Mandeville ecoa William Petty, segundo o qual se deveriam manter os pobres ocupados, ainda que fosse apenas para mover "pedras de Stonehenge para Tower Hill, ou algo assim; pois, no pior dos casos, isso manteria suas mentes voltadas para a disciplina e

a obediência, e seus corpos, preparados para trabalhos mais pacientes e mais proveitosos quando isso se fizesse necessário", e antecipa Arthur Young, que declarou, em 1771, que "somente um idiota não sabe que as classes baixas precisam ser mantidas pobres, ou jamais serão laboriosas" (Baugh, "Poverty, Protestantism and Political Economy", pp. 77, 103, nota 74). De modo que os salários devem ter um teto máximo, e as horas de lazer, ser restringidas. Os pobres devem trabalhar longas horas por salários baixos, caso contrário perderiam inteiramente o hábito do trabalho. A prática comum de "trabalhar durante quatro dias para beber durante três, o sábado, o domingo e a boa e santa segunda-feira, que são devotados ao prazer" (Neil McKendrick, "Home Demand and Economic Growth", p. 183) era maléfica, e ilustrava bem como os pobres se viciam na indolência e na bebida.

Smith diz, especificamente sobre esta última prática e de modo geral sobre a noção de que os pobres são preguiçosos, que "um ritmo de trabalho excessivo durante quatro dias da semana é, com freqüência, a causa real da ociosidade nos outros três, da qual se reclama tanto e em tão alta voz. Um trabalho muito grande, seja da mente ou do corpo, que prossiga ao longo de vários dias, é naturalmente seguido, na maior parte das pessoas, por uma grande vontade de relaxamento, algo que... é quase irresistível... Se não se atenta para isso, as conseqüências são, com freqüência, perigosas, e às vezes fatais... Se os chefes sempre ouvissem os ditames da razão e da humanidade, muitas vezes eles fariam melhor em moderar, e não em instigar, o ritmo de trabalho de muitos de seus trabalhadores" (WN 100).

23. Os escritos sobre os pobres, tanto na Inglaterra como na Escócia, estavam permeados pela suposição de que os pobres tendem a ser pessoas de vícios inerentes, que não se podem erradicar, sendo o principal deles o vício do alcoolismo. "A *Poor Law* escocesa", escreve T. M. Devine, "tinha por base um conjunto de valores e de atitudes que supunham que... os pobres eram pobres em virtude de defeitos de caráter, indolência e intemperança. Segundo esse ponto de vista, somente a combinação de uma *Poor Law* rigorosa, a expansão da escolarização e a difusão do cristianismo evangélico poderiam salvar a sociedade urbana da catástrofe moral" ("The Urban Crisis", pp. 412-3). Na Inglaterra do século XVII, John Bellers defendia suas propostas para ajudar os pobres dizendo que elas poderiam acabar com "a impiedade da blasfêmia, do alcoolismo etc., e com a ociosidade e a penúria de muitos no país; essas qualidades nocivas dos pobres constituem para alguns uma objeção a esse empreendimento, embora para outros constituam uma forte razão em seu favor" (Clarke [org.], *John*

Bellers, p. 55; ver também p. 52). Para Daniel Defoe, os vícios conectados da indolência e do alcoolismo podem ser um traço racial característico, algo peculiar aos pobres ingleses: "há uma corrupção geral pela preguiça entre nossos pobres, nada é mais comum do que um inglês trabalhar até que seus bolsos fiquem cheios de dinheiro, para então ficar ocioso, ou talvez bêbado, até que tudo isso acabe, e que talvez até mesmo fique endividado; e se você lhe perguntar o que ele pretende fazer, ele lhe dirá honestamente que irá beber enquanto o dinheiro durar, para então ir trabalhar a fim de conseguir mais... caso se pudesse fazer com que tais Atos do Parlamento fossem eficazes a ponto de curar a indolência e a luxúria de nossos pobres, isso faria com que os beberrões cuidassem da mulher e dos filhos, que os perdulários poupassem para dias mais difíceis, que os indolentes e preguiçosos se tornassem pessoas diligentes, que homens broncos e imprudentes se tornassem cuidadosos e previdentes... e logo haveria menos pobreza entre nós." ("Giving Alms No Charity", pp. 186-8)

Esses pontos de vista permaneceram no século seguinte. Tanto na ocasião em que a lei original de proteção às Friendly Societies (sociedades de ajuda mútua) foi proposta em 1793, como na ocasião em que foi emendada em 1819, o debate indagava, em grande medida, se tais sociedades contribuiriam para aliviar ou piorar as tendências dos pobres para o alcoolismo. (De um relatório de 1793 da Secretaria de Agricultura: "Associações de ajuda mútua, que se reúnem em '*public houses*' [*pubs*], aumentam o número desses estabelecimentos [os *pubs*] e naturalmente levam à indolência e à intemperança." [citado em Gosden, *Friendly Societies*, p. 3])

24. Ver também as *Lectures on Jurisprudence*, p. 363. Na página 540, Smith atribui a tendência para o alcoolismo entre os pobres à educação deficiente: uma pessoa "que não tenha idéias com as quais ela possa se entreter", diz ele, "se entregará ao alcoolismo e à arruaça".

25. Henry Fielding foi somente um dos muitos autores que, nos séculos XVIII e XIX, se preocuparam com o obscurecimento de distinções sociais resultante do consumo de bens de luxo pelos estratos sociais mais baixos: "A própria escória do povo", ele escreveu em 1750, "aspira... a uma posição que está além daquela que lhes pertence". O famoso relatório de 1797 de Sir Frederick Eden "reclamava constantemente do esbanjamento, pelos pobres, com luxos desnecessários e com bugigangas supérfluas" e até mesmo Elizabeth Gaskell, escrevendo em meados do século XIX, se sentiu compelida "a oferecer alguma explicação para as extravagâncias de... esposas de trabalhadores" que cediam às suas vontades de presunto, ovos, manteiga e cre-

me de leite (McKendrick, "Home Demand and Economic Growth", pp. 176-168, 191-2). McKendrick escreve que os contemporâneos de Smith "se queixavam de que aquelas marcas notáveis de distinção entre as classes estavam sendo obliteradas pela extravagância dos estratos sociais inferiores; e de que moças trabalhadoras estavam usando grã-finismos inadequados, até mesmo vestidos de seda" (p. 168).

26. Laqueur, "Bodies, Details, and the Humanitarian Narrative", pp. 176-7.

27. Apesar disso, há vários estudos interessantes e refletidos sobre a política de Kant. Recomendo sobretudo as obras de Jeffrie Murphy, Susan Meld Shell, Howard Williams, Onora O'Neill e Allen Rosen listadas na bibliografia, juntamente com a coleção organizada por Ronald Beiner e William Booth. Eu próprio contribuí para essa literatura em *A Third Concept of Liberty*.

28. Outras evidências para isso podem ser encontradas na escassez de referências, nas obras de Kant, a autoridades tradicionais nos campos da política e da jurisprudência. Não há menção alguma de Bodin, Montesquieu, Grócio, Pufendorf ou Vattel na *Metafísica dos costumes*; Grócio e Pufendorf são incluídos em uma lista de pensadores políticos no comentário de Kant a *Essay on Natural Right*, de Hufeland. Em *A paz perpétua*, ambos são desdenhosamente tratados, juntamente com Vattel, como autoridades superestimadas.

Pelo que descobri, o único predecessor de Kant que utiliza a expressão "justiça distributiva" de modo semelhante é Hobbes: "A justiça distributiva, a justiça de um árbitro... [é] o ato de definir o que é justo. Pelo qual, ... se ele corresponder à confiança que nele se depositou, se diz que tal árbitro distribui a cada homem o que lhe é devido: e esta é, com efeito, uma distribuição justa" (*Leviathan*, I.15; ver também a crítica de Hobbes à noção de Aristóteles de justiça distributiva em *Do cidadão*, III.6). Hobbes, no entanto, está *rejeitando*, nessa passagem, a distinção habitual entre justiça comutativa e justiça distributiva, de modo que, se Kant se apóia em Hobbes sem se dar conta de que o uso que Hobbes faz é anômalo, isso é mais uma evidência de que ele não conhecia ou não levava em consideração a literatura corrente da tradição do direito natural.

29. E, ajeitando as cartas contra o proponente de um direito de necessidade, o exemplo que Kant apresenta é o de uma pessoa "que, para salvar sua própria vida, empurra uma outra pessoa... para fora de uma prancha na qual havia subido para se salvar" (MM introdução, apêndice, ii, 60). Os defensores tradicionais do direito de necessidade não concordariam em considerar que esse exemplo de Kant

seja um exemplo legítimo de tal direito – Grócio, citando Lactâncio de modo aprovador e precisamente sobre esse caso, diz explicitamente que não se pode invocar o direito de necessidade para justificar ações que coloquem em risco a vida de outra pessoa (LWP 194-195), enquanto Pufendorf descreve, como um emprego legítimo do direito, somente a tentativa de um náufrago de *impedir* que uma outra pessoa, também vítima do naufrágio, suba na prancha onde ele já se encontrava, o que é algo muito diferente, quer na filosofia moral de Pufendorf, quer na de Kant, de empurrar para fora alguém que já se encontrava sobre a prancha (*On the Duty of Man and Citizen*, I.5; 54; nos exemplos que Pufendorf apresenta em LNN II.vi.3, 299, também há diferenças sutis, mas importantes, com relação ao exemplo de Kant). E Kant nem mesmo considera a possibilidade de que a lei da necessidade fosse destinada apenas a permitir medidas que poderiam salvar uma vida à custa de outras normas menos importantes da justiça. Essa caracterização equivocada da lei da necessidade sugere novamente uma falta de familiaridade com a tradição da jurisprudência.

30. Ver, por exemplo, David Boaz, *Libertarianism*, pp. 47, 97.

31. *Metaphysics of Morals*, pp. 136, 172; *Conflict of Faculties* (Ak 92-93).

32. Ver também as notas de Collins, em Kant, *Lectures on Ethics*, organizado por Peter Heath e J. B. Schneewind, pp. 416, 455.

33. Essa tese tem uma extensa genealogia. Brian Tierney, ao mencionar a visão dos canonistas medievais segundo a qual os ricos devem suas "superfluidades" aos pobres, a explica dizendo que "os canonistas, não dispondo de quaisquer teorias sofisticadas sobre a acumulação de capital e seus possíveis efeitos sobre a produtividade..., supunham que houvesse uma quantidade fixa disponível de alimentos e outros bens. Um homem que adquirisse mais do que lhe era devido estava, nessa medida, necessariamente destituindo outro de sua parcela eqüitativa. Ele era literalmente culpado de roubo" (Tierney, *Medieval Poor Law*, 37). Tal como escreveu João Crisóstomo, um dos primeiros Padres da Igreja: "Dizei-me,... de onde vem a vossa riqueza, ricos? De quem a recebestes, e de quem [a recebeu] aquele que vos transmitiu? De seu pai e de seu avô. Mas sois vós capazes de mostrar, passando por muitas gerações, que a aquisição é justa? Isso não é possível. A raiz e a origem dela foi necessariamente a injustiça. Por quê? Porque Deus, no princípio, não fez um homem rico e outro pobre." (*Homilies on Timothy*, XII, p. 447)

34. Ver Fleischacker, "Philosophy and Moral Practice" e "Values Behind the Market".

35. A análise de Kant a esse respeito está em completa oposição ao ataque quase simultâneo que Joseph Townsend desfechou contra a ajuda estatal aos pobres e a seu elogio à caridade privada: "Nada na natureza pode ser mais repulsivo do que a mesa de pagamento [de auxílios] de uma paróquia, na qual... muito freqüentemente se encontram misturados rapé, gim, farrapos, insetos, insolência e linguagem insultuosa; e nada pode ser mais belo na natureza do que a meiga complacência da benevolência, apressando-se a ir ao casebre humilde para mitigar as carências da diligência e da virtude, para alimentar os famintos, para vestir os desnudos e para aliviar as tristezas da viúva com seus órfãos franzinos; nada pode ser mais agradável, exceto seus olhos brilhando, pelas suas lágrimas jorrando e pelas suas mãos levantadas, as expressões inocentes de gratidão genuína por dádivas inesperadas." (*A Dissertation on the Poor Laws*, p. 69) O benfeitor rico é Cristo, concedendo "dádivas inesperadas" (graça) a beneficiários indignos, mas apropriadamente agradecidos. É difícil imaginar um ponto de vista mais repugnante para Kant do que este.

36. Compare essa frase com a célebre passagem sobre a pessoa que é naturalmente compassiva no primeiro capítulo de *Foundations of the Metaphysics of Morals* (G 398).

37. Notas de Collins, *op. cit.*, p. 417. Nessa última passagem, Kant também se preocupa com o fato de que os prazeres da lisonja com os quais a caridade é recompensada poderiam levar as pessoas a praticar atos de caridade em vez de outros atos morais, menos prazerosos, ou a esperar lisonjas semelhantes por atos morais que normalmente não são recompensados dessa maneira. O entendimento sentimental da caridade pode, desse modo, corromper todo o domínio moral.

Devo dizer que essas intuições (*insights*) a respeito de como a caridade pode degradar o beneficiário e corromper o doador me parecem soberbas. Muitas vezes eu acho bastante tentador imaginar que o ato de preencher de vez em quando um cheque para uma boa causa, ou esvaziar os meus bolsos para um mendigo, expia meus outros pecados e faz de mim um maravilhoso benfeitor humano. Não devemos supor que nossas doações relativamente cômodas de bens materiais constituam a parte mais importante de nossos deveres morais, ou que haja alguma coisa de especialmente notável em se tratar problemas humanos dessa maneira voluntária, em vez de se empenhar

NOTAS 225

na criação de soluções mais amplas, políticas, para tais problemas. Desde que tenhamos o cuidado de observar que Kant *não* está dizendo que a ação virtuosa precisa ser uma experiência desagradável (a afirmação de Schiller de que a virtude kantiana exige que se deteste fazer o bem, não passava de uma caricatura, algo agora plenamente reconhecido), podemos encontrar nas críticas de Kant à caridade um conjunto muito rico e ainda altamente relevante de intuições (*insights*) morais.

38. E uma obrigação que pode ser igual para todos – em termos absolutos –, como uma proporção da renda, ou como uma proporção da renda disponível, isto é, daquela que não é empregada em gastos necessários. O segundo desses dois tipos de igualdade abre lugar para a progressividade na tributação.

39. *Lectures on Ethics*, p. 236; ver também as notas de Collins, p. 455.

40. Ver, em especial, o parágrafo 83 (mas a palavra é utilizada com freqüência e parece veicular o mesmo sentido técnico em cada uma das ocorrências. Werner Pluhar reuniu essas ocorrências no índice analítico de sua tradução, *Critique of Judgment*, p. 493).

41. Douglas, "Dissenting Opinion", pp. 244-6.

42. Especula-se muito se o trecho de *Theory of Moral Sentiments*, pp. 232-4, inserido nas revisões que Smith fez para a edição definitiva de 1790, não seria um comentário sobre a Revolução Francesa. Considerando-se que não temos nenhuma carta de Smith que mencione a revolução, e nem mesmo um comentário sobre ela que lhe seja atribuído, e também considerando que as revisões terminaram por volta de 18 de novembro de 1789 – um mês antes da criação do Clube dos Jacobinos –, vejo poucas razões para acreditar nisso.

43. De modo notório, ele diz que a revolução é absolutamente proibida pela moralidade tanto em seu ensaio de 1793 sobre "Teoria e prática" (publicado em Kant, *Practical Philosophy*) como em sua *Metafísica dos costumes*, de 1797, embora ele manifeste um entusiasmo vicário pela Revolução Francesa em seu *Conflict of the Faculties* (Ak 85), de 1778.

44. Depois que este livro já estava em processo de edição, fui alertado para o fato de que o seguidor imediato de Kant, Fichte, havia formulado explicitamente a noção, e é possível que Fichte mereça uma ênfase igual, juntamente com Babeuf, como o inventor/descobridor da moderna justiça distributiva. (Meus agradecimentos a um colega que quer permanecer anônimo.) A partir de uma abordagem

da filosofia política extremamente parecida com a de Kant, Fichte sustentou que o direito de não estar na pobreza se encontrava no mesmo nível, e se justificava pelas mesmas razões, que o próprio direito à propriedade privada:

"Ser capaz de viver é a propriedade absoluta e inalienável de todos os seres humanos. Já vimos que uma certa esfera de objetos é garantida ao indivíduo somente para um certo uso. Mas o fim último desse uso é ser capaz de viver... [Disso se segue que] um princípio para todas as constituições estatais racionais é o de que todos devem ser capazes de viver de seu trabalho,... e o Estado precisa criar disposições que assegurem isso... todos os direitos de propriedade se fundamentam em um contrato de todos com todos, que diz: 'Todos nós temos direito de conservar isso, com a condição de que deixemos que você tenha o que é seu.' Portanto, se alguém não é capaz de ganhar a vida com seu próprio trabalho, é porque não lhe foi dado aquilo que é absolutamente seu, e... o contrato fica completamente sem valor com relação a ele." (Fichte, *Foundations of Natural Right*, p. 185)

Em uma outra passagem, Fichte afirma que todo "Estado racional" deveria instituir uma distribuição de bens que garantisse a todos os seus cidadãos uma vida agradável, e que a parcela que cada cidadão teria nessa distribuição *"lhe pertence* por direito" ("The Closed Commercial State", em Reiss, *Political Thought*, p. 90). Esses dois escritos apareceram pouco tempo depois do levante abortado de Babeuf; diz-se que Fichte foi influenciado por Babeuf (Reiss, *Political Thought*, p. 16). Tanto Babeuf como Fichte, aproveitando a onda de igualitarismo trazida pela Revolução Francesa, se valeram de idéias anteriores sobre direitos e as utilizaram para desenvolver a noção que hoje cai sob a rubrica de justiça "econômica" ou "distributiva". Dos dois, Babeuf foi politicamente mais importante; Fichte foi filosoficamente mais profundo e mais rigoroso, e desenvolveu o argumento em favor da justiça econômica de uma forma notavelmente convincente.

45. Spence, "The Real Rights of Man" (texto de uma conferência proferida em 1775 e publicada em 1795; republicada em Spence, *Political Works*, p. 1); compare com Ogilvie, *An Essay on the Right of Property in Land* (1782), tal como foi citado em Noel Thompson, *Real Rights of Man*, p. 15.

46. Paine, *Rights of Man*, em *Writings*, pp. 484-502. Paine considerava-se um discípulo de Smith, recomendando suas propostas em substituição às *Poor Laws* que ele, assim como Smith, via como opressivas para os pobres, e restringindo essas propostas a instituições que

poderiam operar *fora* do mercado, em vez de sugerir qualquer tipo de controle estatal sobre o capital ou sobre o trabalho. Ele é, por isso, um precursor do liberalismo do Estado de bem-estar social, e não do socialismo.
47. *Rights of Man*, em *Writings*, p. 488, no alto da página e novamente em suas últimas linhas.
48. Supondo que elas tivessem a expectativa de obter uma aposentadoria: a própria noção é algo que Paine está essencialmente introduzindo nessa passagem.
49. *Rights of Man*, em *Writings*, p. 489.
50. *Defence of Gracchus Babeuf*, pp. 83-4.
51. Thomson, *Babeuf Plot*, p. 33. O resumo não foi escrito por Babeuf, embora ele a tenha endossado em seu julgamento. Ele também afirmou, diretamente: "Ousei conceber e defender as seguintes doutrinas: o direito natural e o destino do homem são a vida, a liberdade e a busca da felicidade. A sociedade foi criada com o propósito de garantir a fruição desse direito natural. Na eventualidade de esse direito não ser garantido a todos, o pacto social terá chegado ao fim." (*Defense of Gracchus Babeuf*, p. 20)

3. De Babeuf a Rawls

1. Por exemplo, William Thompson, *An Inquiry into the Principles of the Distribution of Wealth, Most Conducive to Human Happiness* (1824); George Ramsay, *An Essay on the Distribution of Wealth* (1836); John R. Commons, *The Distribution of Wealth* (1893); John Bates Clark, *The Distribution of Wealth* (1899).
2. Thompson, *Making of the English Working Class*.
3. Lees, *Solidarities of Strangers*, pp. 80-1.
4. Ibid., p. 165.
5. Charles Tilly, *Popular Contention in Great Britain*, p. 355.
6. Young, *General View of the Agriculture of the County of Suffolk*, tal como é citado em A. J. Peacock, *Bread or Blood*, p. 35; ver também Lees, *Solidarities of Strangers*, p. 77.
7. Himmelfarb, *Idea of Poverty*, pp. 74-5. Himmelfarb descreve o projeto de lei de Pitt dizendo que ele incluía "tributos em benefício dos salários, mensalidades para as famílias, dinheiro para a compra de uma vaca ou para algum outro propósito digno de mérito, escolas profissionalizantes para os filhos dos pobres, terras improdutivas para serem recuperadas pelos pobres e reservadas a eles, seguro con-

tra doença e velhice, relaxamento da Law of Settlement [que não permitia que uma pessoa pobre se mudasse para outra municipalidade (*parish*) diferente daquela onde fora registrada – N. do T.] e a exigência de que fosse apresentado ao Parlamento um orçamento anual para a Poor Law".
8. Lees, *Solidarities of Strangers*, pp. 73-4.
9. Ibid., pp. 161, 164.
10. *Griffith v. Osawkee*, tal como é citado por Abbott, *Public Assistance*, p. 6. Abbott escreve que "toda *Poor Law* norte-americana [desde a década de 1790] garantia à pessoa carente um 'direito de receber auxílio'" (8). Isso não é muito claro, pelo menos com base na evidência que ela aduz para sustentar o argumento. Ela cita, por exemplo, uma decisão judicial de 1802, em New Jersey, a fim de sustentar que as leis de auxílio aos pobres foram aprovadas "para impedir que a caridade de indivíduos fosse pressionada e exaurida por encargos excessivos e para que um pronto e amplo auxílio pudesse ser fornecido aos indigentes". Parece que aqui o auxílio público aos pobres era, como também havia sido na Inglaterra, um substituto para a *caridade* privada, e não a satisfação de um direito. De maneira semelhante, a Constituição do Kansas, de 1859, declarava que o auxílio seria concedido àqueles "que, em virtude de idade, enfermidade ou outro infortúnio, possam reivindicar a *compaixão e ajuda* da sociedade" (Abbott, *Public Assistance*, p. 5, o grifo é meu). A compaixão, não a justiça; a caridade, não a satisfação de direitos, eram a base da *Poor Law* norte-americana. Isso não é somente um detalhe de natureza verbal: o fato de que o fundamento do auxílio aos pobres era a caridade e não a justiça significava que os pobres não poderiam mover uma ação legal para obter auxílio e que, com efeito, poderiam até mesmo ser penalizados por aceitarem auxílio. Abbott discute um caso de 1811 no qual a Suprema Corte de New Jersey decidiu que um determinado pobre não poderia recuperar o benefício (oito dólares, acumulados ao longo de oito semanas) que lhe fora equivocadamente sonegado por um fiscal negligente; e um caso de 1911 no qual a Suprema Corte de Iowa se recusou a permitir que um homem cujos pés tiveram de ser amputados em virtude da mesquinharia de uma agência local de auxílio fosse indenizado pelo dano sofrido (20-21). Ela também observa que muitos Estados, até mesmo em 1940, destituíam aqueles que estivessem recebendo auxílio do direito de voto (127, 220-223) e que alguns desses Estados, nessa época relativamente recente, continuavam a trancafiar "miseráveis" em abrigos de pobres (*poorhouses*) (16). Por fim, ela assinala que os "pobres" cober-

tos pelas leis norte-americanas muitas vezes se restringiam àqueles que, nas palavras de uma decisão de 1892 de um tribunal de Wisconsin, eram "tão completamente destituídos de recursos, propriedade ou meios de vida que seriam incapazes de obter os meios absolutamente indispensáveis à subsistência" (17). "A ajuda pública", escreveu o juiz Brewer, tem de se limitar aos "desesperançados e dependentes" (13). E mesmo esses não tinham nenhum *direito* a tal ajuda; tudo o que podiam legitimamente reivindicar era a "compaixão... da sociedade".

11. "Em 1845, a Noruega tornou o auxílio público um direito legal para os idosos, doentes, aleijados, lunáticos e órfãos; a responsabilidade decisiva nesse campo foi confiada a comissões municipais de ajuda simultaneamente criadas. Na década seguinte, a Finlândia e a Suécia aprovaram leis que estabeleciam a obrigação legal das autoridades locais de cuidar de seus pobres; além disso, ambos os estatutos previam o direito dos pobres de apelar para autoridades mais altas contra decisões locais. No entanto, essas reformas tiveram curta existência. Menos de uma geração se passou antes que revisões das *Poor Laws* fizessem novamente da ajuda aos pobres um ato de caridade que não criava nenhum direito legal, com exceção apenas de certas categorias... Foi apenas em 1900 e 1922, respectivamente, que novas *Poor Laws* norueguesas e finlandesas restabeleceram a assistência obrigatória a todos aqueles que fossem incapazes de prover o próprio sustento. A *Poor Law* sueca de 1918 era essencialmente semelhante a essas, embora o direito de receber auxílio estivesse confinado a pessoas incapazes de trabalhar; no entanto, as autoridades locais, também tinham a liberdade de ajudar pessoas capazes de trabalhar, mas que estivessem desempregadas e passando por necessidades." (George Nelson, *Freedom and Welfare*, p. 448).

12. Ver Lees, *Solidarities of Strangers*, pp. 160-1, para uma discussão sobre Cobbett e Hodgskin. A noção de que a burguesia priva ilegitimamente os trabalhadores do produto de seu próprio trabalho perpassa toda a obra de Marx.

13. Marshall, *Principles of Economics*, pp. 2-4.

14. Citado em Mary Ann Glendon, *A World Made New*, p. 186. Roosevelt tinha profunda convicção de que os pobres tinham direito de receber auxílio. Ele adquiriu essa convicção em um momento inicial de sua carreira e freqüentemente a exprimiu e agiu com base nela; ver Thomas Greer, *What Roosevelt Thought*, pp. 11-14, 27-30.

15. Talvez esse aparente hegelianismo não seja uma coincidência: a interpretação dialética da história por Hegel foi em boa parte

inspirada pelo movimento da Revolução Francesa, que foi do radicalismo à reação, e tanto o nascimento da justiça distributiva como a reação contra ela foram, em grande medida, produtos dessa mesma revolução.

16. Townsend, *Dissertation on the Poor Laws*. Himmelfarb discute Burke, Colquhoun e Malthus em *Idea of Poverty*, pp. 66-73, 77-8 e 100-32.

17. Townsend, *Dissertation on the Poor Laws*, p. 36. "Parece ser uma lei da natureza", diz ele, "que os pobres sejam em certa medida imprevidentes e que sempre haverá alguns para realizar os trabalhos mais servis, mais sórdidos e mais ignóbeis na comunidade" (35).

18. Himmelfarb, *Idea of Poverty*, pp. 28-31.

19. Himmelfarb observa isso com respeito a Burke (ibid., pp. 70-1).

20. Young, citado em K. D. M. Snell, *Annals of the Labouring Poor*, p. 111.

21. Snell, *Annals of the Labouring Poor*, p. 111.

22. Os darwinistas sociais na Inglaterra e nos Estados Unidos nunca defenderam o genocídio (no máximo, defendiam a esterilização de alguns inaptos, o que de fato foi praticado nos Estados Unidos até a década de 1970; ver Stephen Jay Gould, *The Mismeasure of Man*, pp. 164, 335-36). Seus primos intelectuais na Alemanha, é claro, tanto defenderam como praticaram o genocídio.

23. Sobre Mandeville e "a utilidade da pobreza", ver Baugh, "Poverty, Protestantism and Political Economy", pp. 76-8.

24. Richard Hofstadter, *Social Darwinism in American Thought*, p. 21. Hofstadter escreve que era impossível, nos Estados Unidos, "ser ativo em qualquer campo de trabalho intelectual nas três décadas que se seguiram à Guerra Civil sem dominar o pensamento de Spencer" (p. 20).

O livro de Hofstadter ainda é obra de referência sobre a recepção da obra de Spencer; ele também oferece uma excelente apresentação geral do pensamento de Spencer. Para uma interpretação consisa e cuidadosa da concepção de Spencer sobre a justiça por um filósofo contemporâneo, ver Miller, *Social Justice*, capítulo 6.

25. F. A. P. Barnard, citado em Hofstadter, *Social Darwinism*, p. 18.

26. Hofstadter, *Social Darwinism*, p. 26.

27. Ibid., p. 27, resumindo *Social Statics*, pp. 311-96.

28. Seu seguidor, William Graham Sumner, previa igualmente o fim da pobreza, que se realizaria caso se permitisse que a evolução

operasse suas maravilhas: "Faça com que cada homem seja sóbrio, industrioso, prudente e sábio, e crie seus filhos para que eles também o sejam, e a pobreza será abolida em poucas gerações" (Hofstadter, *Social Darwinism*, p. 47). Os evolucionistas sociais acalentavam a expectativa de abolir a pobreza tanto quanto outros progressistas de seu tempo; eles simplesmente acreditavam que seria preciso haver uma ou duas "gerações perdidas" de pessoas inadaptadas que teriam de desaparecer para que a humanidade pudesse superar a pobreza. Isso não é terrivelmente diferente da crença marxista-leninista de que é preciso haver um período de revolução violenta, seguido de um período de ditadura, para que a humanidade possa alcançar um mundo de paz, de comunidade genuína e de satisfação das necessidades. Quando pensamos nos programas de eugenia que propunham esterilizar pessoas com QIs abaixo do normal, sem falar nos horríveis crimes dos nazistas, podemos hoje achar óbvio que Spencer e seus seguidores não tinham sequer uma centelha de humanidade dentro de si. Mas isso não é mais verdadeiro para todos eles do que o é para todos os marxistas-leninistas; em ambos os casos, talvez seja mais justo dizer que havia maneiras mais e outras menos humanitárias de entender a ideologia.

29. Hofstadter, *Social Darwinism*, p. 29.

30. Hofstadter, *Social Darwinism*, p. 30.

31. Spencer, *The Man versus the State*, p. 369; ver também p. 364.

32. Sobre os pontos de vista de Cobden a respeito das *poor rates*, ver, por exemplo, seu discurso de 18 de dezembro de 1849, em Leeds, que se opunha à remoção das *poor rates* da base de tributação do imposto territorial, e que aceitava inteiramente a legitimidade dessas *poor rates*. O discurso contém este notável eco de William Cobbett: "Os pobres têm o primeiro direito à subsistência a partir da terra" (John Bright e James Rogers [orgs.], *Speeches of Richard Cobden*, pp. 419-20). Sobre a atitude de Cobden em relação à *Poor Law* de 1834, e sobre seu complicado compromisso com o *laissez-faire* em geral, ver W. D. Grampp, *Manchester School of Economics*, pp. 103-5. Sobre sua reação à Fome do Algodão, ver Wendy Hinde, *Richard Cobden*, pp. 311-2, 316n. Cobden também fez coro com os cartistas durante um certo tempo, apoiando restrições ao trabalho infantil e foi, "ao longo de toda a sua vida, um vigoroso defensor de escolas populares para as crianças da classe trabalhadora" (J. A. Hobson, *Richard Cobden*, p. 392). Por outro lado, ele se opôs aos sindicatos de trabalhadores e a leis que restringiam as horas de trabalho – tudo em nome de uma concepção, que parece ter sustentado com plena since-

ridade, de acordo com a qual restrições ao livre-comércio prejudicariam as classes trabalhadoras. Acredito que Ian Bowen captou particularmente bem a relação ambígua de Cobden com as causas das classes trabalhadoras: "As próprias idéias de Cobden eram, no fundo, mais radicais que as de muitos outros liberais que vieram depois. Elas diferem do liberalismo posterior porque Cobden não se viu diante de uma escolha inevitável – atacar ou defender um sistema capitalista dominante. É um pouco difícil determinar agora sua exata posição, pois em sua época o capitalismo e o socialismo eram parceiros em oposição. As classes dominantes eram... os proprietários de terra a quem Cobden derrotou." (Bowen, *Cobden*, p. 63; ver também todo o capítulo 5, do qual esta passagem foi extraída).

33. William Cunningham, "Free Trade", p. 92.

34. Ver Thompson, *Distribution of Wealth*, pp. 81-5, 89-90, 103-44, 173-8, 363-5, 600.

35. No entanto, alguns autores recentes sustentaram que há uma tradição de "libertarismo de esquerda", para a qual os programas de combate à pobreza fazem parte do dever do governo de proteger a liberdade; ver Peter Vallentyne e Hillel Steiner, *Left-Libertarianism and Its Critics* e *The Origins of Left-Libertarianism*.

36. Ver, por exemplo, Hayek, *Law, Legislation, and Liberty*, capítulos 1 e 2.

37. David Boaz, no entanto, descreve Spencer como "um erudito de grande envergadura cuja obra, nos dias de hoje, é injustamente negligenciada e muitas vezes incorretamente representada" (Boaz, *Libertarianism*, p. 47). Podemos nos perguntar o que ele quer dizer com "incorretamente representada". É difícil perceber como poderia ser uma representação incorreta de Spencer dizer que ele queria que os pobres fossem extintos. Ou será que Boaz não se deu conta desses aspectos de Spencer – não obstante o fato de que aparecem por toda parte na obra de Spencer?

38. Blaug, *Economic Theory in Retrospect*, p. 408; John Bates Clark, *The Distribution of Wealth*, pp. 5, 8, 9 (os itálicos são meus).

39. Ver Frank E. Manuel, *The New World of Henri Saint-Simon*, capítulo 31. Manuel, no entanto, é bastante cínico no que se refere ao compromisso de Saint-Simon com o cristianismo.

40. Rawls escreve que "[uma] sociedade na qual todos são capazes de alcançar seu bem completo, ou na qual não há demandas conflitivas e as aspirações de todos se ajustam mutuamente, sem coerção, em um harmonioso plano de atividade, é uma sociedade que, em cer-

NOTAS 233

to sentido, está além da justiça. Ela aboliu as circunstâncias em que o recurso a princípios de direito e justiça é necessário" (TJ 281). Então ele diz, em uma nota de rodapé, que "alguns interpretaram a concepção de Marx de uma sociedade comunista plena como uma sociedade que, nesse sentido, está além da justiça". Ele menciona Robert Tucker, *Marxian Revolutionary Idea*, capítulos 1 e 2, como uma fonte para essa interpretação. Ver também Allen Wood, *Karl Marx*, capítulo 9. Hume descreve a escassez (limitada) como uma condição para a justiça em *Treatise of Human Nature*, pp. 487-95, e *Enquiries*, pp. 183-4.

41. A controvérsia é exaustiva e magnificamente examinada por Norman Geras em "The Controversy about Marx and Justice". O próprio Geras acredita que Marx tinha uma concepção de justiça *malgré lui* (pp. 244-58); ver também R. G. Peffer, *Marxism, Morality, and Social Justice*, capítulo 8.

42. Além disso, a suposição de que o próprio Marx tenha rechaçado toda a noção de justiça, embora controversa, não é nada implausível; ele certamente proferiu injúrias contra a justiça e os discursos sobre os direitos em alguns de seus escritos, e a afirmação de que, na verdade, não pretendia descartar toda a noção de justiça se baseia principalmente em inferências extraídas de passagens que não retiram explicitamente o que disse em sua crítica da justiça. Geras sugere que não é possível resolver a controvérsia entre essas duas interpretações somente com base nos textos de Marx e que, com efeito, Marx pode ser ambivalente – e até mesmo incoerente – com respeito a essa questão ("The Controversy about Marx and Justice", pp. 233, 237, 265-267).

43. O primeiro texto, além disso, está impregnado de uma odiosa retórica anti-semita: "O dinheiro é o deus ciumento de Israel, além do qual nenhum outro deus pode existir... a letra de câmbio é o verdadeiro deus dos judeus... Tão logo a sociedade venha a ter êxito em abolir a essência *empírica* do judaísmo – a atividade do camelô e suas condições –, o judeu se tornará uma *impossibilidade*, pois sua consciência não terá mais um objeto... A emancipação *social* do judeu é a *emancipação da sociedade com relação ao judaísmo*." (MER 50-52)

44. Wood, *Karl Marx*, capítulo 9. (Wood é criticado por Geras e Peffer; ver nota 41.) De acordo com Wood, "Marx acredita que uma revolução comunista introduzirá um novo modo de produção, e com ele novos padrões de direito e justiça" (138). No entanto, se minha análise está correta, Marx acredita que a revolução comunista se livrará do individualismo, que é essencial a *todas* as noções de "direito"

e "justiça". Embora essa revolução possa vir a introduzir novos padrões de avaliação de algum tipo, esses padrões *não serão* padrões de "direito e justiça".

45. Ver a discussão de Babeuf no capítulo 2, seção 4.

46. *Grundrisse*, em Tucker, *Marx-Engels Reader*, p. 222; compare com "Jewish Question", ibid., pp. 44-6.

47. "O homem é um ser de espécie, não somente porque, na prática e na teoria, ele adota a espécie como seu objeto (a sua própria, assim como as de outros seres), mas também – e isso é apenas uma outra maneira de expressar a mesma coisa – porque trata a si próprio como a espécie real e viva: porque trata a si próprio como um *universal* e, portanto, como um ser livre" (MER 75; ver também 33-34, que traz uma nota muito esclarecedora do editor a respeito do termo). Uma observação suplementar: Marx, ao que parece, adota nessa passagem uma noção kantiana de liberdade, segundo a qual pensar em condições universais e, em particular, tratar a si próprio e aos outros como exemplos de um universal é essencial à liberdade.

48. Como diz *o Manifesto comunista*, sob o comunismo "o livre desenvolvimento de cada indivíduo é a condição para o livre desenvolvimento de todos" (MER 491).

49. *A Theory of Justice*, pp. 74, 104. Rawls tem uma tendência para "liberalizar" Marx, para combinar *insights* de Marx (que muitas vezes são os mesmos que eu enfatizo) com idéias semelhantes que ele encontra em Mill e Alfred Marshall; ver *A Theory of Justice*, p. 259, e "Fairness to Goodness", em *Collected Papers*, pp. 276-7.

50. E isso parece plausível, mas na verdade esse é provavelmente o ponto mais frágil do pensamento marxista, no qual os seguidores de Marx escorregaram mais displicentemente do que o próprio Marx. O fato de que uma sociedade tenha feito alguma coisa não quer dizer, como muitas vezes se supõe, que exista algum caminho já pronto ao longo do qual os seres humanos que compõem essa sociedade possam alterar sua direção, e a própria ênfase de Marx na marcha dialética da história é um reconhecimento implícito disso. A "sociedade" não é, estritamente falando, uma *criação* humana: ela não é alguma coisa que qualquer ser humano individual, ou grupo de seres humanos, possa se propor, deliberadamente, a construir, e é bem possível que se trate de algo que não possa ser deliberadamente controlado de modo significativo. O que todos fazemos, separadamente ou em grupos, sem dúvida ajudará a determinar a forma que nossa sociedade terá no futuro, mas isso não significa que nós podemos ter a expectativa de modelar *deliberadamente* nossa sociedade, de acordo

com qualquer intenção ou plano consciente, seja ele individual ou coletivamente concebido. Em vez disso, é bem possível que as sociedades sejam aquilo que Friedrich Hayek, interpretando Smith e Hume, denominou "ordens espontâneas": coleções de eventos e de coisas que têm uma forma discernível, mas que provém de ações que não pretendem produzir essa forma, a qual não pode ser prevista, e muito menos planejada, em qualquer detalhe que seja. Se é assim – e penso que Hayek provavelmente tem razão quanto a isso –, então não podemos ter a expectativa de planejar diretamente formas sociais que correspondam às nossas esperanças e aos meus ideais; no melhor dos casos, podemos tentar modificar as formas em cujo âmbito vivemos, observando com atenção, ao fazê-lo, como nossas reformas poderiam, da maneira mais bem-sucedida, se tornar um componente em andamento do modo como essas formas já funcionam.

    51. Sobre a crítica de Marx à moralidade, ver Wood, *Karl Marx*, capítulo 10. Novamente, eu iria mais longe do que Wood. Wood sustenta que alguns aspectos da moralidade burguesa são resgatáveis de uma perspectiva marxista (pp. 153-6) e afirma que "existe... alguma razão para se dizer (como Engels o faz) que na sociedade futura haverá uma 'moralidade humana genuína' no lugar das moralidades falsas e ideológicas da sociedade de classes" (156). Para mim, parece que uma "moralidade humana" seria uma expressão contraditória para o próprio Marx. É da natureza de qualquer coisa considerada como *moralidade* que ela se coloque acima de nós de um modo não-humano e desumanizador. Portanto, embora possamos dizer que Marx certamente concordaria com o fato de que "a bondade, a generosidade [e] a lealdade" seriam respeitadas em uma sociedade comunista, como Wood sustenta (154), provavelmente ele não consideraria essas ou outras qualidades como *morais* – e essa mudança de terminologia tem o propósito de refletir uma alteração profunda em toda nossa atitude com relação a essas qualidades, e com relação à avaliação dos comportamentos uns dos outros.

    Pontos de vista bastante diferentes a respeito de Marx e da moralidade podem ser encontrados em Peffer, *Marxism, Morality, and Social Justice*, capítulos 4-7; Gerald Cohen, *If You're an Egalitarian, How Come You're So Rich?*, capítulo 6; e em Dan Brudney, *Marx's Attempt to Leave Philosophy*, pp. 337-47.

    52. Thompson, *Distribution of Wealth*, p. xvii.
    53. Ver nota 13 acima.
    54. Ver, em especial, Bentham, "Anarchical Fallacies".

55. J. J. C. Smart descreve agentes éticos pré-críticos e kantianos dizendo que eles sofrem de "endeusamento das normas"; ver Smart, "Outline of a System", p. 10.

56. Bentham, "Anarchical Fallacies", p. 495.

57. Smart, "Outline of a System", p. 73.

58. Sidgwick, *The Methods of Ethics*, p. 274. Mostrarei mais adiante como essa linguagem está próxima daquela que John Rawls utiliza para formular seu problema central em *Uma teoria da justiça*. Rawls foi um grande admirador de Sidgwick; ver sua introdução a *The Methods of Ethics* e *A Theory of Justice*, pp. 22, 58, 92.

59. Hutcheson, *Inquiry into the Original of Our Ideas of Virtue*, III, viii.

60. "Anarchical Fallacies", p. 493; ver também Bentham, *Principles of Morals and Legislation*, pp. 2-3.

61. Ver a literatura citada em Harry Frankfurt, "Equality as a Moral Ideal", p. 138, nota 7. Frankfurt examina criticamente o argumento. Também é possível discernir uma versão do argumento em *Distribution of Wealth*, de William Thompson, capítulo 1, seção 4.

62. Mill, *Utilitarianism*, p. 42.

63. "Outline of a System", p. 37; compare com Rawls, *A Theory of Justice*, p. 23.

64. Na verdade, quase todos esses trabalhos se incluem em uma das três últimas categorias. Os reacionários ocuparam – e continuam a ocupar – uma faixa importante do espectro político, mas só contam com um punhado de defensores intelectuais respeitáveis.

65. Essa frase também é a linha de abertura do texto de quarta-capa de *A Theory of Justice*, que presumivelmente o próprio Rawls escreveu. Tanto a linha de abertura como a linha final do texto de quarta capa caracterizam o livro como uma alternativa ao utilitarismo.

66. Uma questão ampla lavantada por essa mudança de orientação indaga em que grau o conceito de justiça como um todo, e não simplesmente o conceito de "justiça distributiva", é alterado quando passa a ser concebido como um conceito que trata, de modo geral, de distribuição. É claro que se poderia considerar até mesmo aquilo que costumava ser chamado de "justiça comutativa" como uma questão de distribuição – uma distribuição de direitos, talvez, e de punições por violações de direitos –, mas não era assim que os teóricos pré-modernos da justiça tendiam a entendê-la. Um Estado que concebe como sua função primária a de *salvaguardar* uma sociedade ou ordem natural provavelmente agirá de modo muito diferente de um Estado para o qual essa função primária consiste em *distribuir* bens

ou direitos por toda a sociedade. D. D. Raphael desenvolve uma interessante discussão sobre essas mudanças na noção geral de justiça no último capítulo de seu *Concepts of Justice*.

67. Também poderíamos dizer, alternativamente, que o mérito foi reinterpretado de modo tal que todas as pessoas são merecedoras e ninguém merece mais do que qualquer outra pessoa. Mas, nesse caso, o merecimento é algo distinto de qualquer coisa que possa se parecer pelo menos remotamente com o "mérito" aristotélico.

68. Smart, "Outline of a System", pp. 32, 73.

69. Samuel Scheffler enfatiza esse ponto ao longo de um exame aprofundado a respeito da relação entre Rawls e o utilitarismo: ver seu *Boundaries and Allegiances*, capítulo 9, especialmente as pp. 150 e 164.

70. Rawls acrescenta outras qualificações a essa definição nas páginas 302-3; ver também suas reformulações dos dois princípios em *Political Liberalism*, p. 271, e *Justice as Fairness*, pp. 42-7.

71. Ver Mill, *Utilitarianism*, capítulo 5, pp. 45-6, ou Marx, "Critique of the Gotha Program", em Tucker, *Marx-Engels Reader*, p. 528.

72. Para uma amostra da volumosa literatura sobre esses tópicos, consulte Thomas Nagel, *Equality and Partiality*, capítulos 7 e 8; Frankfurt, "Equality as a Moral Ideal"; Cohen, *If You're an Egalitarian*, capítulo 8; e Fleischacker, *Third Concept*, capítulo 10.

73. Dworkin, "Equality of Welfare" e "Equality of Resources", ensaios publicados originalmente em *Philosophy and Public Affairs* 10 (1981) e republicados em *Sovereign Virtue*, de Dworkin.

74. Cohen, "Equality of What?". Cohen, provavelmente o marxista contemporâneo mais persuasivo, argumentou que o marxismo precisa hoje se empenhar em uma discussão normativa de um tipo que ele antes teve alguma razão para evitar, quando poderia plausivelmente sustentar que a queda do capitalismo era historicamente inevitável. Com base nessa perspectiva normativa, Cohen também criticou Rawls por tolerar um excesso de desigualdade em nome da justiça; ver *If You're an Egalitarian*, capítulos 6-9.

75. Sen, "Equality of What?", pp. 157-8.

76. Ibid., p. 158.

77. Ibid., p. 161.

78. Nussbaum, "Nature, Function, and Capability".

79. Ver "Women and Cultural Universals", o primeiro capítulo de Nussbaum, *Sex and Social Justice*, e os ensaios citados antes de sua primeira nota para esse capítulo, na página 377.

80. "[A abordagem das capacidades] recomenda fortemente o escrutíneo de tradições como uma das fontes primárias de... capacidades desiguais" (ibid., p. 34).

81. Ibid., p. 40.

82. Ver Charles Beitz, *Political Theory and International Relations*, e Thomas Pogge, *Realizing Rawls*.

83. Michael Green sugeriu-me que não se deve entender Nozick supondo que o seu propósito fosse o de atacar a própria noção de justiça distributiva, mas sim como se ele próprio tivesse uma concepção de justiça distributiva. De fato, Nozick observa que o "princípio completo de justiça distributiva", de acordo com sua ótica, deveria "simplesmente dizer que uma distribuição é justa se todos têm autoridade [com base nos princípios de aquisição justa e de troca justa] sobre as possessões que eles têm sob tal distribuição" (ASU 151). Mas essa concepção processual de justiça distributiva é na melhor das hipóteses, um caso-limite. Nozick define justiça utilizando quase as mesmas palavras com que o mundo pré-moderno definia o que chamava de "justiça comutativa". Desse modo, sua "justiça distributiva" é satisfeita sempre que as exigências da justiça comutativa são satisfeitas. No entanto, uma característica que as noções pré-modernas e modernas de justiça distributiva têm em comum está no fato de que elas são *suplementares* à justiça comutativa, o que, no caso das concepções modernas, significa que os direitos de propriedade vigentes não exaurem as reivindicações legítimas que uma pessoa pode fazer para possuir determinados bens. Ao limitar o interesse da justiça pela distribuição estritamente à questão de *como* as distribuições *se* manifestam, em vez de se preocupar em saber com o *que* elas se parecem, Nozick se desvincula de toda a tradição moderna segundo a qual toda distribuição justa está sujeita à condição de que alguns bens sejam encaminhados para as mãos dos carentes. Esse é, obviamente, o argumento de Nozick: dizer com o que a distribuição deveria se parecer significa recorrer àquilo que ele denomina princípios "padronizados" de justiça, e ele rejeita tais princípios. No entanto, considerar princípios não-padronizados de justiça como concepções de justiça distributiva significa despojar do conceito a maior parte de seu conteúdo; com certeza, nenhuma das premissas que apontei na introdução deste livro são pertinentes a tal concepção, nem ela se parece com qualquer uma das concepções que caem sob o conceito moderno.

84. Jan Narveson diz que sua motivação para escrever um livro sobre o libertarismo se deveu, em grande parte, ao fato de que Nozick não apresentou uma fundamentação apropriada para a doutrina; ver Narveson, *Libertarian Idea*, pp. xi-xii.

85. Kymlicka, *Liberalism, Community, and Culture*, em especial os capítulos 8 e 9.
86. Tamir, *Liberal Nationalism*, pp. 53-6, 107-11.
87. Tully, "Struggles over Recognition and Distribution", p. 470.
88. Ibid. A preocupação de Tully com o "reconhecimento" deriva da influente discussão de Charles Taylor sobre as demandas políticas apresentadas por subgrupos culturais em seu "Politics of Recognition".

Para discussões que indagam se o enfoque no reconhecimento, bastante popular no momento, contribui para a busca de justiça distributiva, ou nos extravia desse objetivo, ver Iris Young, "Displacing the Distributive Paradigm", em *Justice and the Politics of Difference*; Brian Barry, *Culture and Equality*, pp. 264-79; e Nancy Fraser e Axel Honneth, *Recognition or Redistribution?*

89. Ver Daniels, *Just Health Care*, e Allen Buchanan et al., *From Chance to Choice*.
90. No entanto, a proteção contra a pobreza, no sentido do que eu a defendo, é bastante substancial. Ela incluiria nutrição, habilitação, assistência à saúde, educação (incluindo o treinamento profissional) e uma quantidade significativa de lazer. Apresento as condições que considero necessárias para a liberdade, e que por isso constituem algo que todos os governos deveriam garantir, em *Third Concept*, capítulos 10 e 11.

Epílogo

1. Fleischacker, *Ethics of Culture*, especialmente os capítulos 3 e 4. Cohen se preocupa de modo instigante com a maneira pela qual absorvemos noções morais na infância em *If You're an Egalitarian*, capítulo 1.
2. Wittgenstein, *Philosophical Investigations*, parágrafos 65-67.
3. A frase é de Kant e aparece diversas vezes em seu ensaio de 1793 intitulado "Theory and Practice" (traduzido em *Practical Philosophy*). Ver minha discussão a respeito dessa frase, em conexão com Rawls, em *Third Concept*, capítulo 10.

BIBLIOGRAFIA

Abbott, Edith. *Public Assistance* (2 vols.). Chicago: University of Chicago Press, 1940.
Anderson, Benedict. *Imagined Communities*. Londres: Verso, 1983.
Andrews, Edward Derning e Andrews, Faith. *Work and Worship: The Economic Order of the Shakers*. Greenwich: New York Graphic Society, 1974.
Aquinas, Thomas. *The Political Ideas of St. Thomas Aquinas*. Organizado por Dino Bigongiari. Nova York: Hafner Press, 1953.
———. *Summa theologiae*. Tradução Blackfriars. Organizado por T. Gilby e T. C. O'Brien. Nova York: McGraw-Hill, 1966.
Aristotle. *Nicomachean Ethics and Politics*. Em *The Complete Works of Aristotle*, organizado por Jonathan Barnes. Princeton, NJ: Princeton University Press, 1984.
Arthur, Anthony. *The Tailor-King: The Rise and Fall of the Anabaptist Kingdom in Münster*. Nova York: St. Martin's Press, 1999.
Augustine. *City of God against the Pagans*. Organizado e traduzido por R. W. Dyson. Cambridge: Cambridge University Press, 1998.
[Babeuf, "Gracchus"]. *The Defense of Gracchus Babeuf before the High Court of Vendome*. Organizado e traduzido por John Anthony Scott. Amherst: University of Massachusetts Press, 1967.
Baldwin, J. W. *Medieval Theories of Just Price*. Filadélfia: American Philosophical Society, 1959.
Barry, Brian. *Culture and Equality: An Egalitarian Critique of Multiculturalism*. Cambridge, MA: Harvard University Press, 2001.
Baugh, Daniel A. "Poverty, Protestantism and Political Economy: English Attitudes toward the Poor, 1660-1800". Em *England's Rise to Greatness*, organizado por Stephen Baxter. Berkeley: University of California Press, 1983.

Beaumarchais, Pierre Augustin Caron de. *The Barber of Seville and the Marriage of Figaro*. Organizado com introdução por John Wood. Baltimore: Penguin, 1964.

Beiner, Ronald e Booth, William (orgs.). *Kant and Political Philosophy*. New Haven, CT: Yale University Press, 1993.

Beitz, Charles. *Political Theory and International Relations*. Princeton, NJ: Princeton University Press, 1979.

Bentham, Jeremy. "Anarchical Fallacies". Em *The Works of Jeremy Bentham*, organizado por John Bowring. Nova York: Russell and Russell, 1962.

———. *An Introduction to the Principles of Morals and Legislation*. Nova York: Hafner, 1948.

Blaug, Mark. *Economic Theory in Retrospect*. 5ª edição. Cambridge: Cambridge University Press, 1996.

Boaz, David. *Libertarianism: A Primer*. Nova York: Simon and Schuster, 1997.

Bowen, Ian. *Cobden*. Londres: Duckworth, 1935.

Braudel, Ferdinand. *Capitalism and Material Life, 1400-1800*. Traduzido por M. Kochan. Nova York: Harper and Row, 1967.

Bright, John e Rogers, James (orgs.). *Speeches of Richard Cobden*. Londres: Macmillan, 1870.

Broadie, Sarah e Rowe, Christopher (organização e tradução). *Aristotle: Nicomachean Ethics*. Oxford: Oxford University Press, 2002.

Brooks, Roger, trad. *Peah* Volume 2 de *The Talmud of the Land of Israel: A Preliminary Translation and Explanation*. Organizado por Jacob Neusner. Chicago: University of Chicago Press, 1990.

Brudney, Dan. *Marx's Attempt to Leave Philosophy*. Cambridge, MA: Harvard University Press, 1998.

Buchanan, Allen; Brock, Dan W.; Daniels, Norman e Wikler, Daniel. *From Chance to Choice: Genetics and Justice*. Cambridge: Cambridge University Press, 2000.

Chrysostom, John. *Homilies on Timothy XII*. Em *A Select Library of the Nicene and Post-Nicene Fathers*, organizado por Philip Schaff. Nova York: Christian Literature Co., 1894.

Cicero, Marcus Tullius. *De finibus bonorum et malorum*. Tradução de H. Rackham. Cambridge, MA: Harvard University Press, 1967.

_____. *De officiis*. Traduzido em *On Duties*, organizado por M. T. Griffin e E. M. Atkins. Cambridge: Cambridge University Press, 1991. Trad. bras. *Dos deveres*, São Paulo, Martins Fontes, 1999.

Claeys, Gregory (org.). *Utopias of the British Enlightenment*. Cambridge: Cambridge University Press, 1994.

Clark, John Bates. *The Distribution of Wealth.* Nova York: Macmillan, 1899.
Clarke, George (org.). *John Bellers: His Life, Times and Writings.* Londres: Routledge and Kegan Paul, 1987.
Cohen, Gerald. "Equality of What? On Welfare, Goods, and Capabilities". Em *The Quality of Life,* organizado por Martha Nussbaum e Amartya Sen. Oxford, RU: Clarendon, 1993.
——. *If You're an Egalitarian, How Come You're So Rich?* Cambridge, MA: Harvard University Press, 1998.
Commons, John R. *The Distribution of Wealth.* Nova York: Macmillan, 1893.
Crossan, John Dominic e Watts, Richard. *Who is Jesus?* Louisville, KY: Westminter John Knox, 1996.
Cunningham, William. "Free Trade", *Encyclopedia Britannica.* 11.ª edição, vol. 11.
Daniels, Norman. *Just Health Care.* Cambridge: Cambridge University Press, 1985.
Defoe, Daniel. "Giving Alms Not Charity". Em *The Shortest Way with the Dissenters and Other Pamphlets.* Oxford: Oxford University Press, 1927.
Desroche, Henri. *The American Shakers.* Traduzido por J. K. Savacool. Amherst: University of Massachusetts Press, 1971.
Devine, T. M. "The Urban Crisis". Em *Glasgow,* organizado por T. M. Devine e G. Jackson. Manchester, RU: Manchester University Press, 1995. Vol. 1.
Douglas, William O. "Dissenting Opinion". *Wisconsin vs. Yoder.* 406 US 205 (1972).
Dworkin, Ronald. *Sovereign Virtue.* Cambridge, MA: Harvard University Press, 2000. Trad. bras. *A virtude soberana*, São Paulo, Martins Fontes, 2005.
Fichte, Johann Gottlieb. *Foundations of Natural Right.* Organizado por Frederick Neuhouser. Traduzido por Michael Baur. Cambridge: Cambridge University Press, 2000.
Fleischacker, Samuel. *On Adam Smith's Wealth of Nations: A Philosophical Companion.* Princeton, NJ: Princeton University Press, 2004.
——. *The Ethics of Culture.* Ithaca, NY: Cornell University Press, 1994.
——. "Philosophy and Moral Practice: Kant and Adam Smith". *Kant-Studien* 82:3 (1991): 249-269.
——. *A Third Concept of Liberty.* Princeton, NJ: Princeton University Press, 1999.
——. "Values behind the Market: Kant's Response to the *Wealth of Nations*". *History of Political Thought* 17:3 (1996): 379-407.

Fowle, T. W. *The Poor Law*. Littleton, Co: Fred B. Rothman and Co., 1980. (Originalmente publicado em 1893.)

Frankfurt, Harry. "Equality as a Moral Ideal". Em *The Importance of What We Care About*. Cambridge: Cambridge University Press, 1988.

Fraser, Nancy e Axel Honneth. *Recognition or Redistribution?* Londres: Verso, 2003.

Furet, François. *Revolutionary France, 1770-1880*. Traduzido por A. Nevill. Oxford: Basil Blackwell, 1992.

Geertz, Clifford. *Local Knowledge*. Nova York: Basic Books, 1983.

Geras, Norman. "The Controversy about Marx and Justice". Em *Marxist Theory*, organizado por Alex Callinicos. Oxford: Oxford University Press, 1989.

Geremek, Bronislaw. *Poverty: A History*. Traduzido por Agnieszka Kolakowska. Oxford: Blackwell, 1994.

Glendon, Mary Ann. "Rights in Twentieth-Century Constitutions". *University of Chicago Law Review* 59 (1992): 519-538.

———. *A World Made New: Eleanor Roosevelt and the Universal Declaration of Human Rights*. Nova York: Random House, 2001.

Gosden, P. H. J. H. *The Friendly Societies in England 1815-1875*. Manchester, RU: Manchester University Press, 1961.

Gould, Stephen Jay. *The Mismeasure of Man*. Nova York: W. W. Norton, 1981. Trad. bras. *A falsa medida do homem*, São Paulo, Martins Fontes, 2.ª ed., 1999.

Grampp, W. D. *The Manchester School of Economics*. Stanford, CA: Stanford University Press, 1960.

Gray, A. *The Socialist Tradition: From Moses to Lenin*. Londres: Longmans, Green and Co., 1946.

Greer, Thomas. *What Roosevelt Thought*. East Lansing: Michigan State University Press, 2000.

Griswold, Charles. *Adam Smith and the Virtues of Enlightenment*. Cambridge: Cambridge University Press, 1998.

Grotius, Hugo. *The Law of War and Peace*. Traduzido por F. W. Kelsey. Indianápolis, IN: Bobbs-Merrill, 1925.

Haakonssen, Knud. *Natural Law and Moral Philosophy*. Cambridge: Cambridge University Press, 1996.

Harrington, James. *The Commonwealth of Oceana and a System of Politics*. Organizado por J. G. A. Pocock. Cambridge: Cambridge University Press, 1992.

Hayek, Friedrich. *Law, Legislation, and Liberty*. Chicago: University of Chicago Press, 1973. Vol. 1.

Herzog, William. *Jesus, Justice, and the Reign of God*. Louisville, KY: Westminster John Knox Press, 2000.

Himmelfarb, Gertrude. *The Idea of Poverty*. Nova York: Alfred A. Knopf, 1984.

Hinde, Wendy. *Richard Cobden: A Victorian Outsider*. New Haven, CT: Yale University Press, 1987.

Hobbes, Thomas. *De Cive: The English Version Entitled, in the First Edition, Philosophical Rudiments Concerning Government and Society*. Organizado por Howard Warrender. Oxford: Clarendon, 1983. Trad. bras. *Do cidadão*, São Paulo, Martins Fontes, 3.ª ed., 2002.

———. *Leviathan*. Organizado por C. B. Macpherson. Harmondsworth, RU: Penguin, 1968.

Hobson, J. A. *Richard Cobden: The International Man*. Londres: T. Fisher Unwin, 1919.

Hofstadter, Richard. *Social Darwinism in American Thought*. Filadélfia: University of Pennsylvania Press, 1944.

Hont, Istvan e Ignatieff, Michael (orgs.). *Wealth and Virtue*. Cambridge: Cambridge University Press, 1983.

Hume, David. *Enquiries*. Terceira edição, organizada por L. A. Selby-Bigge e P. H. Nidditch. Oxford, RU: Clarendon Press, 1975.

———. *Treatise of Human Nature*. Segunda Edição, organizada por L. A. Selby-Bigge e P. H. Nidditch. Oxford, RU: Clarendon Press, 1978.

Hutcheson, Frances. *Inquiry into the Original of Our Ideas of Virtue*. Nova York: Garland, 1971.

———. *A Short Introduction to Moral Philosophy*. Glasgow: R. Foulis, 1747.

———. *A System of Moral Philosophy*. Londres: A. Millar, 1755.

Irwin, Terence (org.). *Nicomachean Ethics*. Indianápolis, IN: Hackett, 1985.

Israel, Jonathan. *The Dutch Republic: Its Rise, Greatness, and Fall, 1477-1806*. Oxford, RU: Clarendon Press, 1995.

Jouvenel, Bertrand de. *The Ethics of Redistribution*. Indianápolis, IN: Liberty Fund, 1990.

Kamtekar, Rachana. "Social Justice and Happiness in *The Republic*: Plato's Two Principles". *History of Political Thought* 22:2 (2001): 189-220.

Kant, Immanuel. *Anthropology from a Pragmatic Point of View*. Traduzido por Victor Lyle Dowdell. Organizado por Hans Rudnick Carbondale: Southern Illinois University Press, 1978.

———. *The Conflict of the Faculties*. Traduzido por Mary Gregor. Lincoln: University of Nebraska Press, 1979.

———. *Critique of Judgment*. Traduzido por Werner Pluhar. Indianápolis, IN: Hackett, 1987.

——. *Foundations of the Metaphysics of Morals*. Traduzido por L. W. Beck. Nova York: Macmillan, 1959.
——. *Lectures on Ethics*. Traduzido por Louis Infield. Indianápolis, IN: Hackett, 1963.
——. *Lectures on Ethics*. Traduzido por Peter Heath. Organizado por Peter Heath e J. B. Schneewind. Cambridge: Cambridge University Press, 1996.
——. *The Metaphysics of Morals*. Traduzido por Mary Gregor. Cambridge: Cambridge University Press, 1991.
——. *Practical Philosophy*. Organizado e traduzido por Mary Gregor. Introdução de Allen Wood. Cambridge: Cambridge University Press, 1996.
Kraut, Richard. *Aristotle: Political Philosophy*. Oxford: Oxford University Press, 2002.
Kymlicka, Will. *Liberalism, Community and Culture*. Oxford, UK: Clarendon, 1989.
Laqueur, Thomas. "Bodies, Details, and the Humanitarian Narrative". Em *The New Cultural History*, organizado por Lynn Hunt. Berkeley: University of California Press, 1989.
Lees, Lynn. *The Solidarities of Strangers: The English Poor Laws and the People, 1700-1948*. Cambridge: Cambridge University Press, 1998.
Locke, John. "Draft of a Representation Containing a Scheme of Methods for the Employment of the Poor". Em *Political Writings of John Locke*, organizado por David Wootton. Nova York: Mentor, 1993.
——. *Two Treatises of Government* (freqüentemente reeditado). Trad. bras. *Dois tratados sobre o governo*, São Paulo, Martins Fontes, 1998.
MacIntyre, Alasdair. *Whose Justice? Which Rationality?* Notre Dame, IN: University of Notre Dame Press, 1988.
Maimonides, Moses. *Mishneh Torah*. Freqüentemente reeditado em hebraico. [Traduzido para o inglês como *Code of Maimonides*. New Haven, CT: Yale University Press, 1949-1972, 22 volumes.]
Mandeville, Bernard de. *The Fable of the Bees, or Private Vices, Publick Benefits*. Organizado, com um comentário, por F. B. Kaye. Oxford, RU: Clarendon Press, 1924.
Manuel, Frank E. *The New World of Henri Saint-Simon*. Cambridge, MA: Harvard University Press, 1956.
—— e Manuel, Fritzie P. (organização e tradução). *French Utopias*. Nova York: Free Press, 1966.
Marshall, Alfred. *Principles of Economics*. 7ª edição. Londres: Macmillan, 1916. (Publicado originalmente em 1890.)

McKendrick, Neil. "Home Demand and Economic Growth". Em *Historical Perspectives: Studies in English Thought and Society*, organizado por N. McKendrick. Londres: Europa Publications, 1974.

Mill, John Stuart. *Utilitarianism*. Organizado por George Sher. Indianápolis, IN: Hackett, 1979. Trad. bras. *A liberdade/Utilitarismo*, São Paulo, Martins Fontes, 2000.

Miller, David. *Social Justice*. Oxford, RU: Clarendon Press, 1976.

More, Thomas. *Utopia*. Traduzido por Paul Turner. Harmondsworth, RU: Penguin, 1965. Trad. bras. *Utopia*, São Paulo, Martins Fontes, 2.ª ed., 1999.

Morley, Henry (org.). *Ideal Commonwealths*. Nova York: The Co-operative Publication Society, 1901.

Murphy, Jeffrie. *Kant: the Philosophy of Right*. Nova York: St. Martin's Press, 1970.

Nagel, Thomas. *Equality and Partiality*. Oxford: Oxford University Press, 1991.

Narveson, Jan. *The Libertarian Idea*. Filadélfia: Temple University Press, 1988.

Nelson, George (org.). *Freedom and Welfare*. Westport, CT: Greenwood, 1953.

Nozick, Robert. *Anarchy, State, and Utopia*. Nova York: Basic Books, 1974.

Nussbaum, Martha. *The Cosmopolitan Tradition*. New Haven, CT: Yale University Press, no prelo.

——. "Duties of Justice, Duties of Material Aid". *Journal of Political Philosophy* 8:2 (2000): 176-206.

——. "Nature, Function, and Capability: Aristotle on Political Distribution". Em *Oxford Studies in Ancient Philosophy*, organizado por Julia Annas e Robert H. Grimm. Volume suplementar, 1988. Oxford: Oxford University Press, 1988.

——. *Sex and Social Justice*. Nova York: Oxford University Press, 1999.

O'Neill, Onora. *Constructions of Reason*. Cambridge: Cambridge University Press, 1989.

Paine, Thomas. *The Writings of Thomas Paine*. Organizado por Moncure Daniel Conway. Nova York: G. P. Putnam, 1894. Vol. 2.

Peacock, A. J. *Bread or Blood: A Study of the Agrarian Riots in East Anglia in 1816*. Londres: Victor Gollancz, 1965.

Peffer, R. G. *Marxism, Morality, and Social Justice*. Princeton, NJ: Princeton University Press, 1990.

Plato. *The Republic*. Organizado por Giovanni Ferrari. Traduzido por Tom Griffin. Cambridge: Cambridge University Press, 2000.

Plutarch. *Tiberius Gracchus*. Em *Plutarch's Lives*. Traduzido por Bernadotte Perrin. Cambridge, MA: Harvard University Press, 1959.

Pocock, J. G. A. *The Machiavellian Moment*. Princeton, NY: Princeton University Press, 1975.

Pogge, Thomas. *Realizing Rawls*. Ithaca, NY: Cornell University Press, 1989.

Pufendorf, Samuel. *On the Duty of Man and Citizen*. Traduzido por M. Silverthorne. Organizado por J. Tully. Cambridge: Cambridge University Press, 1991.

——. *The Law of Nature and Nations*. Traduzido por C. H. Oldfather e W. A. Oldfather. Oxford, RU: Clarendon Press, 1934.

Ramsay, George. *An Essay on the Distribution of Wealth*. Edimburgo: A. C. Black, 1836.

Raphael, D. D. *Concepts of Justice*. Oxford, RU: Clarendon Press, 2001.

Rawls, John. *John Rawls: Collected Papers.* Organizado por Samuel Freeman. Cambridge, MA: Harvard University Press, 1999.

——. *Justice as Fairness: A Restatement.* Organizado por Erin Kelly. Cambridge, MA: Belknap Press da Harvard University Press, 2001. Trad. bras. *Justiça como eqüidade*, São Paulo, Martins Fontes, 2003.

——. *Political Liberalism*. Nova York: Columbia University Press, 1993.

——. *A Theory of Justice*. Cambridge, MA: Belknap Press da Harvard University Press, 1971. Trad. bras. *Uma teoria da justiça*, São Paulo, Martins Fontes, 2ª ed., 2002.

Reid, Thomas. *Active Powers*. Cambridge, MA: MIT Press, 1969.

Reiss, H. S. (org.). *The Political Thought of the German Romantics*. Nova York: Macmillan, 1955.

Roemer, John. *Theories of Distributive Justice.* Cambridge, MA: Harvard University Press, 1996.

Rosen, Allen. *Kant's Theory of Justice.* Ithaca, NY: Cornell University Press, 1993.

Rosen, Mark. "The Outer Limits of Community Self-Governance in Residential Associations, Municipalities, and Indian Country". *Virginia Law Review* 84 (1998): 1.053-1.144.

Rousseau, Jean-Jacques. "A Discourse on Political Economy". Em *The Social Contract and Discourses*. Traduzido por G. D. H. Cole. Londres: J. M. Dent, 1973.

——. *First and Second Discourses.* Traduzido por R. Masters e J. Masters. Organizado por R. Masters. Nova York: St. Martin's Press, 1964.

Salter, F. R. (org.). *Some Early Tracts on Poor Relief.* Londres: Methuen and Co., 1926.

Scheffler, Samuel. *Boundaries and Allegiances*. Oxford: Oxford University Press, 2001.
Schneewind, Jerome. *The Invention of Autonomy.* Cambridge: Cambridge University Press, 1998.
Sen, Amartya. "Equality of What?" Em *Tanner Lectures on Human Values*, organizado por S. McMurrin. Cambridge: Cambridge University Press, 1980. Vol. 1.
Shell, Susan Meld. *The Rights of Reason.* Toronto: University of Toronto Press, 1980.
Sidgwick, Henry. *The Methods of Ethics*. Introdução de John Rawls. Indianápolis, IN: Hackett, 1981.
Simmons, A. J. *The Lockean Theory of Rights.* Princeton, NJ: Princeton University Press, 1992.
Slack, Paul. *English Poor Law, 1531-1782*. Londres: Macmillan, 1990.
Smart, J. J. C. "An Ouline of a System of Utilitarian Ethics". Em Smart, J. J. C. e Williams, Bernard. *Utilitarianism: For and Against*. Cambridge: Cambridge University Press, 1973.
Smith, Adam. *An Inquiry into the Nature and Causes of the Wealth of Nations*. Organizado por R. H. Campbell, A. S. Skinner e W. B. Todd. Oxford: Oxford University Press, 1976. Trad. bras. *A riqueza das nações*, São Paulo, Martins Fontes, 2003.
———. *Lectures on Jurisprudence*. Organizado por R. L. Meek, D. D. Raphael e P. G. Stein. Oxford: Oxford University Press, 1978.
———. *Theory of Moral Sentiments*. Organizado por D. D. Raphael e A. L. Macfie. Oxford: Oxford University Press, 1976. Trad. bras. *Teoria dos sentimentos morais*, São Paulo, Martins Fontes, 1999.
Snell, K. D. M. *Annals of the Labouring Poor.* Cambridge: Cambridge University Press, 1985.
Spence, Thomas. *The Political Works of Thomas Spence.* Organizado por H. T. Dickinson. Newcastle upon Tyne: Avero Publications, 1982.
Spencer, Herbert. *The Man versus the State.* Nova York: Appleton, 1893.
———. *Social Statics.* Nova York: Augustus M. Kelley, 1969. (Publicado originalmente por Londres: John Chapman, 1851.)
Tamir, Yael. *Liberal Nationalism*. Princeton, NJ: Princeton University Press, 1993.
Taylor, Charles. "The Politics of Recognition". Em *Multiculturalism*, organizado por Amy Gutmann. Princeton, NJ: Princeton University Press, 1994.
Thompson, E. P. *Customs in Common: Studies in Traditional Popular Culture.* Nova York: New Press, 1991.

———. *The Making of the Englih Working Class*. Harmondsworth, RU: Penguin, 1980.

Thompson, Noel. *The Real Rights of Man*. Londres: Pluto Press, 1998.

Thompson, William. *An Inquiry into the Principles of the Distribution of Wealth, Most Conducive to Human Happiness*. Nova York: Augustus Kelley, 1963. (Publicado originalmente por Londres: Longman, Hurst, 1824.)

Thomson, David. *The Babeuf Plot*. Londres: K. Paul, Trench, Trubner, 1947.

Tierney, Brian. *Medieval Poor Law*. Berkeley: University of California Press, 1959.

Tilly, Charles. *Popular Contention in Great Britain, 1758-1834*. Cambridge, MA: Harvard University Press, 1995.

Townsend, Joseph. *A Dissertation on the Poor Laws*. Berkeley: University of California Press, 1971. (Publicado originalmente em 1786.)

Trattner, Walter. *From Poor Law to Welfare State*. 5.ª edição. Nova York: Free Press, 1994.

Tuck, Richard. *Natural Rights Theories*. Cambridge: Cambridge University Press, 1979.

Tucker, Robert (org.). *The Marx-Engels Reader*. Nova York: W. W. Norton, 1978.

———. *The Marxian Revolutionary Idea*. Nova York: W. W. Norton, 1969.

Tully, James. "Struggles over Recognition and Distribution". *Constellations* 7:4 (2000): 469-482.

Vallentyne, Peter e Steiner, Hillel (orgs.). *Left-Libertarianism and Its Critics*. Nova York: Palgrave, 2000.

———. *The Origins of Left-Libertarianism: An Anthology of Historical Writings*. Nova York: Palgrave, 2000.

Vitoria, Francesco de. "On the American Indians". Em *Political Writings*, organizado por A. Pagden e J. Lawrence. Cambridge: Cambridge University Press, 1991.

Vries, Jan de e Woude, Ad van der. *The First Modern Economy: Success, Failure, and Perseverance of the Dutch Economy, 1500-1815*. Cambridge: Cambridge University Press, 1997.

Williams, Howard. *Kant's Political Philosophy*. Oxford, RU: Blackwell, 1983.

Winch, Donald. *Riches and Poverty*. Cambridge: Cambridge University Press, 1996.

Wittgenstein, Ludwig. *Philosophical Investigations*. Traduzido por G. E. M. Anscombe. Nova York: Macmillan, 1958.

Wood, Allen. *Karl Marx*. Londres: Routledge and Kegan Paul, 1981.
Wood, Gordon. *The Radicalism of the American Revolution*. Nova York: Random House, 1991.
Woodhouse, A. S. P. (orgs.). *Puritanism and Liberty*. Londres: J. M. Dent and Sons, 1974.
Young, Iris. *Justice and the Politcs of the Difference*. Princeton, NJ: Princeton University Press, 1990.

ÍNDICE ANALÍTICO

Abbott, Edith, 217n89, 228n10
Act of Settlement, 93, 227n7
Adeimanto, 195n8
Agostinho, 17-8, 27, 32, 152, 196n9, 213n78
Aid to Families with Dependent Children (AFDC), 120
Ambrósio, 203n29
Amós, 5-6, 61
Anabatistas, 13, 64, 209n51, 213n82
Anderson, Benedict, 217n3
Andrews, Edward Derning, 211n53
Andrews, Faith, 211n53
Apóstolos, os, 13, 60-4
Aquino, Tomás de, 18-9, 25, 28-32, 42-55, 59, 102, 139, 152, 203n29, 204n30, 204n31, 204n32, 205n36, 206n40
Aristocracia, 30, 33, 79, 200n22
Aristóteles, 3-25, 29-36, 41-2, 53, 70, 88, 100, 105, 108, 126, 145, 152, 154, 163, 172, 181, 193n4, 194n6, 195n8, 196n16, 197n4, 197n5, 197n6, 198n9, 200n22, 222n28, 237n67

Armand de la Meuse, 113
Arthur, Anthony, 209n51
Ascetismo, 53-4, 62
Assistência à saúde, 9, 11, 99, 110, 121, 147, 152, 154, 178-80, 188, 202n24, 239n89, 239n90
Ayer, Alfred, 139

Babeuf, François-Noël (Graco), 14, 71-2, 80-1, 110-7, 121, 144, 180, 212n72, 225n44, 227n50, 227n51, 234n45
Baldwin, J. W., 197n5, 207n42
Barnard, F. A. P., 230n25
Barry, Brian, 239n88
Baugh, Daniel, 95, 219n18, 219n19, 219n20, 219n22, 230n23
Beaumarchais, Pierre Augustin Caron de, 80, 192, 217n4
Beiner, Ronald, 222n27
Beitz, Charles, 238n82
Bem-estar, 8, 43, 72, 77, 100, 102, 122, 126, 133, 136, 150, 158, 161, 170-1, 173, 191, 203n24, 217n90, 229n11, 237n74

Beneficência, benevolência, 13, 28-9, 32-41, 46, 48-9, 95, 98, 105, 127, 135, 155, 198n9, 200n21, 224n35. *Ver também* Caridade

Bens materiais, 8, 12-6, 21-2, 28-9, 31, 33, 38-9, 52-4, 59, 62-6, 71, 92-3, 105, 108-9, 120, 132-3, 154-6, 170-1, 173-4, 177, 184, 188, 196n16, 199n11, 200n22, 209n50, 214n86, 224n37

Bens primários, 161, 170-2, 177

Bentham, Jeremy, 139, 150, 152, 155, 235n54, 236n56, 236n60

Bíblia, a, 49, 53, 59-64, 89, 193n3, 193n4, 204n36, 208n47, 223n33

Blackstone, Sir William, 42

Blaug, Mark, 137, 232n38

Boaz, David, 223n30, 232n37

Bockelson, Jan. *Ver* Jan de Leyden

Bodin, Jean, 222n28

Booth, William, 222n27

Bowen, Ian, 232n32

Braudel, Ferdinand, 214n86

Brewer, Juiz David, 76-7, 119-20

Bright, John, 231n32

Broadie, Sarah, 197n5

Brudney, Dan, 196n16, 201n23, 219n10, 235n51

Buchanan, Allen, 239n89

Budismo, 10, 16, 125

Burguesia, 6, 60, 141, 186, 229n12, 235n51

Burke, Edmund, 122, 230n16, 230n19

Butler, Joseph, 153

Campanella, Tomaso, 60, 66-70, 212n59

Cantor, Georg, 167-8

Capitalismo, 3, 6, 58, 82, 134, 138, 140-3, 148-9, 185-6, 214n86, 232n32, 237n74

Caráter, 13, 19-21, 40, 49, 80, 94-7, 163, 191-2, 220n23

Caridade, 9, 13, 32, 39-41, 50, 72-8, 104, 112, 119, 122-31, 135-6, 140, 175, 194n7, 195n8, 201n23, 202n24, 204n29, 213n82, 220n23, 224n35, 224n37, 228n10, 229n11

Carlos V, 75-6

Carmichael, Gershom, 38

Catolicismo, 74-5, 209n51, 213n82

Cícero, Marco Túlio, 31-4, 152, 198n10

Cidadãos, cidadania, 8, 17-8, 30-2, 64-5, 70, 75-7, 81-91, 102, 113, 115, 120, 130-1, 145, 154, 170, 173, 177, 194n5, 205n37, 214n88, 218n10, 222n29, 226n44

Ciência social, 6-7, 128, 138, 154, 159, 164-5

Claeys, Gregory, 209n49, 212n64, 212n65

Clare, John, 119

Clark, John Bates, 137, 227n1, 232n38

Clarke, George, 202n24, 212n60, 212n61, 220n23

Clube Jacobino, 225n42

Cobbett, William, 119-20, 128, 229n12, 231n32

Cobden, Richard, 133-4, 231n32

Cohen, Gerald, 171, 235n51, 237n72, 237n74, 239n1

Colquhoun, Patrick, 122, 230n16

Commons, John R., 227n1
Comunismo, 114, 140-9, 209n49, 209n51, 233n40, 233n44, 234n48, 235n51
Comte, Auguste, 138-40
Conceito e concepção, distinção entre, 23-5, 85, 173-4, 197n6, 238n83
Criminosos, 11, 89, 94
Crisóstomo, João, 74, 223n33
Crossan, John Dominic, 208n47
Cristianismo, 6, 16-9, 32-5, 39, 42, 54, 60-6, 72-5, 94-5, 126, 139, 194n7, 195n8, 197n6, 202n24, 211n53, 213n79, 213n82, 220n23
Cristo, 10, 32, 35, 53, 64, 210n52, 224n35
Cuidados médicos, *ver* Assistência à saúde
Cultura, 9-11, 15-9, 47, 80-1, 108-9, 120-1, 177, 183-6, 191-2, 194n7, 237n70, 239n87, 239n1
Cunningham, William, 232n33

Daniels, Norman, 178, 239n89
Dano positivo, 32
Darwinismo social, 124-40, 184, 230n22, 230n22, 230n24, 230n25, 231n28, 231n29
Declaração Universal dos Direitos Humanos, 121
Dedekind, Richard, 167-8
Defoe, Daniel, 221n23
Democracia, 33, 83-5, 90, 155, 170
Desroche, Henri, 209n49, 211n53
Deus, 5, 13, 17-9, 37, 45, 52-4, 59-64, 79, 85, 94-5, 123, 149, 152, 196n9, 199n20, 202n23, 204n29, 208n47, 209n50, 210n52, 217n88, 223n33
Devido (a uma pessoa, como uma questão de justiça), 11-2, 17, 36-7, 41-2, 61-2, 63, 77-8, 89, 223n33
Devine, T. M., 220n23
Diggers, 13, 64, 209n49, 210n52, 211n56
Direito natural, 18-9, 28-9, 31, 33, 39, 42, 47, 52-6, 60, 111, 113, 135, 137, 154, 176, 199n16, 201n23, 203n28, 203n29, 206n40, 230n17
Direitos, 5, 12, 39-40, 42, 50, 61, 73, 76-8, 81, 97-8, 106-7, 113-4, 117-21, 125, 128, 141-9, 153, 165-6, 173-80, 196n16; absolutos, 150; assistência e, 119-20, 214n86, 214n88, 228n10; imperfeitos, 35-41, 199n16; individuais, 12, 28, 121, 141, 144, 151; legais, 34, 36, 86, 89, 103, 119, 194n7, 199n16; morais, 202n23; naturais, 111, 114, 132, 150, 157, 201n23, 206n40, 207n41, 222n28, 226n44, 227n51; [de] necessidade, 43-52, 101, 200n21, 201n23, 203n28, 204n30, 204n31, 205n32, 205n33, 205n35, 206n37, 206n38, 207n42, 223n29; perfeitos, 35-41, 111, 199n16; políticos, 115, 166-7, 169, 204n30; [de] propriedade, 8-9, 28, 33, 41-2, 47-9, 52-60, 85-6, 99-105, 113-5, 126, 130-7, 150-1, 175, 182,

200n22, 201n23, 203n29,
206n40, 218n7, 226n44,
226n45, 238n83; [de]
subsistência, 61, 119,
214n88, 231n22
Direitos do homem, 111, 145-6,
226n45, 227n47, 227n49,
227n50. *Ver também* Direitos
Direitos imperfeitos. *Ver* Direitos
Direitos individuais. *Ver* Direitos
Direitos naturais. *Ver* Direitos
Direitos perfeitos. *Ver* Direitos
Dominicanos, os, 53-5
Douglas, William O., 109, 225n41
Duns, Scotus, 207n40
Dworkin, Ronald, 170-1, 237n73

East Anglia, 117
Economia, 6-7, 95-6, 103-4,
120-1, 137, 142-3, 150,
207n43, 211n53, 211n56,
217n1, 219n22, 229n13,
231n32, 232n38
Economia política, 57, 82-6,
89-90, 121, 219n18, 220n22
Economistas, 7, 137
Eden, Sir Frederick, 221n25
Educação, 9, 11, 67, 87, 92, 96,
98-6, 108, 112, 121, 127, 152,
154, 156, 177-80, 202n24,
219n10, 221n24, 239n90
Egoísmo, 7, 63, 204n32, 207n40,
211n56
Empirismo, 64, 69, 138, 147,
152, 175, 233n43
Esaú, 210n52, 211n56
Escócia, 38, 92, 129, 220n23
Escolas públicas, 92, 102, 227n7,
231n32
Escravidão, 14, 30, 119, 152,
210n52, 214n86, 216n88

Estado, 9, 11, 17, 27-8, 34, 40-1,
63-5, 72-4, 76, 83, 90, 92-4,
99, 101, 106-7, 112-5, 117,
124, 130-7, 147, 150, 153,
175, 185-6, 198n9, 204n30,
206n39, 215n88, 218n10,
232n35, 239n90
Estado de bem-estar social, 71,
99, 107, 154, 202n23, 212n74,
214n85, 215n88, 219n16,
227n46
Estado de natureza. *Ver* Natureza
Estados Unidos, 65, 79, 126,
144, 184, 188, 209n49,
211n53, 217n2, 228n10,
230n22, 230n24
Eugenia, 184, 231n28
Evangelhos, os, 35, 62, 209n49

Felicidade, 129, 139, 147, 150-9,
170-1, 227n51, 227n1
Fichte, Johann Gottlieb, 126,
225n44
Fielding, Henry, 217n1, 221n25
Fígaro, 79-80, 217n4
Finlândia, 119, 229n1
Fome, 48-52, 133, 206n39,
231n32
Fowle, T. W., 216n84
Francisco de Assis, 13, 63
Franciscanos, os, 53, 63-4,
207n40
Frankfurt, Harry, 236n61, 237n72
Fraser, Nancy, 239n88
Friedman, Milton, 135-6, 175-6,
187
Furet, François, 72, 212n73

Gaius César, 33
Galiani, Abade, 206n39
Gaskell, Elizabeth, 221n25

Geertz, Clifford, 193n3
Geras, Norman, 233n41, 233n42, 233n44
Gemerek, Bronislaw, 193n2
Glauco, 195n8
Glendon, Mary Ann, 217n90, 229n14
Goethe, Johann Wolfgang von, 108
Gould, Stephen Jay, 230n22
Governo, *ver* Estado
Graça, 13, 99, 112
Grampp, W. D., 231n32
Gray, A., 209n48
Grécia, 80
Green, Michael, 238n83
Greer, Thomas, 229n14
Griswold, Charles, 28, 41, 196n3
Grócio, Hugo, 28-9, 32-7, 40-2, 44-8, 51-2, 54-5, 59, 100-2, 111, 199n16, 204n32, 205n35, 206n37, 206n40, 207n42, 222n28, 223n29
Guerra Civil (Americana), 230n24

Habitação, 9, 11, 93, 96, 121, 127, 196n16, 214n86
Hamburgo, Alemanha, 75, 213n84
Hanway, J., 217n1
Harrington, James, 65
Hayek, Friedrich, 135-6, 175-6, 185, 232n36, 235n50
Heath, Peter, 223n32
Hegel, Georg Wilhelm Friedrich, 108, 126, 138, 229n15
Hegelianos, 83, 122, 138, 229n15
Herzog, William, 208n47

Hierarquia, 14-5, 63, 71, 79-80, 88, 94-8, 105, 194n7
Himmelfarb, Gertrude, 93-4, 97, 219n13, 227n7, 230n16, 230n18, 230n19
Hinde, Wendy, 231n32
Hinduísmo, 14, 125, 145
Hobbes, Thomas, 201n23, 204n32, 222n28
Hobson, J. A., 231n32
Hodgskin, Thomas, 120, 229n12
Hofstadter, Richard, 230n24, 230n25, 231n28, 231n29
Holanda, 75
Honneth, Axel, 239n88
Hont, Istvan, 27-9, 41-3, 49-56, 73, 200n21, 203n28, 206n38, 206n39, 207n42, 207n43
Howard, Ebenezer, 202n24
Hufeland, 222n28
Hume, David, 6-8, 42, 47-51, 56-60, 69, 86, 135, 139-40, 153, 157, 205n35, 208n44, 218n7, 233n40, 235n50
Hutcheson, Frances, 37-42, 102, 105, 139, 153-4, 203n25-7, 236n59

Ignatieff, Michael, 27-8, 41-3, 49-56, 73, 200n21, 203n28, 206n38, 206n39, 207n42, 207n43
Igreja, 53-4, 73-6, 212n75, 213n78, 223n33
Igualdade, 30-1, 58, 67, 83-4, 86, 88, 97, 119, 144, 169-71, 177-8, 186, 236n61, 237n73, 237n74, 237n75, 238n80, 239n88; de bens (propriedade), 31, 64-5, 85-6, 155, 169-71, 208n45; de oportunidades, 20,

134, 166, 174; de resultados, 20; econômica, 8, 56-9, 63-4, 82, 85, 87, 90, 111-5, 166, 211n56, 225n38; humana, 5, 14-5, 81-2, 87-8, 95-7, 99-110, 122, 136, 163, 170-1, 178-9, 188, 202n24, 210n52; política, 56-7, 62, 65-6, 87-8, 112-4, 137, 166, 170, 211n56, 218n10; socioeconômica, 20, 61, 66, 90, 113, 148, 166

Igualdade econômica. *Ver* Igualdade

Igualitarismo, 15-6, 59-60, 64-6, 72, 82, 123, 136-7, 226n44, 235n51, 237n72, 237n74, 239n1

Iluminismo, o, 10, 83, 88, 96, 122-3, 125, 196n3, 209n49

Imperativo categórico, 106

Império Germânico, 75, 213n84

Inglaterra, 56, 58, 66, 76-7, 112, 118, 200n22, 214n85, 214n86, 214n88, 220n23, 227n5, 228n10, 230n22

Irwin, Terence, 196n13

Isaías, 5, 61

Islã, 16, 125, 190

Israel, Jonathan, 212n75

Jacó, 210n52

Jan de Leyden, 209n51

Jesus de Nazaré, 5, 61-2, 208n41

Jouvenel, Bertrand de, 209n50

Judaísmo, 16, 61-5, 74-5, 125, 141, 190, 194n7, 213n82, 233n43, 234n46

Jurisprudência, 16, 222n28

Jusnaturalismo, tradição jusnaturalista, 41, 48-50, 57, 101, 206n37, 207n42, 223n29

Justiça, atributiva, 34-6, 40, 100; comutativa, 11, 28-34, 40-4, 71, 100-3, 140, 153, 197n5, 203n28, 207n42, 222n28, 236n66, 238n83; corretiva, 29-30, 100, 163, 197n5; distributiva, 3-45, 60-72, 80-92, 99-137, 140-1, 147-59, 162-92, 193n1, 194n7, 196n16, 197n5, 197n6, 200n22, 201n23, 203n28, 207n42, 222n28, 225n44, 230n15, 236n66, 238n83, 239n88; econômica, 3, 63, 71, 226n44; expletiva, 34, 100; paradoxo da, 59; particular, 17-8, 29, 37, 195n8, 197n5; política, 71; protetora, 10-1; recíproca, 197n5; retributiva, 19, 163; social, 3, 63, 121, 160, 194n5, 194n6, 215n88, 230n24, 235n51, 237n79; universal, 17-8, 29, 36-7, 73, 195n8, 197n4

Justiça, cinco premissas para a: individualismo, 3, 10-4, 28, 43, 52-3, 71, 105-6, 109-10, 121, 138-9, 141-65, 172-4, 176-9, 181, 187-9, 193n3, 194n5, 198n9, 201n23, 204n32, 205n35, 206n40, 208n45, 209n50, 210n52, 225n44, 228n10, 233n44, 234n50; mérito, 9, 11-4, 21-3, 28, 30-1, 38, 66, 78, 80-1, 97-9, 112-3, 120, 136-7, 143, 163, 168, 196n16, 197n6, 200n22, 203n24, 213n75, 214n86, 237n67; o Estado, 8-9, 12-4, 17, 24, 28, 31, 36, 38, 41, 60-72,

75-8, 80-2, 85, 92, 97-9, 102,
104, 106-7, 110-1, 114-5, 120,
123, 125-30, 132-7, 140,
153-4, 159, 167, 173, 177,
184, 188, 194n7, 196n16,
198n9, 200n22, 201n23,
212n74, 213n82, 214n85,
215n88, 219n16, 224n35,
226n44, 228n10, 236n65;
praticável, 9, 12, 68, 72;
secular, 13, 18-9, 53, 65,
75-6, 123, 182, 210n52,
214n87
Justiça comutativa. *Ver* Justiça
Justiça corretiva. *Ver* Justiça
Justiça distributiva. *Ver* Justiça
Justiça econômica. *Ver* Justiça
Justiça particular. *Ver* Justiça
Justiça protetora. *Ver* Justiça
Justiça recíproca. *Ver* Justiça
Justiça retributiva. *Ver* Justiça
Justiça social. *Ver* Justiça
Justiça universal. *Ver* Justiça
Justiniano, 11

Kamtekar, Rachana, 194n5,
194n6
Kansas, 76, 228n10
Kant, Immanuel, 19, 22-3, 29,
32, 79, 81-2, 92, 99-111, 126,
129-30, 132, 139, 149, 153,
157, 160, 163, 172, 179, 183,
192, 196n14, 218n5, 218n8,
219n11, 222n27, 222n28,
222n29, 223n32, 224n35,
224n36, 224n37, 225n43,
225n44, 234n47, 236n55,
239n23
Kent, Inglaterra, 118
Kraut, Richard, 195n8, 197n4,
197n6
Kymlicka, Will, 177, 239n85

Laissez-faire, 7, 133, 231n32
Laqueur, Thomas, 98, 217n3,
222n26
Lassalle, Ferdinand, 141
Lees, Lynn, 214n88, 227n3,
227n4, 227n6, 228n8, 228n9,
229n12
Lei do amor, 34-5, 46, 48
Lei Mosaica, 61, 73
Levellers, 65-6, 210n52, 211n56.
Ver também Diggers.
Liberais de Manchester, 133-4,
231n32
Liberdade, 10, 16, 40, 57, 59,
77, 83, 86, 89-90, 93, 99-100,
118, 130-2, 134-7, 144, 149-50,
166-7, 175-80, 188, 209n49,
210n52, 211n55, 211n56,
215n88, 219n11, 222n27,
227n51, 229n11, 232n35,
232n36, 234n47, 239n90
Libertarismo, 81, 86, 102, 125-6,
130-7, 173-6, 191, 223n30,
232n35, 232n37, 238n84.
Ver também Livre-comércio.
Livre arbítrio, 22-3
Livre-comércio, 91-92, 128,
133-4, 165n32, 166n33, 186,
232n32, 232n33. *Ver também*
Libertarismo
Locke, John, 28-9, 38, 55-6, 58,
86, 114, 135, 153, 168, 175,
200n22, 201n23, 206n40,
207n43

McIntyre, Alasdair, 47, 205n34
Mackintosh, Sir James, 128
Madison, James, 6
Maimônides, Moisés, 194n7
Malthus, Thomas, 122-4,
230n16
Mammon, 62

Mandeville, Bernard de, 122-5, 219n22, 230n23
Manuel, Frank E., 212n62, 212n63, 212n66, 212n67, 212n71, 232n39
Manuel, Fritzie P., 212n62, 212n63, 212n66, 212n67, 212n71
Maquiavel, Nicolau, 65, 211n54
Marshall, Alfred, 120, 150, 159, 229n13, 234n49
Marshall, T. H., 77, 217n90
Marx, Karl, 71, 120, 140-9, 159, 163-4, 172, 174, 179, 229n12, 233n40, 233n41, 233n42, 233n44, 234n46, 234n48, 234n49, 234n50, 237n71
Marxistas, 83, 145-8, 159-60, 173, 231n28, 233n41, 234n50, 235n51, 237n74
Matthias, Jan, 209n51
McKendrick, Neil, 217n1, 220n22, 222n25
Médica, assistência. *Ver* Assistência à saúde.
Merecimento, 5, 9, 12-5, 21-2, 24, 28, 31, 39, 66, 75-81, 97-6, 108, 112-3, 115, 120, 136-7, 163, 169, 179, 181, 194n7, 207n42, 237n67. *Ver também* Mérito
Mérito, 5, 9, 11, 15, 21-3, 30-3, 38-41, 193n4, 196n14, 196n16, 197n6, 200n22, 237n67. *Ver também* Merecimento
Meuse, Armand de la. *Ver* Armand de la Meuse
Mill, John Stuart, 139, 150, 156-61, 234n49, 236n62, 237n71

Miller, David, 194n4, 230n24
Misericórdia, 39, 73, 75, 77, 129. *Ver também* Beneficência; Caridade
Mises, Ludwig von, 135, 176
Montesquieu, Barão de La Brède e de, 222n28
Moralidade, 6, 37, 48, 105, 132, 149, 163-4, 169
Morus, Sir Thomas, 25, 38, 60, 65-71, 196n16, 211n57-58, 212n70
Morelly, Abade, 66-71
Morley, Henry, 212n59, 212n68, 212n69
Münster, Alemanha, 13, 64, 209n51
Murphy, Jeffrie, 222n27

Nagel, Thomas, 237n72
Narrativa humanitária, 98, 217n3, 222n26
Narveson, Jan, 238n84
Natureza, 56, 65, 68-70, 85, 103, 106, 113-4, 127, 148, 201n23, 212n62, 212n72, 217n88, 224n35, 230n17, 237n78; estado de, 83, 86, 101, 113, 206n40, 218n8; humana, 6, 69, 81, 108, 136, 140, 143-8, 163-5, 172-3, 179-80
Natureza humana. *Ver* Natureza
Necessidades, 3-5, 8, 13, 21-4, 29, 33-4, 40, 42-55, 60-2, 68-9, 72-7, 80-1, 93, 98-9, 102-10, 120, 124, 130-1, 136-7, 149, 162-3, 166-8, 170-5, 179-82, 183-4, 188, 193n4, 194n7, 196n16, 197n6, 200n22, 202n24, 203n29,

ÍNDICE ANALITÍCO

204n32, 206n40, 207n42, 207n43, 214n86, 214n88, 218n10, 219n22, 228n10, 229n11, 230n28, 238n83. *Ver também* Mérito
Nelson, George, 229n11
Neuhouser, Fred, 219n10
New Deal, 120-1
Newton, Isaac, 126
Noruega, 119, 229n11
Novo Testamento, 13, 27, 49, 60
Nozick, Robert, 9, 135-6, 169, 173-6, 187, 238n83
Nussbaum, Martha, 32, 110, 171-4, 198n9, 199n11, 199n12, 237n78, 237n79

Obrigação, 28, 35, 39, 43, 48-9, 64, 67, 73, 77-8, 100, 102, 106-10, 113, 179, 203n29, 205n33, 225n38, 229n11
Ogilvie, William, 11, 226n45
Oligarquia, 30, 33
Oneida, Nova York, 64, 211n53
O'Neill, Onora, 222n27
Ovídio, 207n40
Owen, Robert, 202n24

Paine, Tom, 111-, 226n46, 227n47, 227n48, 227n49
Paradoxo da justiça. *Ver* Justiça
Paris, França, 80, 214n86
Peacock, A. J. 227n6
Peano, Giuseppe, 167
Peffer, R. G., 233n41, 233n44, 235n51
Petty, William, 219n22
Pitt, William, 119, 227n7
Platão, 13-7, 29-31, 42, 60, 63-6, 69, 71, 73, 82, 88, 126, 139, 149, 168, 194n5, 194n6, 195n8, 197n4

Pluhar, Werner, 225n40
Plutarco, 196n16
Pobres, os: caráter, 29, 34-6, 41, 43-51, 52-68, 72-8, 80-1, 87-93, 99, 102-3, 110-3, 128-30, 132-3, 138, 140, 150, 155-6, 159, 173, 181-2, 185-6, 193n3, 195n8, 196n16, 201n23, 203n29, 209n51, 212n74, 212n75; merecimento e, 11-3, 15-6, 24-8, 39-40, 92-3, 99, 102-3, 110-3, 117-21, 170-3, 188, 202n24, 213n78
Pocock, J. G. A., 65, 211n54
Poor Laws, 42, 72-8, 118, 122-3, 127-30, 133, 212n74, 213n77, 213n78, 213n80, 213n84, 214n85, 214n86, 214n87, 214-7n88, 219n16, 220n23, 223n33, 224n35, 226n46, 227n7, 228n10, 229n11, 230n16, 230n17, 231n32
Posição original, 164, 168
Preço justo, 7, 197n5, 207n42
Previdência social, 112, 120-1
Princípio da Diferença, 166, 170-1
Programa de Gotha, 141, 144, 237n71
Progresso, 83, 108-9, 140, 182-3
Propriedade, 3-4, 8-10, 38, 43, 52-60, 61-72, 81, 85-7, 99-100, 105, 112-3, 115, 130-2, 135-6, 174, 201n23, 204n32, 207n43, 208n44, 209n51, 210n52, 211n56, 218n7, 225n44, 228n10, 231n32; direito de necessidade e, 43, 48-9, 55-6, 101-2, 203n28, 205n35, 206n38; justiça distributiva e, 7-9, 28, 40-2, 85-6, 100-1, 135, 203n28; (re)distribuição

da, 33, 38, 56-8, 64, 85-7, 90, 92-3, 111, 132, 198n8, 198n9, 206n40; trabalho e, 55, 58, 200n22. *Ver também* Direitos; Trabalho
Propriedade comunal, 4, 13, 31, 38, 52-5, 60-72, 209n49, 210n52
Propriedade privada. *Ver* Propriedade
Proteção, 8, 12, 42, 88, 103, 121, 127, 131, 153, 180, 193n3, 202n24, 239n90
Protestantismo, 75, 210n52, 219n18, 219n22, 230n23
Proudhon, Pierre-Joseph, 120
Pufendorf, Samuel, 28-9, 36-42, 70, 199n16, 199n20, 200n21, 201n23, 205n33, 206n40, 222n28, 223n29
Punição, 11, 15, 29-30, 35, 70, 214n85, 214n88, 236n66

Rainborough, Coronel, 66
Ramsay, George, 227n21
Raphael, D. D., 193n4, 197n5, 202n23, 237n66
Rawls, John, 19-20, 25, 58, 110, 117, 121, 148, 159-80, 191-2, 196n11, 197n6, 232n40, 234n49, 236n58, 236n63, 236n65, 237n69, 237n70, 237n74, 238n82, 239n3
Redistributivismo, 80, 102
Reforma, a, 73, 76, 312n75
Reid, Thomas, 201n23
Religião, 5-6, 9-11, 13-4, 16-9, 53-4, 64, 73-6, 83, 87, 89, 96, 100, 126, 131, 139, 144-5, 209n51, 210n52, 211n53, 212n75, 213n82

Republicanismo, República, 14, 17, 29, 60, 63-6, 71, 87, 100, 194n5, 194n6, 194n8, 212n75
Respeito, 11-2, 71, 87-8, 97-8, 104-7, 110, 114-7, 126, 130, 132, 138, 170, 177-9, 194n7
Revolução Francesa, 14, 80-1, 107, 110-5, 153, 212n73, 225n42, 225n43, 226n44, 230n15
Revolução Industrial, 6
Revolução Russa, 134
Roemer, John, 193n1
Rogers, James, 231n32
Roosevelt, Eleanor, 121
Roosevelt, Franklin, 120-1, 229n14
Rosen, Allen, 222n27
Rosen, Mark, 211n53
Rousseau, Jean-Jacques, 29, 58-9, 65-9, 81-90, 110-1, 114-5, 148-9, 179, 208n44, 218n6, 218n8, 218n9, 218n10, 219n11
Rowe, Christopher, 197n5

Saint-Simon, Claude Henri, Conde de, 138-40, 238n39
Salter, F. R., 212n74
Saúde. *Ver* Assistência à saúde
Scheffler, Samuel, 237n69
Schelling, Friedrick Wilhelm Joseph, 126
Schiller, Johann Christoph Friedrich von, 108, 225n37
Schlick, Moritz, 139
Schneewind, Jerome, 34, 199n16, 199n17, 199n20, 223n32
Seguridade social, 112, 120-1
Sen, Amartya, 110, 171-2, 237n75, 237n76, 237n77

ÍNDICE ANALITÍCO

Sêneca, Lucius Annaeus, 204n32, 205n35, 207n40
Ser de espécie, 146-9, 234n47
Shakers, 64, 209n49, 211n53
Shaw, George Bernard, 117
Shell, Susan Meld, 222n27
Sidgwick, Henry, 153, 159, 162-3, 174, 179, 236n58
Simmons, A. J., 200n22
Sistema Speenhamland, 118
Slack, Paul, 214n87
Smart, J. J. C., 152, 156-8, 164, 236n55, 236n57, 237n68
Smith, Adam, 6-7, 20, 27-32, 37-42, 49-52, 56-60, 81, 86, 90-9, 104, 110-1, 122, 128, 133, 135, 139, 179, 183, 185, 192, 196n3, 206n37, 206n39, 208n45, 218n7, 219n10, 219n21, 220n22, 221n24, 222n42, 226n46, 235n50
Snell, Keith, 124, 230n20, 230n21
Socialismo, socialistas, 4-7, 22, 58, 71, 86, 99, 117, 133-4, 138-43, 150, 167, 186-7, 227n46, 231n32
Sociedades de ajuda mútua, 220n23
Spence, Thomas, 111, 223n46
Spencer, Herbert, 126-36, 176, 187, 230n24, 231n28, 231n31, 232n37
Steiner, Hillel, 232n35
Steaurt, James, 206n39
Subsistência, 119, 128-9, 214n88
Suécia, 75, 119, 213n84, 229n11
Sumner, William Graham, 230n28
Swift, Jonathan, 124

Talmude, 3
Tamir, Yael, 239n86
Taylor, Charles, 239n88
Teoria ética. *Ver* Teoria moral
Teoria moral, 19, 28, 37, 41, 47-8, 65, 71-4, 77-8, 83, 87, 98-110, 118-9, 121, 125-7, 131, 137-40, 148-71, 183-4, 188-92, 196n14, 209n50, 199n16, 199n20, 205n35, 214n38, 219n11, 220n23, 222n29, 223n32, 224n34, 224n37, 225n43, 233n41, 235n51, 236n60, 236n58, 236n61, 237n72, 239n1
Thompson, E.P., 117, 216n88, 227n2
Thompson, Noel, 226n45
Thompson, William, 134, 150, 227n1, 232n34, 235n57, 236n61
Thomson, David, 212n72, 227n51
Tibério Graco, 24, 196n16
Tierney, Brian, 212n74, 213n77, 213n78, 213n80, 223n33
Tilly, Charles, 227n5
Towsend, Joseph, 122, 224n35, 230n16, 230n17
Trabalho, 21-2, 38, 55-6, 62, 69, 82, 92-3, 95-7, 117-21, 125, 134, 141-3, 200n22, 213n78, 226n44, 229n12, 231n32
Trattner, Walter, 72-3, 212n74, 214n85, 214n86, 219n16
Tributação, impostos, 52, 86, 92, 102, 106, 112-3, 131, 135, 218n7, 225n38, 231n32
Tuck, Richard, 53, 206n40, 207n41
Tucker, Robert, 233n40
Tully, James, 239n87, 239n88

Utilitarismo, 38, 139, 150-65, 183, 236n62, 236n65, 237n69, 237n71
Utopia, utopistas, 9, 38, 42, 60-72, 154, 173, 202n24, 209n49, 211n57, 212n62, 212n63, 212n64, 212n65, 212n66, 212n70, 212n71

Vallentyne, Peter, 232n35
Vattel, Emmerich de, 222n28
Virgílio, 207n40
Vitoria, Francisco de, 19, 196n10
Voltaire, 218n6
Vries, Jan de, 74, 213n76, 213n82, 213n83

Watts, Isaac, 95
Watts, Richard, 208n47

Welfare state. Ver Estado de bem-estar social
Williams, Howard, 222n27
Winch, Donald, 28, 41, 196n2
Winstanley, Gerald, 210n52
Wisconsin v. Yoder, 109, 229n10
Wittgenstein, Ludwig, 24-5, 186-7, 196n15, 239n2
Wood, Allen, 143, 233n40, 233n44, 235n51
Wood, Gordon, 217n2
Wood, John, 217n4
Woodhouse, A. S. P., 209n49, 210n52, 211n55, 211n56
Woude, Ad van der, 74

Yorkshire, 119
Young, Arthur, 119, 123-4, 220n22, 227n6, 230n20
Young, Iris, 239n88

Cromosete
Gráfica e editora Ltda.

Impressão e acabamento
Rua Uhland, 307 - Vila Ema
03283-000 - São Paulo - SP
Tel/Fax: (011) 6104-1176
Email: adm@cromosete.com.br